Der Zaunkönig

Helma Muth

Der Zaunkönig

Nichts bleibt vergessen

Bibliografische Information der Deutschen Nationalbibliothek:
Die Deutsche Nationalbibliothek verzeichnet diese Publikation
in der Deutschen Nationalbibliografie; detaillierte bibliografische Daten sind im Internet über http://dnb.dnb.de abrufbar.

Herstellung und Verlag: BoD – Books on Demand,
Norderstedt

ISBN 978-3-7528-2555-8

Für J und J –

ohne euch wäre ich nicht komplett.

Und für DB, den ich immer noch vermisse.

Kapitel 1

Kopfschmerzen.

Sarah Krischmann war auf dem Weg zur Arbeit und hatte

Kopfschmerzen.

Unendliche, dröhnende

Kopfschmerzen.

Sie lief ganz allein durch das Dorf, nur ein paar Tiere waren schon wach und gackerten oder grunzten in der Morgensonne.

„Immerhin keiner, der mich heute Morgen schon vollspinnen will..."
Sie blinzelte in die Sonne, überlegte kurz, ob sie direkt zum Hotel gehen sollte, oder den kleinen Umweg an der Mühle vorbei machen, und ging dann nach kurzem Zögern den längeren Weg. Vielleicht hilft ein kleiner Spaziergang ja gegen den Kater...

Auf der Brücke neben der Mühle blieb sie stehen, lehnte sich über das Geländer und schaute in das klare Wasser unter sich, in der verzweifelten Hoffnung, dass die Kopfschmerzen weggehen würde, wenn sie nur lange genug in das Flüsschen starrte.

Als das überhaupt nicht funktionierte, seufzte sie und beschloss, ins Hotel zu gehen und sich als zweites Frühstück einen großen Kaffee und ein Rührei mit Rollmops zu machen. Das würde sicherlich helfen.

„Frühstück...", sie dachte einen Augenblick über ihren derzeitigen Mageninhalt nach -ein halber Liter O-Saft und drei Scheiben Salami ohne Brot- und fuhr sich mit beiden Händen durch das Gesicht.

Oh Mann, mir ist echt schlecht.."

Sie fühlte sich, als wäre sie seekrank. Der Boden unter den Füßen schwankte, und Ihr Magen zog sich unangenehm zusammen.

Sie blickte kurz nach rechts und links, sah niemanden, lehnte sich über das Brückengeländer und schickte O-Saft und Salami den Fluss hinunter.

„Oh Mann, ich trink nie wieder Gerds Selbstgebrannten...!"

Leider waren die Kopfschmerzen durch das Vorneüberbeugen noch schlimmer geworden. Sie entschied sich, im Moehlenkroog statt Rührei und Rollmops lieber einen großen Kaffee, und zwei Kopfschmerztabletten zu sich zu nehmen und ging mit etwas wackeligen Schritten weiter.

Auf dem Weg warf sie noch einen kurzen Blick auf die Baustelle. Der Bürgermeisterhof war jetzt schon imposant, obwohl er noch lange nicht fertig war.

Vor 4 Wochen hatten sie das große Richtfest im Museumsdorf „Dat ole Dörp" gefeiert.

Seit mehreren Jahren hatten die Museumsleitung, die Kuratorin und der Vorsitzende des Fördervereins „Dat ole Dörp e.V." daran gearbeitet, den Bürgermeisterhof aus dem Jahre 1778 für das Museum zu erstehen, ihn in seinem Heimatort bei Kappeln abzubauen, um ihn möglichst im bauzeitlichen Originalzustand in ihrem Museumsdorf wieder aufzubauen.

Kurz vor ihrem Hotel kam sie noch am Festplatz mit dem großen Festzelt und dem Maibaum in der Mitte vorbei. Sarah konzentrierte sich und versuchte, sich an die genauen Abläufe des vorherigen Abends zu erinnern:

Tanz in den Mai im Museumsdorf „Dat ole Dörp":
Ganz traditionell mit Maibowle und Maibaum, mit Trachtentanz und den obligatorischen Schlägereien.

Es hatte eine giftgrüne, süße Maibowle gegeben, von der nicht nur sie selbst viel zu viel getrunken hatte. Sie musste grinsen, bei der Erinnerung daran, wie der alte Klaus in seiner Tracht um den Baum getanzt war, als wäre er höchstens 20 Jahre alt.

Es war immer ein bisschen, wie ein Klassenfest, wenn das „Ole Dörp" etwas zu feiern hatte. Natürlich waren auch externe Gäste willkommen und erschienen zumeist auch zahlreich, aber an den beiden großen Tischen neben dem Biertresen trafen sich die Museumsmitarbeiter und feierten ihr ganz eigenes Fest. Und das endete -fast- immer- feucht fröhlich.

Und so war eigentlich alles wie immer gewesen.

Karsten hatte sich -mal wieder- an sie ran gemacht, und sie hatte ihre liebe Mühe gehabt, den recht robusten Baustellenleiter wieder los zu werden. Irgendwann hatte sie sich auf ihrer Flucht vor Karsten an den Tisch von Gerd und Lena gesetzt. Die beiden hatten drei Bäckereien in der Umgebung, ihre Leidenschaft galt aber dem Dorfleben im Olen Dörp. Lena kümmerte sich um das alte Bäckerhaus mit dem Steinbackofen, und Gerd betrieb die Mühle, und ,was noch viel wichtiger war, nutze die kleine historische Schnapsbrennerei zur Herstellung von museumseigenem Korn. Und davon hatte er gestern mehrere Flaschen mitgebracht. Torsten hatte sich mit dem blöden Blohmann angelegt, und Ingo hatte versucht zu schlichten. Gegen Mitternacht, als alle externen Gäste schon nach Hause gegangen waren, hatte Ingo noch eine Flasche Aquavit aus seiner Fischräucherei geholt. Davon hatte sie dann auch noch etwas getrunken, und deshalb hatte ihr Magen sich ja gerade sehr deutlich an ihr gerächt.

„Ich muß damit aufhören, immer mit den Alten mithalten zu wollen," dachte sie mit einem Seufzen „besonders, wenn ich dann auch noch die Frühschicht am nächsten Morgen mache..." und ging quer über den Festplatz, durch den schmalen Gang zwischen Apotheke und Hutmacherei hindurch, direkt auf das kleine Hotel zu, dass sie seit fast 4 Jahren auf dem Gelände des Museumsdorfes führte.

Wie immer freute sie sich über den Anblick des alten Hauses mit dem reetgedeckten Dach, das Geborgenheit und Gemütlichkeit ausstrahlte. Gerade diese Ausstrahlung war einer der wichtigsten Gründe, warum viele Geschäftsleute lieber bei ihr auf dem Dorf übernachteten, als in einem der sterilen Businesshotels in der Stadt. Mit nur 20 Minuten Fahrweg in die Innenstadt und ihren recht günstigen Preisen war ihr Hotel eine echte Alternative.

Als sie die Idee gehabt hatte, ein kleines Hotel im Museumsdorf in Brokenrade zu eröffnen, hatten viele ihrer Freunde gesagt, dass sie ihr Geld auch gleich zum Fenster hinaus werfen könne. So etwas kann doch gar nicht laufen. Wer hat denn schon Lust, in einem Hotel zu übernachten, dass versucht, ein Gasthaus von 1900 zu imitieren?

Sie hatte monatelang daran gearbeitet das Konzept so auszuarbeiten, dass sowohl die Anforderungen der Museumsleitung des „Olen Dörps" als auch die Bedürfnisse eines modernen Reisenden beachtet wurden. Und nun, knapp 3 Jahre nach der Eröffnung gaben ihr die Bilanzen recht: Sie schrieb schwarze Zahlen.

Sarah war stolz auf das, was sie geschafft hatte.

Das Hotel „GastHaus Ton Moehlenkroog" war ein gemütliches und modernes Gasthaus mit Flatscreen TV und Wireless LAN in allen Zimmern. Aber auch die historische Geschichte des Hauses war gut zu erkennen. Und worauf Sarah als Köchin besonders stolz war: ihre moderne Küche nach historischen Rezepten und aus regionalen Produkten hatte sich einen Namen gemacht und die Gäste kamen oft von weit her, um bei ihr zu essen.

Sarah trat durch die Tür an der Längsseite des Hotels.

Die große Diele, die dem Hotel als Lobby diente, war so früh am Morgen noch leer bis auf John, den Nachtportier. Der lehnte wie jeden Morgen nach seiner Nachtschicht mit einem Kaffeebecher in der Hand an dem alten Holzpult, das als Empfangstresen diente.

Rechts vom Pult gelangte man in die unteren Zimmer, links davon waren bunt gemischte Sofas und große Ohrensessel um einen offenen Kamin gruppiert. Dahinter führte eine Treppe in den ersten Stock zu weiteren Zimmern. Insgesamt hatte das Haus 15 Gästezimmer,

Die Diele war Empfangsraum, Aufenthaltsraum, Wohnzimmer und Raucherzimmer in einem; und viele Gäste saßen, besonders im Winter, bis spät in die Nacht am Kaminfeuer, lasen oder unterhielten sich.

„Guten Morgen John, war irgendwas los, heute Nacht?" begrüßte Sarah den alten Nachtportier.

„Nein, nachdem das Fest endlich zu Ende war, war alles ruhig, nur der Gast aus Zimmer 12 hat sich über ein angeblich unerträglich lautes Gluckern aus dem Wasserhahn beschwert."

Sie seufzte leise und antwortete dann sarkastisch: „Ach ja, der Gast aus Zimmer 12, das ist ja ungewöhnlich, dass der sich beschwert, da sollten wir gleich mal den Hausmeister rufen... oder vielleicht reicht es auch heute Nachmittag... Ich denke, es reicht, wenn ich Hermann erst heute Nachmittag Bescheid sage, was denkst Du?"

Sie lächelte John zu und ging weiter durch den Glasdurchgang, der das Hotelgebäude mit dem Restaurant verband.

Die Gaststube des „GastHaus Ton Moehlenkroog" war so original erhalten, wie das unter modernen gastronomischen Gesichtspunkten möglich war. Die alten, handgebrannten Ziegelfliesen auf dem Boden waren über 100 Jahre alt, die Stühle waren in einer Tischlerei nach alten Entwürfen gefertigt worden, und die acht Tische bestanden aus groben, dicken scheinbar unbehandelten Eichenplatten. Auf unnötigen Schnickschnack wie Tischdecken und teures Geschirr hatte Sarah absichtlich verzichtet. Stattdessen nutze sie grobes Steingutgeschirr.

Sie ging hinter den Tresen und trank ein großes Glas Leitungswasser, mit dem sie zwei Kopfschmerztabletten hinunter spülte, und machte sich dann einen großen Milchaffe. Mit der Tasse in der Hand ging in den kleinen Raum neben dem Büro, der den Mitarbeitern des Kroogs als Umkleide und Aufenthaltsraum diente. Dort öffnete sie ihren Schrank, griff nach einem grauen Rock mit hoher Taille, einer weiße Bluse mit hellgelbem Blümchenmuster und einem gelbes Tuch und zog sich um.

Wie alle festangestellten und ehrenamtlichen Mitarbeiter des Museumsdorfs trug sie während der Arbeit extra für sie angefertigte Kleidung im Stil des beginnenden 20. Jahrhunderts.

Wenn Sarah ihre Arbeitskleidung aus den derben Stoffen der Jahrhundertwende überzog, war es für sie, als würde sie in eine Zeitmaschine steigen. Plötzlich lebte sie nicht mehr in der hektischen Welt des Jahres 2008, sondern in ihrer Museumswelt, in der sie das Beste aus der modernen und der historischen Welt kombiniert hatte.

Danach ging sie in das kleine Büro, dass sie sich mit der ihrer besten Freundin und Hotelmanagerin Katja Hornau teilte.

Sie kannte Katja schon fast ihr ganzes Leben. Die beiden hatten zusammen ihre Ausbildung in einem renommierten 5 Sterne Hotel gemacht. Danach waren beide viele Jahre durch die Welt gezogen und hatten in verschiedenen internationalen Hotels gearbeitet, bevor Sarah sich entschieden hatte, dieses hektische und fremdbestimmte Leben nicht mehr weiter führen zu wollen.

Sie wollte nach Hause, nach Norddeutschland, und sie wollte ihr eigenes kleines Haus, in dem sie kochen konnte, was ihr schmeckte, und in dem sie die Arbeitsbedingungen selber bestimmen konnte.

Als die Idee immer konkreter wurde hatte sie Katja gefragt, ob sie die Hotelleitung übernehmen wollte, denn Sarah war Köchin aus Leidenschaft, nicht Hotelmanagerin. Katja hatte nicht lange gezögert, sondern sofort begeistert zugesagt.

Katja saß schon am Schreibtisch und schaute von ihrem Computerbildschirm auf, als Sarah den Raum betrat.

„Guten Morgen! Wie geht's Dir?"

„Kopfschmerzen."

Sarah setzte sich ihrer Freundin gegenüber, schaltete den Rechner an und nahm den Hörer des Telefons ab, um die Ansagen auf dem Anrufbeantworter abzuhören.

„Dass Du auch diese ekelhafte, giftgrüne Maibowle getrunken hast, da wurde einem ja schon vom Zuschauen schlecht."

„Danke, für deine Anteilnahme... Wenn ich ehrlich bin, hab ich noch ganz andere Sachen getrunken, als Du schon lange im Bettchen warst... Aber darüber will ich jetzt nicht nachdenken, sonst wird mir gleich wieder schlecht... Irgendetwas Besonderes auf unserem Plan für die nächsten Tage?"

„Nein, nur dieser Schauspieler, der sich für 6 Wochen hier einquartiert. Sein Agent hatte mir heute Morgen schon dreimal aufs Band gesprochen, was der Herr Tregitsch gerne für Blumen auf dem Zimmer hätte und nach welcher Diät er sich ernährt."

Katja schüttelte den Kopf.

„Irre, oder?! Dabei ist das doch nur so ein ganz normaler Serienschauspieler, ich hatte wirklich gehofft, mit so einem Gehabe würden wir hier nichts mehr zu tun bekommen?! Stell Dir mal vor, wir müßten hier richtig berühmte, anstrengende Leute unterbringen, wie sollte das denn erst werden?!"

„Dann müssen wir ständig in den Räumen neue Klos einbauen, oder das Mobiliar komplett austauschen. Ich hatte mal Madonna in einem Hotel. Sie erwartet ernsthaft, dass man eine niegelnagelneue Kloschüssel für sie einbaut", lachte Sarah, während sie sich nebenbei Notizen machte, wer etwas auf dem Anrufbeantworter hinterlassen hatte.

„Ich bin wirklich mal gespannt, was das für einer ist. Er bleibt ja für 6 Wochen. Mal sehen, ob wir mit dem genauso viel Ärger haben, wie mit dem Gast aus Zimmer 12..."

Sarah nickte: „Der geht mir ganz schön auf die Nerven, der Blohmann!"

„Wem sagst Du das... Wie der den Auftrag bekommen hat, als Architekt bei dem Bau des Bürgemeisterhofs mitzuarbeiten ist mir wirklich ein Rätsel. Der hat keine Ahnung und keine Manieren. Gestern hat er sogar Jana auf den Hintern gehauen!"

„Was? Komm hör auf!"

Sarah dachte mitfühlend an das Zimmermädchen.

„Doch ehrlich!"

Sarah gähnte laut: „Wenn der erst wieder weg ist, dann machen wir ein Fass auf. Am besten lade ich dann alle unsere Leute zum Essen ein, weil sie es geschafft haben, den Mann nicht einfach umzubringen!"

Katja lachte laut auf.

„Gute Idee!"

„Ich geh noch mal vor die Tür, ich brauch noch ein bisschen frische Luft. Mir geht's irgendwie immer noch nicht viel besser." Sarah stand auf, „Und dann bring ich gleich Eier und Brot mit."

Katja kicherte: „Ja mach das mal, lüfte dich mal noch ein bisschen aus, du Schnapsdrossel."

Das Museumsgelände füllte sich allmählich mit Gästen, einmal weil Feiertag war, zum anderen, weil das Wetter an diesem ersten Mai wunderschön sonnig war, nachdem der April eine wettermäßige Katastrophe gewesen war.

Die meisten Mitarbeiter und auch einige Ehrenamtliche, die Sarah auf ihrem Weg traf, sahen wie sie müde und zerknautscht aus... Die Maibowle hatte wohl einigen auch ganz schön zugesetzt und so lächelten die Kollegen sich nur schief zu, keiner der sonst so sabbeligen Dorfmitarbeiter bekam die Zähne zu mehr als einem, knappen Gruß auseinander.

Sie ging ihre übliche Runde: vom Kroog einmal um den Festplatz herum, an der Apotheke mit dem wunderschönen Heilkräutergarten vorbei, direkt auf die Baustelle des Bürgermeisterhofs zu. Dort schien es mal wieder heftige Diskussionen zwischen dem Architekten Georg Blohmann, dem Baustellenleiter Karsten Lassing und der Kuratorin des Museums Angelika Larner zu geben. Besonders Blohmann und Angelika waren so wütend, dass Sarah kurz davor war, den beiden zuzurufen, dass sie ihren Streit nicht vor den Besuchern austragen sollten. Aber sie hielt sich lieber zurück, denn plötzlich fiel ihr wieder ein, dass es nicht nur fachliche Probleme zwischen der Kuratorin und dem Architekten gab:

Verschwommen erinnerte sie sich wieder an das, was sie gestern erfahren hatte: Angelika hatte beim Tanz in den Mai, ganz gegen ihre eigentliche Art, drei oder vier Becher von der Maibowle getrunken, und sich dann weinend Sarah anvertraut. Sie schluchzte und heulte und erzählte dann, dass sie mit Blohmann geschlafen hatte. Und das wohl nicht nur einmal. Und nun wollte sie das Verhältnis beenden, konnte das aber nicht.

Sarah versuchte sich vergeblich daran zu erinnern, warum Angelika nicht einfach Schluss machte. Besonders, weil ihr Mann Torsten sogar schon Wind von der Sache bekommen hatte. Aber etwas schien Angelika davon abzuhalten. Irgendetwas schien Blohmann gegen sie in der Hand zu haben, oder er bedrohte sie wegen irgendetwas, das Angelika ihr aber nicht erzählen wollte, oder konnte.

„Wie kann man nur mit so einem Widerling ins Bett gehen?!" fragte Sarah sich während sie sich von den Streithähnen auf der Baustelle abwandte und auf das kleine Fischerhaus neben dem Flüsschen zuging. Sie lächelte dem Fischer Ingo zu, der schon vor seiner Kate saß und in die Sonne blinzelte. Ingo schien die gestrige Feier deutlich besser weggesteckt zu haben als Sarah, die sich noch immer wackelig fühlte.

Ingo, der pensionierte Nordseefischer, hatte einen der angenehmsten Jobs im Museum: Da das Museumsdorf nur einen kleinen schmalen Fluss zu bieten hatte, in dem es nicht genug Fisch gab, hatte Ingo nichts zu tun, außer ,wie er es selbst nannte, „dekorativ in der Gegend herum zu sitzen", und ab und zu mal so zu tun, als würde er Netze flicken. Außerdem erzählte er jede Menge Seemannsgarn und räucherte einmal die Woche, immer Freitags, gekauften Fisch in seinem Räucherhaus.

Ingo hob nur kurz grüßend die Hand, als er Sarah sah, und lehnte sich dann wieder zurück, vielleicht, um ein bisschen Schlaf nachzuholen.

Sie ging über die Brücke an der Mühle und am alten Ketten-Karussell vorbei, den kleinen Weg die Anhöhe hoch, auf der die Schmiede, die Sattlerei und der neu aufgebaute Pferdestall lag. Schon von weitem war zu hören, dass Torsten in seiner Schmiede beschäftigt war, und Klaus, der alte Sattler saß auf der Bank vor dem Pferdestall und rauchte eine Pfeife.

„Moin Klaus."

„Moin min Deern."

„Na, Du alter Tanzbär, wie geht es Dir heute?"

„Ik bin'n büschen lahm, hüht."

„Das glaube ich dir", lachte sie, „du hast ja auch getanzt, wie ein junger Kerl."

Klaus schmauchte seine Pfeife und nickte wortlos.

Am liebsten hätte sie sich neben den alten Mann gesetzt und sich eine seiner Geschichten angehört, aber sie war an diesem Tag noch gar nicht bei ihrem Team in der

Küche gewesen, und wollte deshalb nicht zu lange weg bleiben.

„Ich muß zurück in den Kroog. Ich bin heute auch nicht so richtig fit, wenn ich ehrlich bin. Ich hätte wirklich nicht noch Ingos Aquavit anfassen sollen..." Sie schüttelte sich bei dem Gedanken an den Schnaps.

„Es gibt heute Abend Deichlamm, kommst du zum Essen?

„Jo mien deern, dat will ik wohl moken."

„Dann bis heute Abend Klaus."

„Kopf hoch, och wenn de Hals schietig is, min deern."

Sie lächelte: „Jo, Klaus."

Wie zu erwarten gewesen war, füllte sich das Gelände schnell mit Besuchern, die den schönen Frühlingstag im Museum verbringen wollten. Sogar der Biergarten des Kroogs war gut besucht und Sarah war froh, dass ihre Angestellten gut ohne sie zurechtkamen. Sie ließ sich kurz an der Rezeption sehen und wollte dann im Biergarten nach dem Rechten sehen weil sie die Hoffnung hatte, sich dann für 2 Stunden im Bereitschaftszimmer hinlegen zu können, um den schlimmen Kater endlich los zu werden.

Sie warf einen Blick über den mit heckenrosenumsäumten Biergarten. Alles soweit in Ordnung.

„Am besten sag ich kurz Katja und Pat Bescheid, und leg mich nochmal hin, dann bin ich zum Abendgeschäft wieder fit." Sie schloss kurz die Augen und seufzte leise, drehte auf dem Absatz um und war wenige Minuten später in ihrem Bett im Bereitschaftszimmer eingeschlafen.

Am Abend -nach zwei Stunden Tiefschlaf im kleinen Bereitschaftszimmer- waren Sarahs Müdigkeit und der Kater verflogen, sie lief zufrieden durch die Gaststube und verkündete fröhlich die Karte des Tages:

„Heute gibt es: Deichlamm mit Kräuterkruste, vegetarisch: Salbeipolenta mit Gorgonzolagemüse, der Salat kommt mit getrockneten Tomaten und Austernpilzen und die Suppe heute eine Paprikaschaumsuppe mit Jakobsmuscheln."

In dem kleinen Gastraum waren viele bekannte Gesichter:

Lars Köhler, genannt „Laurin der Flötenspieler" saß -wie fast jeden Abend- alleine an dem Tisch am Kamin. Sein Bordercollie Arthur hatte es sich zu seinen Füßen gemütlich gemacht und schlief. Laurin trank Bier und spielte auf der Flöte.

Am Nebentisch saßen der Schmied Torsten, der alte Sattler Klaus, Fischer Ingo und der Hausmeister Hermann zusammen und sprachen angeregt über die Pferde, die am nächsten Wochenende in dem Pferdestall zwischen Schmiede und Sattlerei einziehen sollten. Sie hatten sich schon seit Längerem überlegt, dass Pferde gut auf das Gelände passen würden. Sie wollten Kutschfahrten durch das Dorf anbieten und den Besuchern die Pferdehaltung vor 150 Jahren näher bringen.

Torsten hatte extra ein Brandzeichen für das Museumsdorf entworfen, dass sie den Pferden zwar nicht wirklich aufbrennen wollten, das aber den Museumsgästen bei Vorführungen mit den Pferden gezeigt werden sollte. Klaus wollte ganz neues Zaumzeug und Gurte nach historischen Entwürfen herstellen, die er nach langer Recherche in einem Archiv gefunden hatte.

Als Sarah am Tisch vorbei kam entbrannte allerdings gerade ein Streit zwischen den Männern:

„Ich will wissen, wo Du mein Brandeisen hin getan hast, Ingo. Verflucht, ich weiß, dass Du es genommen hast."

„Ich habe es nicht einfach nur genommen, ich habe es dir aus der Hand gerissen und versteckt, weil du gestern so besoffen warst, dass du mit dem Ding auf den feinen Herren Architekten los gegangen bist. Ich habe dich sozusagen vor dir selber geschützt....

Gern geschehen! Aber du musst dich nicht bedanken."

„Ich weiß, dass ich dem Blohmann eine verpassen wollte, ich hab auch allen Grund dazu." Torsten nahm einen tiefen Schluck aus dem Bierglas. „Und ich will mein Brandeisen wieder haben."

„Ich gebe es dir morgen wieder, aber ich sag dir nicht, wo ich es versteckt habe, damit ich es dort immer wieder hintun kann, falls du mal wieder so einen Ausraster bekommst."

Torsten hatte ein wutrotes Gesicht, trank dann aber noch einen tiefen Schluck und nickte.

„Morgen um 10:00 Uhr liegt mein Brandeisen in meiner Schmiede."

„Jo, so machen wir das. Prost."

„Prost."

Sarah lächelte still in sich hinein. So lösen Männer Probleme...

Die zwei Tische in der Mitte waren von externen Gästen belegt, ein Paar aus der Nachbarschaft und eine Runde älterer Männer, die nach dem Essen begann Skat zu spielen.

Am Tisch in der Mitte der Fenster saßen zwei Hotelgäste. Ein Pärchen Mitte dreißig, die offenbar ganz verliebt waren und ein verlängertes Wochenende im Kroog verbrachte. Sie hielten Händchen und tranken Rotwein, während sie sich leise unterhielten.

Die recht entspannte Stimmung des Abends kippte aber kurz später, als Georg Blohmann, dicht gefolgt von Karsten und zwei seiner Mitarbeiter in die Gaststube kam.

Na, die haben sich wohl mal wieder gestritten auf der Baustelle dachte Sarah, während sie vom Tresen aus beobachtete, wie der Architekt sich gleich an den ersten Tisch an der Tür setzte, Karsten Lassing der Baustellenleiter, Tobias Gerdau der Maurergeselle und Jan Starke der Reetdachdecker aber auf einen Tisch in der hinteren Ecke der Gaststube zugingen.

„Guten Abend Herr Blohmann, was darf es heute für Sie sein?" In ihren vielen Jahren in der Gastronomie hatte Sarah es gelernt, den Gast nicht spüren zu lassen, was sie über ihn dachte, obwohl es ihr bei diesem speziellen Herren zunehmend schwerer fiel...

„Ich nehme ein Glas Rotwein und dann hätte gerne die Tageskarte, um mir mal anzuschauen, was ihr heute wieder so auftischt. Ich habe einen Bärenhunger, ich hätte also gerne Fleisch, was für welches ist mir egal..."

„Einmal Wein und die Karte, kommt sofort..." Sie schaute hoch, ging ein paar Schritte auf Karsten und seine Kollegen zu und fragte dann „Und was kann ich für euch tun? Drei Bier und drei Mal Bauernfrühstück?"

Karsten strahlte sie an: „Meine Liebe, Du kannst Gedanken lesen. Genau so!"

„Alles klar, kommt sofort."

„Schau mal, Sarah, da ist er!" Tamara stieß ihre Chefin so heftig in die Seite, dass diese einen großen Schwall von dem frischgezapften Bier verschüttete.

„Wer?" Sarah blickte hoch. „Ach, der Schauspieler. Findest Du den wirklich so gut? Ist der nicht'n bisschen alt für dich?!"

Die Kellnerin kicherte leise. „Ich will doch nix von dem, ich find den nur cool, das ist alles."

Sarah schaute dem neuen Gast freundlich entgegen und lächelte den dunkelhaarigen Mann an: „Willkommen im GastHaus Ton Moehlen..."

Eigentlich hat Tamara Recht, der sieht wirklich ganz gut aus... Gut, dass ich nicht auf der Suche bin...

„...kroog. Was kann ich...."

„Tregitsch, Du alter Spinner, was machst Du denn hier?"

Georg Blohmann war aufgestanden und winkte dem Neuankömmling durch die Gaststube zu.

„Oh.... Georg"

Oliver Tregitsch war offensichtlich wenig begeistert. Sarah hatte das Gefühl, dass dem Schauspieler alle Farbe aus dem Gesicht entwich, als er Georg Blohmann erkannte.

Trotzdem ging er langsam auf den Tisch des Architekten zu. Sarah spitze automatisch ihre neugierigen Ohren.

Die Stimmung im ganzen Raum war plötzlich angespannt, so als würden zwei Duellanten in einem Wild-West Film aufeinander zu gehen.

Blohmann schob einen Stuhl nach vorne, um für den anderen Platz zu machen.

„Dass ich dich hier in dem öden Dorf treffen würde, hätte ich nicht gedacht, setz dich zu mir, hier ist es so langweilig, da kann ich eine kleine Abwechslung gut gebrauchen!"

Aber Oliver Tregitsch blieb stehen und blickte auf den anderen Mann herunter.

„Ich denke mir, dass das hier nix für dich ist..."

„Bist du irre? In dem blöden Kaff hier ist so wenig los, hier will ich nicht mal tot übern Zaun hängen." Er lachte extra laut, damit jeder der Anwesenden im Raum mitbekam, dass er einen Witz gemacht hatte.

Oliver Tregitsch zögerte einen Moment und antwortete dann kalt:

„Das kann ich mir vorstellen, Georg, du brauchst ja immer viel... Abwechslung... nicht wahr?! Danke ich esse lieber allein."

Dann an Sarah gewandt: „Könnte ich bitte die Karte bekommen? Ich setze mich an den Tisch dort am Kamin, der gerade frei wird."

Laurin hatte nun ganz aufgehört zu spielen, war aufgestanden und ging schnell auf die Tür zu. Er lief fast.

„Dann geh ich mal davon aus, dass du anschreiben willst, ja?!" rief Tamara dem Schäfer hinterher, doch da war die Tür schon wieder hinter ihm ins Schloss gefallen.

Jemand hatte ihm die Hose hinunter gezogen und auf der linken Hälfte seines weissen Hinterns leuchtete ein großes rotes „D" in einem Kreis.

Das einzige Geräusch, das Agnes hörte, war das leise Tick-Tick des Elektrozauns, der einen regelmäßigen Stromstoß durch den leblosen Körper schickte.

Eine große Blutlache war zu einer rot-braunen Masse zusammen getrocknet und sah ein bisschen aus, wie Schokoladenpudding.

Agnes ließ ihre Körbe fallen und starrte sekundenlang auf den Menschen, der in einer seltsamen Verkrampfung in anderthalb Meter Höhe hing.

Dann hörte sie ein anderes Geräusch, laut, schrill und schmerzhaft.

Es klingelte regelrecht in ihren Ohren.

Ein Schrei.
Laut und schrill.

Ihr eigener Schrei.

Ihr eigener Schrei, der nicht aufhören würde, nie wieder aufhören würde.

Sie wollte weg gucken, wollte das nicht mehr sehen, aber es ging nicht.

Schreien: Vielleicht wachte er dann auf, der schläft doch nur.

Schreien: Vielleicht wacht sie dann auf und stellt fest, das ist alles nur ein böser Traum.

Schreien: Die ganze Welt bestand nur noch aus Schreien, sie konnte nichts anderes mehr hören, außer ihrem Schrei.

Und sie konnte nichts mehr sehen, außer dem roten „D" auf der weißen Haut.

Als plötzlich Klaus neben ihr stand und sie ansprach, sah sie, dass sich seine Lippen bewegten, aber sie konnte ihn nicht hören. Er hielt ihre Schultern fest, schaute ihr ins Gesicht, schrie tonlos, begann sie zu schütteln, schüttelte sie stärker und als sie immer noch nicht aufhörte, zu schreien, schlug er ihr mit der flachen Hand ins Gesicht.

Das wirkte.

Ruhe.

Nur ein Dröhnen in den Ohren und wieder das leise Tick Tick vom Elektrozaun.

Klaus nahm Agnes fest in den einen Arm und angelte mit der anderen Hand sein Mobiltelefon aus der Innentasche.

Er rief die Polizei an, führte Agnes dabei langsam um die Schmiede herum, und setzt sie dann auf die Bank vor der Sattlerei.

Er rief sofort noch eine zweite Nummer an.

„Moin Angelika, hier ist Klaus, ich hab gerade die Polizei gerufen. Agnes hat den Blohmann gefunden, hinter der Schmiede, das sieht nicht gut aus, komm mal lieber gleich her, und ruf die Graue Eminenz an... Nee, ich glaub nicht, dass das wieder in Ordnung kommt... Ja bis gleich."

Agnes zitterte am ganzen Körper, begann ganz leise zu sprechen:

„Schrecklich, schrecklich, schrecklich, schrecklich."

„So mien deern, nun beruhig dich mal."

„Schrecklich, schrecklich, schrecklich..."

„Agnes, du krichst glicks noch een an ne Backen!"

Sie schaute ihn an, und die Erinnerung an die heftige Ohrfeige ließ sie schweigen.

„Ich hol dir mal was zu trinken." Der alte Sattler stand auf, holte dem Mädchen ein Glas Wasser aus seiner Werkstatt, das sie in einem Zug austrank.

Kurz drauf war der Streifenwagen da. Der danach eintreffende Krankenwagen fuhr direkt wieder ab:

„Wir werden hier wohl nicht mehr benötigt."

Nach und nach kamen Dorfmitarbeiter und die ersten Gäste auf dem kleinen Platz vor der Schmiede und der Sattlerei zusammen.

Schon drängten sich ein paar Reporter zu der Unglücksstelle vor, wollten Photos machen oder zumindest mit eigenen Augen sehen, was passiert war, aber da hatte die Polizei schon alles mit rot-weißem Flatterband abgesperrt und ein Tuch über den Toten gehängt.

Der Museumsbesitzer Hans-Henning Hansen, der von allen nur „Die graue Eminenz" genannt wurde, war so schnell er konnte zur Schmiede geeilt und stand nun umzingelt von einem Grüppchen Reporter neben an der Tränke neben der Sattlerei und versuchte Schadensbegrenzung zu betreiben. Schlechte Presse konnte sich das Museum wirklich nicht mehr leisten, besonders nicht, wo der Unfall des Bauarbeiters doch erst ein paar Wochen her war....

Sarah lief schnell die kleine Anhöhe hinauf, auf der die Schmiede und die Sattlerei standen. Sie kämpfte sich durch die Schaulustigen und als sie ihn sah, stöhnte sie leise auf:

Kriminalkommissar Thomas Klages.

Er stand etwas abseits zwischen Schmiede und Sattlerei, einen kleinen mp3 Rekorder in der Hand, und vernahm die völlig verunsicherte Agnes, die immer wieder wiederholte, dass sie mit ihren Eierkörben sonst nie den Umweg hinter der Schmiede lang machte, weil ihre Mutter ihr das verboten hatte.

„Nie, nie, nie geh ich da sonst, das soll ich nicht, weil das da weiter ist, und ich bin auch mal gefallen, weil der Weg so rutschig war, deshalb geh ich da nie, nie sonst nie! Und weil Mama hat auch gesagt, ich soll da nicht gehen, und ich gehe dann da auch nie. Sonst nie."

Sie war so hysterisch, dass sie sich fast an ihren eigenen Wörtern verschluckte. Sie wiegte sich hin und her, wie ein Baby, so dass sie noch stärker zurückgeblieben wirkte, als sie es tatsächlich war. Agnes Schneider, die 25 jährige Tochter von Gerd und Lena, war trotz ihrer geistigen Einschränkung -ein Ergebnis von zu wenig Sauerstoffzufuhr unter der Geburt- eine fröhliche, hilfsbereite junge Frau. Jetzt aber zitterte sie wie Espenlaub und fiel Sarah sofort um den Hals, als sie sie kommen sah.

„Sarah, Sarah! Ich bin froh, dass Du da bist!" Die junge Frau schmiegte sich an die Köchin und schloss die Augen.

Sarah sah den Kriminalkommissar vorwurfsvoll an: „Thomas, ich wusste gar nicht, dass wir hier in Brokenrade noch dein Zuständigkeitsbereich sind. Ist dein Bezirk nicht die Innenstadt?" Sie blickte sich um: „...Was ist hier bloß passiert? Und was hast Du mit Agnes gemacht? Die zittert ja am ganzen Körper!"

„Guten Morgen, liebste Schwägerin. Tja es scheint wohl so zu sein, dass einer eurer Gäste heute Nacht umgebracht worden ist. Er muss bei dem Versuch über den

Zaun zu klettern abgerutscht sein, und ist dann von den scharfkantigen Eisenspitzen des Zauns durchbohrt worden, und nun... ja... nun hängt er da. Er war nicht sofort tot und wir hätten vielleicht sogar Fremdverschulden ausgeschlossen, wenn es nicht einen eindeutigen Beweis gäbe, dass jemand nun ja… an dem Toten… manipuliert hat... So sieht es jetzt so aus, als hätte jemand mit angesehen, wie der Mann verblutet ist..."

„Sarah, der hat was am Po, das ist Rot und rund, ich weiß nicht, was das ist, aber es ist rot, rot, rot."

„Wovon sprichst Du?" Sie sah Klages an:

„Was meint sie damit?"

„Tut mir leid Sarah, ich kann zu diesem laufenden Ermittlungsverfahren nichts sagen."

„Schon gut Thomas, ich will es gar nicht wissen, aber Agnes nehme ich mit. Dir ist doch wohl klar, dass das Mädchen ein bisschen langsamer ist als andere junge Frauen in ihrem Alter, und dass sie dieser Situation nicht gewachsen ist, oder?! Ich kann mir gar nicht vorstellen, dass es zulässig ist, sie ohne ihre Eltern zu vernehmen!"

„Ja, ich weiß, sie ist'n bisschen dusselig."

„Wir bevorzugen den Ausdruck lernverzögert."

„Egal, wie ihr das nennt. Sie ist eben'n bisschen dusselig. Ich werde auf jeden Fall in den nächsten Tagen hier auf dem Gelände sein. Ich werde einen Raum brauchen, in dem ich die Zeugen vernehmen kann. Du hast da doch in deiner Kneipe diesen Raum, wie nennt ihr den? Gutes Zimmer..?"

Sarah sah ihren Schwager mit einem gequälten Blick an und seufzte: „Der Kroog ist keine Kneipe, sondern ein Restaurant, und der Raum heißt: Gute Stube."

Sie war sich nicht sicher, ob Thomas wirklich der Richtige war, um hier auf dem Gelände zu ermitteln.

Sie hatte nie verstanden, warum ihre Schwester Yvonne sich für diesen Mann entschieden hatte. Sarah hatte es am Anfang wirklich versucht, nett zu ihm zu sein, aber sie mochte ihn einfach nicht. Thomas war blond, etwas dicklich, hatte ein fast kreisrundes Gesicht und war, das musste man so klar sagen, nicht besonders attraktiv. Außerdem fand Sarah Thomas humorlos, grob im Umgang und er interessierte sich kaum für etwas anderes als seinen Beruf. Er war Polizist aus und mit Leidenschaft. Ihre Schwester hatte ihn vor sieben Jahren in Kassel kennen gelernt und hatte sich sofort Hals-über Kopf in ihn verliebt.

Und sein Beruf musste es wohl gewesen sein, was Yvonne so anziehend gefunden hatte: Ein Mann der sich der Gefahr stellte und das Unrecht bekämpfte, um dann nach Hause zu kommen, um seine Frau und die Familie zu beschützen.

Es war dann im echten Leben doch etwas anders gekommen, als in Yvonnes romantischer Vorstellung, aber als klar wurde, dass Thomas sich in erster Linie für seine Arbeit interessierte, war Yvonne schon schwanger und eine Trennung kam für sie nicht mehr in Frage.

„Komm Agnes, wir gehen mal in den Kroog und da mach ich Dir eine heiße Milch, ja?"

Die junge Frau nickte kraftlos und lief auf unsicheren Beinen neben Sarah her.

„Mama?"

„Ja, ich ruf auch deine Mutter an, mein Schatz, mach Dir keine Sorgen!"

Im Kroog waren schon einige Kollegen zusammen gekommen und sprachen aufgeregt miteinander.

„Was ist denn hier nur los? Erst Timm und jetzt der Blohmann"

Timm.

Sarah hatte auch gleich an Timm denken müssen.

Vor etwa vier Wochen hatte sie den Zimmermann am Morgen nach dem Richtfest des Bürgermeisterhofs tot auf der Baustelle gefunden.

Als sie Timm dort liegen sah, hatte sie zuerst gedacht, er hätte sich einfach, weil er zu viel getrunken hatte, auf der Baustelle schlafen gelegt.

Sie schüttelte den Kopf. Die Erinnerung an das blutverschmierte Gesicht des toten Zimmermanns war noch zu lebendig. Sie wischte sich mit der linken Hand über die Stirn, um die Gedanken zu vertreiben. Aber eine Frage blieb: War das Zufall? Oder vielleicht doch Mord? Und: hatten die beiden Todesfälle etwas miteinander zu tun?

„Stimmt es, dass er eine Tätowierung am Hintern hat?"

„Nee, das ist ein Muttermal..."

„Ich hab gehört, da soll was mit Lippenstift drauf gemalt gewesen sein."

„Lippenstift? Ich weiß nicht, denkst Du, es hat ihm jemand den Hintern geküsst?"

„Da hat er sich die ganzen Wochen hier aufgeführt wie ein König, und nun ist er tatsächlich einer...

Ein Zaunkönig!"

Lautes Lachen.

Sarah blickte fassungslos in die Runde. Auch wenn niemand Georg Blohmann gemocht hatte, war es kein

Grund so pietätlose Witze zu machen, schon gar nicht vor der völlig verängstigten Agnes.

„Sag mal seid ihr irre? Agnes ist total verschreckt, deshalb wäre ich euch dankbar, wenn ihr jetzt mal eure Schnabel halten würdet." Sarah setzte die junge Frau auf einen Stuhl und ging hinter den Tresen um ihr Milch heiß zu machen.

Die meisten Anwesenden verschwanden nach Sarahs deutlicher Ansage schnell aus dem Gastraum. Tamara und Katja standen hinter dem Tresen und sprachen leise miteinander, mutmaßten, wie Georg Blohmann umgekommen sein könnte.

Sarah blickte auf: „Thomas sagt, es sei Fremdverschulden mit im Spiel gewesen..."

„Oh Gott, Fremdverschulden? Heißt das, er ist umgebracht worden? Wer würde denn so etwas tun?"

„Ich würde sagen: jeder, der ihn jemals getroffen hat!"

„Katja, sei nicht so böse!" Tamara war sichtlich schockiert.

„Wieso, sie hat doch recht." Sarah ging an den beiden vorbei und reichte Agnes die versprochene heiße Milch. „Trotzdem sollten wir jetzt erst mal Lena und Gerd anrufen, damit einer der beiden Agnes abholen kommt. Hier, mein Schatz", sagte sie an Agnes gewandt „und jetzt kümmere ich mich darum, dass deine Mutter herkommt und dich mit nach Hause nimmt, ja?!"

„Wird erledigt!" Tamara war zum Telefon hinter dem langen Holztresen gegangen, und suchte auf der Telefonliste nach Lenas Handynummer.

„Ja, meine Mama, ich will zu meiner Mama." Agnes fing nun wieder laut an zu weinen, und wiegte sich hin und her, wie ein ganz kleines Kind und hörte erst wieder auf zu, als Lena 15 Minuten später kam und das Mädchen ins Auto setzte, um sie nach Hause zu bringen.

„Ich brauch jetzt erstmal einen Schnaps." Katja nahm sich ein Glas vom Regal hinter dem Tresen und schaute in die Runde

„Noch jemand?"

„Ick will wohl auch een hem." Klaus stand in der offenen Tür der Gaststube, und schob seine Prinz-Heinrich-Mütze in den Nacken.

„Klaus, oh Mann, was ist denn hier nur los?"

„Nu is dat Swin tot... Mann, Mann Mann."

Sarah sah den alten Sattler an: „Klaus, bitte, fang Du nicht auch noch so an. Natürlich hat keiner den Blohmann gemocht, aber so was hat ihm doch trotzdem keiner gewünscht, oder?!"

„Na, eener hat wohl..."

Katja gab jedem einen gut eingeschenkten Cognac: „Prost."

„Prost, deerns."

„Prost, Klaus."

Sarah trank und schüttelte sich.

„Puh, und das so früh am Morgen... Aber zumindest fühle ich meinen Körper jetzt wieder. So Klaus nun erzähl mal, was Du gesehen hast. Was hat der Blohmann denn nun auf dem Hintern kleben?"

Klaus setzte sich langsam auf einen der Stühle, nahm seine Mütze kurz ab, nur um sie sofort wieder auf zu setzen.

„Dat is ja dat seltsame, und ich mach mir da auch jetzt'n büschen Sorgen, denn das, wat da auf seim Hintern is, is dat Brandzeichen, dat Torsten für unsre Pferde geschmiedet hat."

„Was?"

„Bitte?"

Sarah und Katja setzten sich fast gleichzeitig auf die beiden Stühle links und rechts von Klaus. Tamara, die noch immer hinter dem Tresen gelehnt hatte kam langsam an den Tisch und setze sich auf letzten freien Stuhl neben ihrer Chefin: „Meinst Du, dass das der Torsten war?"

Klaus zuckte wortlos mit den Schultern und legte seine dunkelblaue Mütze nun doch noch auf den Tisch, raufte sich mit beiden Händen die spärlichen Haare.

„Also ich muß euch jetzt mal was sagen." Sarah atmete tief ein: „Angelika hat mir beim Tanz in den Mai was erzählt, das könnte schon ein Motiv sein, also, ich meine, oh Gott... Nein ich kann mir das nicht vorstellen. Torsten ist doch so ein ruhiger, netter Typ."

Katja stand wortlos auf und holte die Cognacflasche und schenkte jedem noch mal kräftig nach.

„Was hat sie dir erzählt?"

Sarah atmete kurz ein und laut wieder aus:

„Angelika hatte was mit dem Blohmann"

„Wat?"

„Ach niemals!" Tamara schrie fast.

„Das glaub ich nicht, komm, hör auf, der ist so ekelig, also, der war so ekelig... den kann man doch nicht ran lassen, mit seinen ekeligen dicken Fingern!" Katja trank das Glas in einem Zug aus und schüttelte sich dann ebenfalls kräftig.

Tamara schauderte: „Brrr! ich muss mich schon schütteln nur bei dem Gedanken daran... Oh Gott, darf man so über Tote reden? Das soll man nicht, oder? Das bringt doch bestimmt Unglück...“

Sie blickte an die Zimmerdecke und sagte an einen imaginären Gott gewandt: „Tschuldigung, ich habs nicht so gemeint“

Klaus stand auf „Ich werd mal in meine Werkstatt gehen, n büschen Arbeit wird mich wohl ablenken...“

„Bist Du Dir sicher? Da ist doch jetzt alles voller Bu... äh voller Polizei, da findest Du bestimmt wenig Ruhe.“ Sarah dachte in erster Linie an ihren unfreundlichen Schwager.

„Jo, dat is wohl wahr. Dann geh ich mal zu Ingo, da hab ich dann wohl meine Ruhe.“

„Hallo!“ Angelika Larner, Kuratorin des „olen Dörps“ stand in der Restauranttür. Verschwitzt, total durcheinander und mit hektischen Flecken im Gesicht.

„Ich wollte euch nur kurz sagen, dass wir jetzt schließen und bis morgen geschlossen bleiben, weil... naja... weil das wohl das Mindeste ist, was wir aus Respekt tun können. Hermann ist schon auf dem Gelände unterwegs und wirft die Besucher raus, die noch nicht vor der Polizei geflohen sind.“

Die vier starrten sie schweigend an, jeder musste daran denken, dass die sonst so korrekte und fast spießige Kuratorin eine Affäre mit dem Toten gehabt hatte. Dabei waren sie sich alle nicht sicher, was sie mehr schockierte: dass Angelika überhaupt eine Affäre gehabt hatte, oder dass es gerade mit dem widerlichen Blohmann gewesen war.

Sarah unterbrach die etwas peinliche Stille und lief auf ihre Kollegin zu „Angelika, gehts Dir gut? Kann ich irgendetwas machen?"

„Nein, ist schon gut, ich sag nur eben überall Bescheid, dass wir jetzt schließen, Monika wimmelt die Besucher am Eingang ab, und vertröstet sie auf einen anderen Tag. Gut, dass wir heute keine Buchung für eine Veranstaltung haben... Ich.. oh Mann, ich weiss auch nicht, was ich denken soll..."

„Komm, setzt dich kurz, Tam, hol doch noch mal ein Glas bitte, ich glaube, Angelika kann jetzt auch einen großen Cognac vertragen."

Klaus nahm seine Mütze: „Ich geh mal zu Ingo rüber... Und wenn ich Besucher treffe werf ich sie gleich raus." er hob die Hand zum Gruß und war schon verschwunden.

Angelika trank das Glas in einem Zug aus: „Ich weiß einfach nicht, was ich denken soll, ich bin total durcheinander. Gestern haben wir uns noch so heftig auf der Baustelle gestritten, und heute ist er tot... Warum hat ihm denn jemand etwas auf den Hintern gemalt? Habt ihr das auch gehört, dass er etwas auf dem Hintern haben soll? Und was? Das macht doch alles gar keinen Sinn..."

Sarah tauschte einen schnellen Blick mit Katja der sagte: wir sagen ihr jetzt lieber nicht, was sich da auf dem Hinterteil des Toten befindet!

Schließlich wäre die Nachricht, dass eventuell Angelikas Mann etwas mit dem Tod des Architekten zu tun hat, jetzt nicht gerade hilfreich.

Als das Telefon klingelte bewegte sich erst niemand. Alle schienen denselben Gedanken im Kopf zu haben: Nicht noch mehr schlechte Nachrichten!

Dann sagte Tamara, nach einem kurzen Blick auf das Display: „Das ist Hermann..." Dann in den Hörer: „Hallo hier ist Tamara."

Hermann Wendtler arbeitete schon so lange als Hausmeister für das Museum, dass er selber manchmal sagte, dass er wohl hier begraben werden müsste, wenn er mal abtritt. Vor einigen Jahren hatte er sich dafür eingesetzt, dass die Mitarbeiter des Dorfs tragbare Telefone bekamen, die zwar wenig historisch aber unglaublich praktisch waren. Und es gab immer wieder einen Grund, warum man schnell und problemlos miteinander kommunizieren wollte. Allerdings trugen die wenigsten ihr Telefon auch bei sich, bei den meisten verstaubten die Geräte ohne Strom und Zuspruch in irgendeiner Schublade. Aber Hermann nutze sein Telefon gern und viel, besonders um Nachrichten zu verbreiten, denn obwohl er ein Mann war, war er wohl das größte Klatschweib, dass jemals das Licht dieser Welt erblickt hatte.

„Hm... Was?" Tamara schrie fast, "warte, ich geb dich mal an Sarah weiter..." sie wandte sich an Sarah: „Sarah, Hermann sagt, dass dein Schwager gerade Torsten festgenommen hat..."

Angelika sprang auf und wollte sich den Hörer greifen, und wahrscheinlich hätte sie mit Sarah darum gekämpft, wenn diese sich nicht schnell mit einem Sprung hinter die Theke in Sicherheit gebracht hätte.

„Hermann, ich bin's, Sarah. Was ist passiert?"

Sie hörte lange zu, sagte nur ab und zu mal „ja" und „hm" und „aha". Angelika starrte sie die ganze Zeit über an, versuchte aus ihrer Reaktion abzuleiten, was los war.

Nachdem Sarah aufgelegt hatte, schaute sie Angelika gequält an und sagte dann: „Es stimmt. Mein geliebter Schwager Thomas hat Torsten mitgenommen, weil das rote Ding an Blohmanns Hintern, das Du vorhin erwähnt hast, also, um ehrlich zu sein, weil es ein Brandzeichen ist."

Sarah schaute auf den Boden, um Geli jetzt nicht direkt anschauen zu müssen. Sie schluckte.

„Es ist ein Brandzeichen, gemacht mit Torstens handgeschmiedetem Eisen. Außerdem weiß er, dass du mit Blohmann... naja... was hattest, und das ist wohl ausreichend genug, um Torsten zumindest für Befragungen mit aufs Präsidium zu nehmen..." Sie stockte, „Es tut mir so leid, Geli!"

„Das ist so ein Albtraum, Sarah, ich kann Dir gar nicht sagen, was das für ein Albtraum ist..."

Die sonst so disziplinierte Angelika saß auf dem Holzstuhl und wurde immer kleiner.

Sarah begann der Kollegin vorsichtig den Rücken zu streicheln.

„Ich weiß, im Moment scheint es so, als könnte es nie wieder gut werden, aber ich verspreche Dir, dass sich das alles aufklären wird. Torsten hat doch niemals etwas mit Blohmanns Tod zu tun!"

Angelika schüttelte nur langsam den Kopf:

„Wie soll denn alles wieder gut werden? Torsten ist verhaftet, wegen dem Mord an dem Mann, mit dem ich ihn betrogen habe. Und woher soll ich denn wissen, ob er wirklich nichts damit zu tun hat? Das ist so absurd, ich fasse es nicht, wie es soweit kommen konnte! Und zudem ist der Architekt für das wichtigste Projekt des Museums seit über 15 Jahren plötzlich nicht mehr da. Ich weiß, dass das herzlos klingt, aber wie soll ich denn nun meinen Bürgermeisterhof fertig gestellt bekommen?"

Angelika schenkte sich noch einmal Cognac nach, trank das Glas in einem Zug leer und verzog das Gesicht.

„Und dann gibt es da noch einige andere Sachen, die sind auch... etwas außer Kontrolle geraten...“

Sarah schaute kurz Katja und Tamara an, die nur nickten und sofort aufstanden um sich schweigend in Richtung Büro zurück zu ziehen.

Angelika blickte Sarah verzweifelt an: „Ist das nicht unfassbar? Ist es nicht unfassbar, dass ich mich von diesem Ekel hab verführen lassen. Seine so überhebliche Art, sein weltmännisches Getue. Am Anfang fand ich das tatsächlich anziehend gefunden. Weißt Du Sarah, er ist so...“ Sie unterbrach sich und schluckte, „er war so anders als Torsten. Dass er so genau zu wissen schien, wo sein Platz ist im Leben, und dass da wo er war, immer oben war, das hat mir wirklich gefallen. Als er schon bei den ersten Lagebesprechungen angefangen hat, mit mir zu flirten, war das war so ungewöhnlich gewesen, dass ich zuerst dachte, er macht sich über mich lustig!“

„Er hat schon bei den ersten Besprechungen angefangen, mit Dir zu flirten? Ganz schön frech, der Herr Architekt. Aber warum sollte er sich denn über dich lustig gemacht haben?“

„Ach Sarah das ist lieb von Dir, aber ich bin schon sehr realistisch, was meine optische Erscheinung angeht. Ich bin vielleicht schlank, aber doch wohl eher unauffällig. Ich bin nicht unbedingt eine Frau, die sofort Männerphantasien beflügelt.“

Sarah nickte, Angelika hatte recht, sie war schlank, aber ohne besondere Reize, sie kleidete sich vorteilhaft, aber mit wenig Esprit und es war schon bestimmt sehr lange her, dass jemand anderes außer Torsten sich für sie als Frau interessiert hatte.

„Weißt Du, deshalb war es wohl auch so etwas besonderes für mich: Ich hab mich so...lebendig gefühlt. Er machte all diese Sachen, diese kleinen netten Dinge, die in einer normalen Ehe vom Alltag aufgefressen wurden -und meine Ehe macht da keine Ausnahme."

Sarah nickte: Sie konnte sich lebhaft vorstellen, wie der schleimige Kerl anfing, Angelika mit kleinen Aufmerksamkeiten und Komplimenten versucht hatte rumzukriegen.

Leise erzählte sie weiter: „Dann hat er mich eingeladen, mit ihr übers Wochenende ans Meer zu fahren: getarnt natürlich als Arbeitsreise nach Kappeln, um dort im Stadtarchiv nach zusätzlichen Informationen über den Bürgermeisterhof zu recherchieren.

Und dort, in einer kleinen Pension an der Schlei ist es dann passiert... Ich hatte wirklich lange nein gesagt, immer wieder. Weil, trotz aller Probleme liebe ich Torsten noch immer und die Vorstellung ihn zu belügen war schrecklich für mich. Aber Georg war ein wirklich guter Verführer... naja, und dann... ist es dann passiert.

Weißt Du, es kam mir schon ein bisschen so vor, als würde er sich mehr für sich selbst interessieren, als für mich, aber er hat das trotzdem alles ganz gut gemacht."

Die Kuratorin schaute auf den Boden vor ihren Füßen, Sarah wollte sie nun auch nicht weiter quälen, aber schon fuhr die andere fort:

„Ich hab mich schon ein bisschen gewundert, und es auch unpassend gefunden, als er die Hotelrechnung für das Wochenende, dass wir ja fast komplett gemeinsam im Bett verbracht hatten, als Spesen eingereicht hat. Oh Mann, ich bin so dumm gewesen!"

Nun blickte sie Sarah direkt in die Augen und sagte mit Nachdruck:

„Sarah, ich bin so dumm gewesen! Ich hab meinen Irrtum wirklich schnell bemerkt, aber es war nicht so einfach, sich von jemandem wie Georg zu trennen. Und nun das. Das ist alles meine Schuld. Oh Gott, das ist alles meine Schuld!"

Sarah unterbrach die Kollegin, um sie -zumindest vorläufig-von den Selbstvorwürfen zu befreien:
„Soll ich Thomas mal anrufen? Vielleicht kann ich ja von ihm etwas erfahren, so von Schwager zu Schwägerin...!?"
Angelika nickte: „Ja, bitte, ich muss einfach wissen, was genau los ist, und was ich machen kann, für Torsten. Er hat Georg doch nicht umgebracht, das kann doch nicht sein, oder was denkst Du...?"
„Ich sag es Dir ganz ehrlich, Geli, ich weiß im Moment gar nicht, was ich denken soll... Aber ich ruf Thomas mal an."

Das Telefonat mit dem Polizeikommissariat ergab, dass Torsten als Verdächtiger verhört wurde, aber eventuell schon am selben Abend nach Hause zurückkehren würde.
Was Sarah nicht erwähnte, war was sie außerdem von ihrem Schwager erfahren hatte: Die Gerichtsmediziner hatten zwar die Obduktion noch nicht abgeschlossen, aber man hatte blaue Flecken an Blohmanns Beinen gefunden. Jemand hatte ihn festgehalten oder sogar heruntergezogen, nachdem er auf dem Zaun ausgerutscht war. Jemand hatte ihn festgehalten während er versucht hatte, sich zu befreien, und gewartet, bis er tot war, oder sich zumindest nicht mehr bewegte. Schreien konnte er nicht mehr, weil der Zaun die Lungen durchbohrt hatte, und er wohl kaum noch genug Luft zum Atmen gehabt hatte.

Sarah schauderte. Ihr war kotzübel. Sie konnte es nicht fassen, dass jemand so grausam sein konnte.

Obwohl das Museum geschlossen war, ging fast keiner der Mitarbeiter und ehrenamtlichen Helfer nach Hause. Sie saßen den ganzen Tag über in Grüppchen zusammen und tratschten und rätselten, was wohl genau vorgefallen war, wie Georg Blohmann zu Tode gekommen sei und wer der Täter sein könnte.

Es gab nur wenige, die die Leiche wirklich gesehen hatten, und da Klaus und die Restaurantcrew sich mit Details sehr zurück hielten, wusste vorerst niemand von dem Brandzeichen. Sarah und Katja wollten Angelika schützen, und Klaus hatte kein Interesse daran, noch mehr ?l ins Feuer gießen. Schließlich war Torsten ein enger Freund.

Spät am Abend saßen noch einige der Kollegen im Restaurant zusammen, und tranken ein letztes Bier.

Sarah stand allein hinter dem Tresen, sie hatte Tamara und die Köchinnen gegen acht Uhr nach Hause geschickt. Zwar hatten einige der Museumsangestellten im Kroog zu Abend gegessen, aber da das Museum geschlossen hatte, war es unwahrscheinlich, dass noch externe Gäste kommen würden. Die Handwerker, die für den Aufbau des Bürgermeisterhofs verantwortlich waren, saßen an zwei zusammen geschobenen Tischen in der Mitte des Raumes und tranken ein Bier nach dem anderen.

Anfänglich war die Stimmung sehr gedrückt gewesen, aber schon nach den ersten Bieren fielen die Hemmungen zusehends, und die Handwerker begannen über den Toten zu lästern.

„Sarah, bringsd Du uns nochne Runde?" Karstens Zunge war schon etwas schwer: „Schade, dass ihr heude kein Themenessen angeboten habd. Ich hädde heute gerne Spiessbraden gegessn!" Karsten lachte selber am lautesten über seinen Witz, die Umsitzenden rutschten erst ungemütlich auf ihren Stühlen, und stimmten dann langsam und zögernd in sein Lachen ein.

„Ach kommt schon Leude, wir wissn alle, dass wir besser dran sinn ohne den Blödmann Blohmann. Jetzt schaffen wir es wohl sogar, unseren Eröffnungsdermin an Middsommer zu halden!"

„Karsten?!" Sarah stand hinterm Zapfhahn und rief so laut durch die Gaststube, dass jeder den Kopf drehte, und alle Gespräche verstummten.

„Ich möchte nicht, dass in meinem Gasthaus so über einen Toten gesprochen wird. Entweder du hältst Dich jetzt zurück, oder Du bekommst heute kein Bier mehr von mir..."

Sarah wusste aus Erfahrung, dass es einfacher war einem Störenfried den Bierhahn abzudrehen, als ihn tatsächlich rauszuschmeißen.

„Jaja, schon gud. Ich sach schon nix mehr. Aber Du weissd gar nich, wie schwer wir das midem haddn. Ich weiss gar nich, wieso der den Job bekommen hadd. Der hadde doch gar keine Ahnung. Der Zaunkönig, nun isser dod..."

Sarah stellte die bestellten Biere vor die Handwerker und sprach nun deutlich leiser, damit die Andren nicht mithören konnten:

„Karsten, der Mann hat seit Wochen in meinem Hotel gewohnt, was meinst Du, was wir für Probleme mit dem hatten. Aber so oder so, man spricht nicht so über Tote."

„Wieso eigentlich?"

„Was?"

„Na, wieso soll man n eigendlich nich schlecht über Tode reden, wennse Arschlöcher warn?"

Sarah blickte Karsten erstaunt an. Sie gab es zwar nicht gerne zu, aber darauf hatte sie nur Antworten wie „weil man das nicht macht, oder das gehört sich nicht" Und sie wußte, dass sie dem Baustellenleiter mit solchen Floskeln nicht kommen brauchte. Er würde noch endlos mit ihr diskutieren, und so tat sie das, was jeder Gastronom macht, wenn ihm das Gespräch mit einem Gast unangenehm wird: Sie sagte, sie müsse weiterarbeiten und ging, ohne auf sein Gerede einzugehen.

Als die letzten Kollegen gegangen waren setzte, Sarah sich zu Katja ins Büro und erledigte Schreibkram. Beide wollten einfach nicht nach Hause gehen. Sie wollten nicht allein sein, sondern lieber in der tröstlichen Nähe der Freundin bleiben. Gegen halb 11 hörten sie Hundegebell vor ihrem Fenster und beide schauten von ihrer Arbeit auf und winkten dem Nachtwächter Max und seinem Hund freundlich zu, der gerade am Kroog vorbeikam. Der Nachtwächter war nach dem ungeklärten Unfalltod von Timm vor einigen Wochen eingestellt worden. Vorher war nur Hermann gegen 8 einmal übers Gelände gegangen und hatte alle Häuser und Scheunen verschlossen. Aber der Hausmeister musste am Morgen immer sehr früh mit seiner Arbeit beginnen. Deshalb hatte er seine „letzte Runde" häufig mit seiner „Rauswurfrunde" kombiniert, die er jeden Abend um 18:00 Uhr machte, um die letzten Gäste zu bitten, das Museumsgelände zu verlassen.

Als Timm nach dem Richtfest so tragisch ums Leben gekommen war, hatte die Museumsleitung dann die Idee gehabt, einen echten Nachtwächter einzustellen. Er sollte sicherstellen, dass sich nach Feierabend wirklich keiner mehr auf dem Gelände aufhielt.

Als sich die Suche nach einem passenden Kandidaten viel schwieriger gestaltete, als gedacht, hatte der Nachtportier John einen guten Freund von ihm vorgeschlagen: Max Halber war Bundesgrenzschutz-Beamter im Ruhestand, und war froh, wieder etwas Sinnvolles tun zu können. Sein Hund Rex, ein ebenfalls pensionierter Personensuchhund, war immer an seiner Seite. Und genau das machte sich nun das Museum zu Nutze:

Der Hund würde jede Person, die sich unrechtmäßig auf dem Gelände aufhielt sofort wittern und anschlagen.

Max freute sich über ein wenig Abwechslung und John freute sich, seinen Freund nun fast jeden Abend zu treffen. Schon nach wenigen Wochen hatte sich eingebürgert, dass Max nach seiner Runde gegen halb eins, zu John an die Rezeption ging. Dann saßen die beiden gemeinsam in der Lobby und spielten Schach.

Max' Runde dauerte fast zweieinhalb Stunden: Zuerst schaute er in jeden Hof, stellte sicher, dass alles verschlossen war, und dass sich niemand auf dem weitläufigen Gelände versteckte. Danach ging er noch eine komplette Runde um das Gelände herum, um -wie er es nannte- den Zaun zu sichern.

Sarah lächelte, als sie ihm zuwinkte und sagte gedankenverloren zu Katja: „Komisch, dass Max gestern gar nichts bemerkt hat, er muss doch kurz bevor das passiert ist noch dort vorbei gekommen sein... dann waren wohl die einzigen, die noch da waren wir und die Leute, die mit uns im Kroog..." Sarah schluckte

„Oh Gott, Katja!"

Katja schaute ihre Freundin schockiert an. Schlagartig hatte sich der Gedanke auch in Ihrem Kopf ausgebreitet:

Durch die spezielle Bauweise des Hotels und Restaurants direkt am Rande des Museumsgeländes, konnten zwar externe Gäste nach Museumsschluss noch im Kroog essen; und natürlich durch den Hoteleingang zu ihren Zimmern gelangen, aber der Zugang in das Restaurant vom Gelände war verschlossen. Allerdings war die Kroogtür -aus feuerpolizeilichen Gründen- so abgeschlossen, dass man immer nach draußen gelangen konnte. Da die Sicherungen seit Timms Tod noch zugenommen hatten, war sicher, dass niemand von außen auf das Gelände gelangen konnte.

Das bedeutete, wenn zum Zeitpunkt von Max' Runde niemand auf dem Gelände versteckt gewesen war, führt der einzige Weg zum Tatort durch das Hotel und Sarahs Gaststube.

Und:

Gestern Abend hatte es mal wieder Ärger mit Georg Blohmann gegeben. Gestern Abend hatten sich ungewöhnlich lange noch Gäste im Restaurant aufgehalten und auch Sarah und Katja hatten noch länger als üblich in der Gaststube zusammen gesessen.

Und wenn Max da schon seine Runde gemacht hatte, und der Hund nicht angeschlagen hatte, dann...

„.. dann muss der Mörder ja gestern Abend bei uns gegessen haben, das heißt wir kennen den Mörder und haben ihn gestern bewirtet..."

Katja wurde blass: „Scheiße, du hast recht"

„Wenn der Zaun nicht beschädigt ist, heißt das, der Mörder muss anders auf das Gelände gekommen sein, und da man für das Haupttor einen Schlüssel benötigt, und das hintere kleine Tor im Zaun Nachts immer mit einer Kette verschlossen ist, und weil es wirklich unmöglich ist, über den Zaun zu klettern, seitdem auch noch ein Elektrodraht dazu gelegt worden ist, muss er tatsächlich gestern bei uns gesessen haben. Bei uns im Kroog muss der darauf gewartet haben, dass er unbemerkt aufs Gelände verschwinden kann."

„Los, wir fragen Max mal, komm schnell!" Die beiden Frauen sprangen auf, und liefen hinter dem Nachtwächter her.

„Max, Max warte mal bitte kurz."

„N'Abend die Damen, wie kann ich denn behilflich sein. Mensch, ihr seht ja richtig aufgeregt aus."

„Max, hast Du gehört, was hier heute Nacht passiert ist?"

„Da müsst ich ja schon taub und blind sein, um das nicht mitbekommen zu haben."

„Und Du hast gestern deine Runde gemacht?"

„Habe gestern ganz normal meine Runde gemacht. Viertel nach zehn bis halb ein Uhr Nachts, und bevor ihr fragt: Ja ich war an der Schmiede, da war keiner drin und da hing auch keiner irgendwo. Das hat mich der Polizist mit dem runden Gesicht auch alles schon gefragt."

„Und Rex hat auch nicht angeschlagen?"

„Nein, alles wie immer, am Schafstall hat Rex kurz angezeigt, aber das waren nur der seltsame Schäfer und sein zotteliger Hund."

„Laurin, heißt er und er bevorzugt Flötenspieler, und der zottelige Hund heißt Arthur", berichtigte Katja ihn.

„Wie dem auch sei, ich hab nix gesehen, das hab ich alles schon gesagt."

„Und der Zaun ist nicht beschädigt?"

„Gestern Abend war er es noch nicht. Ob er es jetzt ist, das wird die Polizei wohl besser wissen. Ich bin ja noch nicht rum gegangen. Was wollt ihr denn jetzt noch?"

„Ach nix, danke, das war's schon, viel Spaß noch auf deiner Runde"

Als die beiden zurück im Büro waren sagte Sarah zu ihrer Freundin: „Los, das müssen wir jetzt mal klar kriegen: Schreib doch mal auf, wer uns einfällt, wer gestern im Restaurant war. Wir machen jetzt eine deiner berühmten Listen!" Sie wartete, bis Katja sich einen Kuli aus der Stifte Box geangelt hatte.

„Also, wer fällt mir ein? Karsten war da, zusammen mit Jan und Tobias. Dann natürlich Laurin, wie immer. Der ist allerdings sehr früh gegangen, der ist gegangen als... oder weil... der Tregitsch rein gekommen ist. Erinnerst du dich? Das war auch irgendwie seltsam!"

„Ja das stimmt, das war komisch. Dann war die Graue Eminenz da, mit Frau, also Hans-Henning und Lotti Hansen." Katja schrieb die Namen in die Liste.

„Dann die Skatbrüder."

„Hm, mehr fallen mir im Moment nicht ein, lass uns mal rüber in die Gaststube gehen, vielleicht können wir uns erinnern, wer an welchem Tisch gesessen hat"

Kurz später lehnten die beiden am Tresen und blickten konzentriert in den leeren, dunklen Gastraum.

Sarah hatte eine kleine Skizze angefertigt, auf der sie nun alle Namen eintrug: „Ich weiss, hier vorne saßen die Kaminskies und haben wieder viel von dem roten

Landwein getrunken. Ganz ehrlich, ich wunder mich manchmal, wie viel die beiden so weg trinken können, ohne jemals betrunken zu wirken... Egal. Und daneben, an dem Tisch, saßen die Skatbrüder, ich kenne die Nachnamen nicht, aber die Vornamen sind Uwe, Ernst und Detlef. Die kommen ja seit einiger Zeit jede Woche. Ich kann mir allerdings schwer vorstellen, was die mit dem Mord zu tun haben könnten."

„Egal, wir schreiben alle auf. Streichen können wir dann immer noch!"

„Ok, dann fehlt uns noch der mittlere Tisch am Fenster, da saßen Hotelgäste. Ein Pärchen aus Frankfurt. Die heißen..."

Katja unterbrach Sarah: „Die heißen Herbau, sind auf so einer Art zweiter Hochzeitsreise. Ich wüßte nicht, was die mit dem Blohmann zu tun haben könnten. Und außerdem sind die auch gegen zehn hoch ins Zimmer gegangen... Aber wir sollten John noch mal fragen, ob in der Nacht irgendetwas Ungewöhnliches los war, in der Lobby. Allerdings sind die Gäste fast alle heute Morgen abgereist, nachdem sie ihre Kontaktdaten bei deinem lieben Schwager gelassen hatten. Und John hätte den Mörder ja sehen müssen, auf dem Weg von der Lobby zur hinteren Restauranttür."

„Das stimmt, aber wir werden ihn noch mal fragen. Dann fehlt uns noch der Tisch an der Tür, da saß Blohmann, und dort vorne neben dem Kamin saß Laurin und später dieser Oliver Tregitsch."

„Sag mal, der Tregitsch gefällt dir doch ganz gut, oder?!"

„Was?" Sarah schaute sie verblüfft an: „Katja, ich weiß nicht, was du meinst, außerdem tut das hier nix zur Sache. Ich weiß jetzt wer dahinten am letzten Tisch gesessen hat. Torsten, Klaus und Ingo. Haben den ganzen Abend über die Pferde geredet..."

„Hermann saß aber auch noch dabei."

„Stimmt, dann schreib mal auf: Hermann. Ach ne, der ist früher gegangen, der ist zusammen mit Ingo los. So gegen 10. Und die Skatbrüder sind auch schon um halb 11 gegangen. Das heisst, die können wir alle auch wieder streichen."

„Ok, dann haben wir jetzt alle, oder?"

Sarah lief ein Schauer über den Rücken: „Einer von diesen Menschen auf der Liste ist ein Mörder. Ist das heftig... Mir wird schon wieder schlecht…

Warte mal, mir fällt gerade was ein:

Als ich bei Torsten und Ingo am Tisch vorbei kam, gestern Abend, da haben die sich gestritten, darüber, dass Ingo irgendwie dieses blöde Brandeisen versteckt hatte, nachdem Torsten damit auf den Blohmann los ist, bei der Maifeier. Das bedeutet, dass eigentlich nur Ingo wusste, wo dieses Brandeisen versteckt war..."

„Aber Ingo kann es ja nicht gewesen sein, wenn er schon um 10 nach Hause gegangen ist."

„Das stimmt, aber was doch interessant ist, ist dass dann noch jemand gewusst haben muss, wo das Brandeisen versteckt war. Und dieser Jemand hat an dem Abend in unsrer Gaststube gesessen, und das Ding später auf Blohmanns Hintern gebrannt..."

„Ich glaub das einfach nicht, das sind doch alles Leute die wir schon ewig kennen, und warum sollte einer von denen denn bitte den blöden -Tschuldigung- den Blohmann umbringen wollen?"

„Ich weiß es nicht, aber, " Sarah stand auf, "ich werde jetzt anfangen das heraus zu bekommen. Und zwar beginne ich damit, dass ich mir das Zimmer von Blohmann mal anschaue."

„Hat die Polizei das Zimmer nicht versiegelt?"

„Nee, seltsamerweise haben sie das nicht gemacht, ich habe mich auch gewundert, aber ich habe kein Siegel gesehen, als ich vorhin oben war. Und vorher fragen wir John mal, ob er etwas Ungewöhnliches beobachtet hat."

Sarah war schon zur Tür hinaus und ging mit schnellen Schritten durch den Glasgang zwischen Restaurant und Hotellobby.

„Hallo John!"

„Guten Abend Sarah."

„Sag mal John, ich habe mal eine Frage wegen gestern Abend:

Wie viele Gäste hatte der Kroog gestern? Und kannst Du dich noch daran erinnern, die Gäste gesehen zu haben?"

Der alte Nachtportier nahm das in Leder gebundene Reservierungsbuch und blätterte eine Seite zurück.

„Gestern hatten wir recht wenige Gäste. Die Geschäftsleute haben wohl ein langes Wochenende gemacht, und die Urlauber waren schon abgereist.

Also, hier unten waren... gar keine Gäste. Das ist ja ungewöhnlich, aber im unteren Flur war keiner.

Katja stieß ihre Freundin an und flüsterte: „Sarah, das bedeutet, dass auch keiner aus dem Fenster geklettert sein könnte!"

Sarah nickte und gab dann John ein Zeichen fortzufahren.

„Und oben war die Belegung recht gut. In der Acht war Frau Larsen, die ist ja fast jede Woche hier. Sie hat um 9 eingecheckt, ging nach oben und danach habe ich sie nicht mehr gesehen. In den Zimmern Neun und Elf war die Familie Sagge mit ihren zwei Kindern. Die waren sehr früh oben, weil die Kinder ja noch recht klein sind. Dann gegen 8 hab ich ihnen noch einen kleinen Bratkartoffelsnack und eine Flasche Weißwein aufs Zimmer gebracht.

Dann war in der Zwölf der Herr Blohmann, und in der Vierzehn wohnt Herr Tregitsch. In der siebzehn hatten wir den Herrn Isermann und in der neunzehn wohnen derzeit noch Herr und Frau Herbau."

„Und ist Dir sonst noch etwas aufgefallen? Ist irgendjemand nachts noch mal rausgekommen?"

„Sarah, ich kann mir zwar denken, worauf du hinaus willst, aber: Nein, ich habe niemanden gesehen, und es ist auch niemand mehr die Treppe hinunter gekommen."

„Ok, danke John. Und nun gib mir doch mal den Schlüssel von der Zwölf!"

„Aber das ist doch... was willst Du denn in dem Zimmer von dem Blohmann?"

Katja kam dem Nachtportier zuvor und versuchte, Sarah zu überreden, sich nicht weiter einzumischen:

„Sarah, ich denke, das ist keine gute Idee. Wenn Du da dann Fingerabdrücke hinterlässt, dann, naja, dann denken die vielleicht Du hast was mit dem Mord zu tun, und dann wird das alles wahnsinnig kompliziert!"

„Ach Quatsch, natürlich sind in meinem Hotel in allen Zimmern meine Fingerabdrücke, ich gehe da schließlich regelmäßig rein."

Katja blickte skeptisch: „Nein, machst Du nicht, normalerweise kommst du selten aus deiner Küche raus. Ich gehe jeden Tag zur Kontrolle in die Zimmer, deshalb sind meine Fingerabdrücke in jedem Zimmer."

„Ist doch egal, das wissen die doch nicht, außerdem gehe ich einfach vorher in die Putzkammer und hole mir Handschuhe, dann finden die auf jeden Fall von gar keinem die Fingerabdrücke."

„Laß mich zumindest mitkommen!"

Sarah nickte „Ok, los geht's!"

Sie kamen sich fast vor, wie Geheimagenten, als Sarah in den knallrosa, leise quietschenden Gummihandschuhen langsam den Schlüssel ins Schloss steckte und die Tür vorsichtig aufschloss. Sie spürte ihr Herz bis zum Hals schlagen, und obwohl sie wusste, dass niemand in dem Zimmer sein konnte, blickte sie schnell hinter die Tür und ins Badezimmer um zu kontrollieren, dass sie auch wirklich alleine waren.

„Fass bloß nix an", flüsterte sie Katja zu, die nickte und demonstrativ die Hände in die Taschen ihres Leinenrocks steckte.

Sarah schloss die Zimmertür sorgfältig und bemerkte erst jetzt den Zustand des Zimmers: Es war geradezu verblüffend ordentlich.

Auf dem kleinen Schreibtisch lag ein großer Stapel Akten. Daneben stand auf dem Fußboden eine moderne Umhängetasche, die der Architekt als Aktentasche genutzt hatte. Auf dem Nachttischchen lagen vier Taschenbücher auf einem nach der Größe sortierten Stapel, und drei Paar Schuhe standen ordentlich neben dem Kleiderschrank aufgereiht. Sonst nichts.

Keine persönlichen Gegenstände, keine Schmutzwäsche, die irgendwo achtlos hingeworfen worden war: Das Hotelzimmer eines Ordnungsfanatikers.

„Na, ordentlich war er ja. Ich schau erst mal in den Kleiderschrank, nicht, dass da noch eine zweite Leiche drin steckt!"

Katja schrie fast auf. „ Mensch hör auf, ich grusele mich sowieso schon wie wahnsinnig..."

„Psst! Sei doch bitte etwas leiser!"

Sarah untersuchte den Inhalt des Kleiderschranks, der gut gefüllt und ebenfalls extrem ordentlich war. Aber sie konnte nichts außer Kleidung finden. Natürlich waren auch die Jackentaschen leer.

„Sag mal, wonach suchst Du eigentlich?" Katja stand weiterhin an der Tür, beide Hände in den Rocktaschen.

„Keine Ahnung." Sarah kicherte leise: „Das ist, glaube ich, die Stelle, wo der Detektiv immer sagt: Was ich suche, weiß ich erst, wenn ich es gefunden habe..."

„Oh, Mann, dass Du so locker sein kannst! Ich find's so gruselig, bitte beeil dich!"

„Ich finde es auch gruselig hier, aber was ich noch viel gruseliger finde, ist, dass wir wahrscheinlich gestern Abend einen Mörder bewirtet haben, und ich will wissen wer das war."

Sie durchsuchte das Zimmer, öffnete jede Schublade und schaute unter alle Möbel. Ganz zum Schluss schaute sie in die bunte Umhängetasche neben dem Schreibtisch. Darin befanden sich einige Kataloge und Unterlagen, das Projekt im Museumsdorf betreffend.

Unter anderem auch einen großen Ordner mit Briefen und ausgedruckten E-Mails. Beim schnellen Durchblättern konnte Sarah keine privaten Unterlagen oder Ähnliches finden.

„Hier ist nichts, aber auch gar nichts. Das kann doch gar nicht sein. Der Typ hatte doch mit Sicherheit etwas zu verbergen. Hier muss irgendwo etwas sein!"

Katja stand immer noch mit beiden Händen in den Taschen neben der Tür und schaute der Freundin lachend zu: „Du siehst so albern aus, mit deinen rosa Putzhandschuhen..."

Sarah musste auch loslachen: „Ich komme mir auch wirklich total bescheuert vor."

Sie rieb die Handflächen quietschend aneinander. „Aber irgendwo muss der doch seine Geheimnisse versteckt haben..."

„Sag mal, bei Geheimnis fällt mir etwas ein: Ist das hier nicht der Kleiderschrank, der dieses Geheimfach in der Rückwand hatte? Erinnerst du dich daran, wir fanden das damals total lustig und haben uns überlegt, dort Nachrichten an unsere Gäste zu verstecken."

„Mensch, Katja, da könntest Du recht haben, " Sarah sprang vom Schreibtischstuhl auf und lief zurück zu dem großen hölzernen Bauernschrank. Dabei rollte der Stuhl weg und knallte laut gegen den Schreibtisch.

Katja schrak zusammen: „Pssst nicht so laut, der Tregitsch schläft doch nebenan. Ich will hier wirklich nicht mitten in der Nacht erwischt werden!"

Sarah flüsterte: „Ok, wie ging das jetzt noch mal mit dem Geheimfach?"

„Da ist so eine kleine Schlaufe rechts unten und eine rechts oben, und die muss man gleichzeitig ziehen, und dann kann man einen Teil der Rückwand abnehmen."

„Na das wird ja ganz einfach, mit den blöden Handschuhen..." seufzte Sarah.

Sarah öffnete den Schrank, schob die ordentlich aufgehängten Anzüge und Hemden zur Seite und schaute sich die Rückwand etwas genauer an, und versuchte, die beiden Schlaufen, die Katja beschrieben hatte, zu finden.

„Eine hab ich, mal sehen, wo die andere ist! Also jetzt mal ehrlich, so richtig geheim sind diese Schlaufen nicht. Die sieht man ja doch schon sehr gut..."

Sie zog an den beiden Schlaufen und das Geheimfach öffnete sich mit einem lauten Knarren. Katja zuckte wieder von dem lauten Geräusch zusammen und zischte ihre Freundin an:

„Was machst Du denn da für einen Lärm? Oh Mann, ich hab echt Schiss, dass wir erwischt werden."

„Ist schon gut es ist offen. Und weißt du was: Da ist wirklich etwas drin: eine Pappmappe. Echt seltsam, dass er dieses Fach wirklich benutzt hat...!"

Sarah legte die Abdeckung des Fachs vorsichtig auf den Boden und nahm sich die mit zwei Gummibändern verschlossene grüne Pappmappe hoch.

„Korrespondenz" stand mit schlichten handgeschriebenen Druckbuchstaben darauf.

Als sie die Mappe öffnete sah sie sofort, dass sie gefunden hatte, was sie gesucht hatte:

Mehrere einzelne Blätter lagen darin, einige lose und andere ordentlich in Klarsichtfolien.

In einer der Folien waren unzählige jüngere und ältere Zeitungsausschnitte über Oliver Tregitsch.

„Schau mal, der Blohmann hat alle möglichen Infos und Zeitungsausschnitte über den Tregitsch gesammelt. Seltsam. Woher die sich wohl gekannt haben? Wieso sammelt so einer wie Blohmann Zeitungsausschnitte über einen Schauspieler? Hm. Mal sehen was wir hier sonst noch haben."

Der oberste Zettel in der anderen Klarsichtfolie war nur Din A5 und der Text war nur sehr kurz:

HEUTE NACHT
1:00 UHR
AN DER SCHMIEDE

IN GEDENKEN

MARTIN

In der Klarsichtfolie fand Sarah vier weitere Briefe, offenbar Kopien, davon waren drei in einem sehr ähnlichen Stil und schienen auch immer an denselben Adressaten gerichtet zu sein.

Alle begannen mit „Alter Mann!" und drohten dann in unterschiedlicher Form damit „Es" seiner Frau zu erzählen wenn nicht bestimmte Forderungen erfüllt werden würden. Unter anderem ging es dabei um Geld und um ein Erbe, dass geregelt werden soll. Sarah konnte sich nicht auf Anhieb einen Reim darauf machen, aber eins war wohl klar:

„Das sieht so aus, als wenn der saubere Herr Architekt jemanden erpresst hat. Und die Briefe hat er dann auch noch kopiert und das dann freundlicherweise „Korrespondenz" genannt.

Interessante Sichtweise.

Das passt aber zu ihm, dieser Zynismus! Und schau mal... das ist ja heftig!"

Sarah hielt ein weiteres Blatt hoch, damit Katja einen Blick darauf werfen konnte.

„Der hat sogar mehrere Leute erpresst, dieser Brief hier ist an eine Frau."

Sarah las den zweiten Erpresserbrief vor:

Liebe Frau Schlau!

Ich habe deine Bücher gesehen, und ich weiß jetzt wie viel Du Dir genommen hast.

Ich werde unser kleines Geheimnis für mich behalten, wenn Du deinen Reichtum gerecht mit mir teilst.

Georg

Katja war fassungslos: „Unglaublich! der hat gleich mehrere Leute erpresst? Kein Wunder, dass er jetzt tot ist. Was steht denn in den anderen Briefen? Und beeile dich bitte, ich will hier wieder weg, ich fange gleich an zu hyperventilieren!"

Sarah legte die Papierbögen wieder vorsichtig zurück in die Klarsichthülle und schaute auf die losen Zettel, die sich noch in der Mappe befanden.

„Das sind Briefe mit denen er scheinbar selber erpresst wird. Mann, das sind ja Abgründe, ich fasse es nicht.

Dieser hier wird wohl von Torsten sein:

BLOHMANN!

LASS DEINE DRECKIGEN FINGER VON MEINER FRAU; SONST ZEIGE ICH DIR, WIE HART MEIN EI-SEN IST!

AUGE UM AUGE, ZAHN UM ZAHN!

Aber was ist das denn hier?

Oh mein Gott... das mit Timm war wohl doch kein Unfall...

Hör mal:

ICH HABE DICH GESEHEN
BEI TIMM
BEVOR ER FIEL
VERSCHWINDE HIER
SONST WIRD ES DIR LEID TUN

Sarah setze sich wieder auf den Schreibtischstuhl. Sie hatte Herzklopfen und ihr war ganz schlecht geworden. Sie blickte Katja an, die auch schockiert war:

„Los, Sarah, pack alles wieder ein, damit wollen wir nichts zu tun haben, das ist so ekelhaft, ich muss mich echt schütteln", sie schüttelte ihren Oberkörper wie ein nasser Hund, „das müssen wir der Polizei sagen."

„Ich muss hier jetzt erst mal raus."

Sarah legte alle Zettel wieder vorsichtig zurück in das Mäppchen, und wollte alles gerade wieder in das Geheimfach zurücklegen, da kam ihr der Gedanke, dass die Briefe dort vielleicht niemals von der Polizei gefunden werden würden. Besonders nicht von ihrem vertrottelten Schwager... Und so beschloss sie, die Mappe nicht zurück in das Geheimfach zu tun, sondern sie zu der beruflichen Korrespondenz in die Aktentasche zu legen.

Katja schaute sie verwundert an, als sie das Geheimfach wieder verschloss, ohne vorher die Pappmappe zurück zu legen: „Was machst Du da?"

„Ich helfe ein bisschen nach, damit es unsere Polizei nicht so schwer hat", grinste Sarah, steckte die Mappe in die Tasche und stellte diese wieder so hin, wie sie sie vorgefunden hatte. „Und so müssen wir Thomas gar nicht sagen, dass wir hier drin waren."

Damit ging sie leise zur Tür.

Sie drückte ein Ohr an die Tür, flüsterte Katja zu, das Licht auszuschalten und als sie sicher war, dass niemand auf dem Gang war, öffnete sie geräuschlos die Zimmertür, lies sich und ihre Freundin hinaus, und verschloss die Tür leise hinter ihnen. Auf dem Treppenabsatz blieb sie stehen, und zog die rosa Gummihandschuhe aus, steckte sie in die Tasche und grinste Katja verschwörerisch zu.

Schweigend schlichen sie die Treppe hinunter, atmeten auf, als sie sahen, dass John nicht in der Lobby war, sondern im Hinterzimmer saß und las. Offensichtlich hatte Max heute keine Lust zu einer Partie Schach gehabt, denn das Brett stand unangetastet neben dem Kamin. John blickte nur kurz auf, als er die Frauen kommen sah und konzentrierte sich dann wieder auf seinen Krimi.

Sie hängten den Schlüssel wieder an seinen Platz am Schlüsselbrett und gingen nebeneinander durch den Glasgang zur Gaststube zurück.

„Cognac?" Sarah schaute ihre Freundin von der Seite an.

Katja nickte langsam.

„Einen doppelten, bitte"

Sarahs Heimweg führte sie normalerweise über einen Feldweg an einem kleinen Wäldchen vorbei und dann hinter mehreren Gärten entlang, bis sie schließlich wieder auf eine öffentliche Straße traf, die parallel zu ihrer eigenen lag. Nur noch zwei Mal links abbiegen und dann konnte sie schon ihre Einfahrt sehen. Eigentlich fühlte sie sich schon hunderte Meter von ihrem Grundstück entfernt geborgen und zuhause, aber heute war ihr zu gruselig zumute. Die Vorstellung, dass auf dem Museumsgelände ein Mörder herumlief, den sie wahrscheinlich sogar selber gestern Abend im Kroog bedient hatte, und der Fund dieser seltsamen Erpresserbriefe, machten ihr Angst. Ihre kleine heile Welt, die sie sich geschaffen hatte, nachdem sie in zu vielen, zu lauten, zu brutalen Großstädten gelebt hatte, war ins Wanken geraten. Sie war nach Brokenrade zurückgekehrt, weil sie friedlich leben wollte. Und jetzt das:

Erpressung, Lügen, Gewalt, Mord.

'Das hätte ich auch in New York haben können, und das sogar noch viel glamouröser...'

Sehr unglamourös stieg sie auf ihr altes Hollandrad und fuhr nach Hause.

Von ihrem Patenonkel hatte sie nicht nur das Geld für das Hotel, sondern auch ein Grundstück am Rande des Ortes geerbt. Darauf stand damals ein kleines, uraltes, schon sehr heruntergekommenes Holzhaus. Und obwohl die Renovierung wahrscheinlich teurer gewesen war, als ein Neubau gewesen wäre, hatte sie das kleine Häuschen nicht abgerissen, sondern renoviert, mit einem Anbau versehen, hatte dann den Dachboden zu einem geräumigen Schlafzimmer ausgebaut und das Haus von außen in hellblau anmalen lassen. Mit dem kleinen See im hinteren Bereich des Gartens und den vielen Birken, durch die sich ein grasbewachsener Weg aus bunten

Steinen vom Tor zum Haus schlängelte, sah ihr Haus aus wie ein skandinavisches Ferienhaus.

Im Inneren war aber nicht viel Skandinavisches zu finden. Alles war sehr modern und schlicht eingerichtet. Im Kroog lebte sie ihre romantische und bodenständige Seite aus, aber im echten Leben liebte sie moderne Technik und modernes Design. Deshalb war ihr Wohnzimmer in grau und grün eingerichtet, und ihre Küche war ultramodern und hatte dunkelgrüne Lackfronten.

Sarah war eigentlich kein ängstlicher Typ. Heute aber beeilte sich sie sich, und lief den Weg zum Haus fast, denn sie hatte das Gefühl, das Böse stünde irgendwo hinter einem Baum und wartete auf sie.

Sie ging davon aus, dass sie heute Nacht, wie so häufig, schlecht einschlafen würde, und setze automatisch Teewasser für einen Baldriantee auf. Zwar wusste jeder, der sie nur ein bisschen kannte, dass sie ein schlimmer Morgenmuffel war, aber bisher hatte sie gut verheimlichen können, dass die Ursache dafür ihre schweren Einschlafstörungen waren.

Dass sie häufig die halbe Nacht wach lag, ahnte fast niemand.

Ihre Schlafstörung war so extrem, dass sie in früheren Jobs häufig Doppelschichten machte, weil sie sowieso nicht schlafen konnte. Der wunderbare Nebeneffekt war, dass sie nach einer Doppelschicht dann jedenfalls so müde war, dass sie nur noch wie tot ins Bett fiel.

Sie lief einmal in jeden Raum und kontrollierte, ob sich auch niemand eingeschlichen hatte, brühte den Tee auf, nahm sich ein Buch vom Küchentisch und setze sich auf ihren Lesesessel am Kamin.

Sie konnte sich nur schwer auf das Buch konzentrieren. Wer hatte nur diese Briefe geschrieben? Und warum hatte der Tote dieses Brandzeichen bekommen? Sarah war klar, dass zwar alle Personen, die Empfänger oder Sender der gefundenen Briefe waren, auch ein Motiv hatten, und damit auch der mögliche Mörder. Aber es wurde ihr auch deutlich, dass sie nach jemandem suchen musste, der Blohmann so gehasst hatte, dass er ihn mit dem Brandeisen zeichnen wollte, ihn bestrafen, der Welt und ihm eine Botschaft mit ins Jenseits geben.

Eine Botschaft mit ins Jenseits geben? Oh Mann, was dachte sie denn bloß für ein seltsames Zeug?

Aber wenn das Brandeisen an dem Abend eigentlich noch in seinem Versteck gewesen war, in dem Ingo es vor Torsten in Sicherheit gebracht hatte, und darüber hatten sich Ingo und Torsten ja gestritten, dann muss ja entweder Ingo etwas mit der Sache zu tun haben, oder es wusste noch jemand wo das Eisen versteckt gewesen war. Ingo war früher gegangen, zusammen mit Hermann, der konnte es also nicht gewesen sein. Und dass er einen Auftragsmord geplant hatte, war völlig abwegig. So ticken die Männer hier im Dorf nicht. Was getan werden muss, das wird getan, und zwar mit den eigenen Händen und sofort.

Sie sollte mit Ingo sprechen und herausfinden, wo das Eisen versteckt gewesen war, und wer es dort weggenommen haben könnte.

Sie beschloss, gleich am nächsten Morgen mit ihren Recherchen zu beginnen.

„Darauf trinke ich..."

Sie prostete sich selber im Spiegel zu, dann Sie hob die Tasse mit dem stinkenden Tee und trank den Becher in einem Zug aus.

Kapitel 2

Am nächsten Morgen war Klaus schon sehr früh auf dem Gelände. Er ging langsam die sanfte Anhöhe zu seiner Sattlerei hinauf. Er hatte schlecht geschlafen und hatte in der Nacht beschlossen, in Torstens Abwesenheit an dem Sattel und dem Zaumzeug für die neuen Pferde weiter zu arbeiten, das würde ihn ablenken, denn Klaus war nervös, wegen all der Geschichten. Außerdem würde Torsten sich bestimmt freuen, wenn er nach Hause käme, und sah, dass das gemeinsame Projekt weiter fortgeschritten war. Am Nachmittag wollte Klaus einige Kollegen zusammen rufen, damit sie begannen, den Pferdestall aufzuräumen und vorzubereiten, für die Ankunft der beiden Tiere.

Schon von weitem konnte er hören, dass Laurin seine Schafherde gerade über das Gelände trieb. Das machte er häufig schon sehr früh morgens, bevor das Museumsdorf öffnete, weil er den direkten Kontakt mit den Besuchern gerne vermied.

Mit lautem Geblöke, begleitet von fröhlichem Hundegebell, kam der Schäfer mit seinen Tieren den Hügel hinauf und Klaus blieb vor dem Pferdestall stehen, um den Kollegen zu begrüßen.

Border Colli Arthur lief beschäftigt um „seine" Herde herum, legte sich flach auf den Boden und beobachtete jede Bewegung der Tiere, jagte ausgebüxten Schafen hinterher und trieb sie wieder zurück zur Herde. Klaus kam es kurz so vor, als würde der Hund humpeln, aber das hatte er sich wahrscheinlich nur eingebildet. Laurin ging langsam auf Klaus zu, und obwohl er am liebsten weiter gegangen wäre, zwang der eigenbrötlerische Schäfer sich, kurz stehen zu bleiben, um mit dem alten Sattler zu sprechen.

Es war nicht so, dass Laurin Klaus nicht mochte, es war eher so, dass er die Menschen im allgemeinen nicht mochte. Und den Sinn von Smalltalk hatte er noch nie verstanden. Er war am liebsten allein mit seinem Hund und seiner Flöte.

„Moin Laurin!"

„Hallo Klaus".

„Na, wie geht dir dat heut?"

„Mir geht's wie immer."

„Hast du gehört, was passiert ist? Ich hab dich gestern gar nicht gesehen?! Das ist doch wirklich schlimm, oder?!"

Laurin zuckte nur mit den Schultern. Natürlich hatte er gehört, was passiert war, aber was sollte er dazu sagen?

Klaus kraulte Arthur, der neugierig angelaufen gekommen war, Hals und Rücken. Er sah, dass Arthur eine Verletzung auf der Nase hatte, eine tiefe Wunde, die seltsam verschorft schien. Doch bevor er sich die Hundenase genauer anschauen konnte pfiff Laurin kurz durch die Zähne, und schickte den Hirtenhund hinter einem Schaf hinterher, dass in den Pferdestall gelaufen war.

Mit lautem Gebell lief der Hund in den Stall, man hörte Blöken, irgendetwas fiel herunter, Arthur jaulte kurz auf, um danach wieder in lautes Bellen auszubrechen und kam wenige Sekunden später wieder hinaus. Vor ihm, hektisch, laut blökend und im gestreckten Galopp: das Schaf.

„Ich muss dann mal weiter..."

Laurin setzte die Flöte wieder an den Mund und begann leise zu spielen.

Auch Sarah war an diesem Morgen schon früh im Kroog. Wie immer führte sie der erste Weg zur Kaffeemaschine, um sich einen großen Milchkaffee zu machen, danach setzte sie sich an ihren Schreibtisch, um das Planungstreffen für das große Sommerfest vorzubereiten.

Die Vorbereitung sollte nicht schwierig sein: Wie immer würden sie mit der einzigen in der Nähe ansässigen Cateringfirma „Food & More" zusammen arbeiten. Andrea Jargos, die Leiterin des kleinen Unternehmens, kannte das Museum seit Jahren, ganz besonders auch die immer etwas knappen finanziellen Möglichkeiten.

Aber heute war Sarah abgelenkt und musste immer wieder an die Briefe denken, die sie in Blohmanns Zimmer gefunden hatte.

Dass sie den Mörder kannte und an jenem Abend bewirtet haben musste, war schon schlimm genug, aber zu wissen, dass es mehrere Leute gab, die Blohmann bedroht hatten, während er selber andere erpresst hatte, das konnte sie noch immer nicht fassen. Sie schrieb sich alle Texte, die sie am Vorabend gelesen hatte, sinngemäß aus dem Gedächtnis auf, damit sie den Inhalt nicht vergaß. Dann begann sie darüber nachzugrübeln, wer welchen Brief geschrieben hatte, bzw. bekommen sollte. Der eine Brief war einfach:

„Lass deine Finger von meiner Frau!"
Der war mit Sicherheit von Torsten, oder war es möglich, dass Blohmann noch eine andere Affäre gehabt hatte? Nein, so wie Angelika es beschrieben hatte, hatte er wohl wenig Zeit nebenher.
„Brr", sie schüttelte sich. „Der Blohmann war so eklig, eklig, eklig! Ich werde nie verstehen, dass Geli was mit dem hatte...!"

Der nächste Brief:
„Ich habe dich gesehen, bei Timm, bevor er fiel."
Das ist schon schwieriger. Wer hätte an dem Abend so spät noch etwas auf der Baustelle zu tun gehabt? Einer der Arbeitern? Vielleicht sogar Karsten, der Vorarbeiter? Die beiden waren extrem schlecht aufeinander zu sprechen gewesen...

Dann der Brief an „Frau Schlau" das war besonders rätselhaft. War der Brief überhaupt für jemand aus dem Dorf bestimmt?

Die Briefe an den „Alten Mann" hatte sie sehr berührend gefunden. Aus dem Zusammenhang gerissen waren sie natürlich schwer zu verstehen, aber klar war: ein offensichtlich nicht mehr ganz junger Mann hatte ein Geheimnis, dass seine Frau nicht erfahren sollte. Und er war bereit, dafür einen hohen Preis zu zahlen. Offensichtlich hatte es schon mehrere Zahlungen und erfüllte Forderungen gegeben, denn in den Briefen stand unter anderem. „Es ist mal wieder soweit" oder: „Zahlung kann erfolgen, wie immer" Und da auch ein Testament erwähnt wurde, war Sarah sicher, dass es sich um eine Familienangelegenheit handelte. Sie hatte auch das Gefühl, dass die Erpressung schon jahrelang lief. Was konnte Blohmann wissen, über eine Familie, über den Mann einer Frau, dass so schlimm war, dass der Mann seit Jahren zahlte? Ein richtiges Verbrechen konnte es nicht sein, sonst wäre die Drohung: Ich gehe zur Polizei und nicht: Ich sag es deiner Frau! Was ist so schlimm für eine Frau, eigentlich verzeiht doch eine Frau fast alles, außer...

Ehebruch!

Oder:

Ein uneheliches Kind! Das verzeiht keine Frau so einfach, und das würde gerade ein älterer Mann mit alten Moralvorstellungen unbedingt verheimlichen wollen.

Sarah starrte vor sich hin.

Ein Uneheliches Kind... Vielleicht war sogar Blohmann selbst das uneheliche Kind. Dann kann aber doch niemand aus dem Dorf der Adressat der Briefe sein, Blohmann kam doch aus Hannover... Und wer war denn hier so alt, dass er einen Sohn in Blohmanns Alter haben könnte und hatte gleichzeitig genug Geld, um erpressbar zu sein?

Der kleine Zettel, der mit Martin unterschrieben war, war ebenfalls sehr rätselhaft. Der musste vom Mörder kommen. „Was ist das überhaupt für ein seltsames Grußwort: In Gedenken!"

Es gab doch niemanden mit dem Namen Martin im Dorf? Naja... Ihre Köchin Emma heißt Martin mit Nachnamen, ob das etwas zu bedeuten hat? Sarah dachte an ihre Beiköchin, die rundliche rotgesichtige Emma, an ihr freundliches Wesen und war sich sofort sicher, dass sie

nichts mit der Sache zu tun haben konnte. Allerdings ...
bis gestern hätte sie auch nie gedacht, dass in ihrer kleinen Welt überhaupt ein Verbrechen stattfinden könnte...

Gerade wollte sie hinausgehen und sich noch einen
Kaffee holen, als die Tür aufging, und Emma den Kopf
ins Büro steckte:

„Sarah, kommst Du? Antje ist da."

„Ach jeh, das hatte ich ja vollkommen vergessen,
heute ist ja Anprobe für die neuen Klamotten!"

Erst jetzt fiel ihr das Gemurmel auf, dass schon seit
einiger Zeit aus der Gaststube zu hören gewesen war:

Zweimal im Jahr kam eine Schneiderin ins Dorf um
für alle Mitarbeiter auf Museumskosten ein neues Klei-
dungsstück zu fertigen. So hatten die langjährigen Mitarbeiter viele Stücke der maßgeschneiderten historischen
Arbeitskleidung im Schrank. Sarah hatte sich auch wieder auf eigene Kosten zwei neue Röcke und eine zusätzliche Bluse anfertigen lassen, auf die sie sich eigentlich
sehr gefreut hatte. Nun war ihr die Anprobe nur lästige
Pflicht, zumal sie vor lauter Grübeln über den Täter oder
das Motiv noch nicht einen Gedanken an die Planung für
das Sommerfest verschwendet hatte.

„Emma, wo Du gerade da bist, ich habe mal eine Frage an Dich."

„Ja?"

Sag mal kanntest Du den Blohmann eigentlich? Vielleicht von früher?"

„Wie von früher? Was meinst Du mit früher? Der
Blohmann war doch das erste Mal hier im Dorf."

„Naja, vielleicht hast Du den ja schon früher mal irgendwo getroffen, zum Beispiel bei deiner früheren Arbeit, im Heidehof?! Oder vielleicht durch deinen Sohn
Patrick?"

„Neee, im Heidehof durften wir gar keinen Kontakt haben zu den Gästen, das war nicht wie hier, wo ich auch mal raus darf, und bedienen. Oder den Gästen etwas zu den Rezepten erzählen, wenn sie fragen. Nee, im Heidehof waren wir in unserer Küche eingesperrt und das war's. Und der Patrick, der kennt den bestimmt auch nicht. Der hat doch seine Ausbildung in Kiel gemacht und danach auch dort studiert. Also zumindest hat er nie erwähnt, wenn er mal nach Hause kam, dass er mit einem Architekten befreundet wäre. Wieso fragst Du denn? Hat irgendjemand etwa gesagt, dass ich den kennen würde?"

„Nee, vergiss es, ich hatte nur so einen Gedanken, aber das war Unsinn. Aber mal was anders, hast du Tamara gesehen?"

„Ja, die ist vorhin mit Jana vor die Tür, die sitzen bestimmt hinter irgendeiner Scheune und rauchen. Das machen sie doch ständig. Und dabei reden sie über Jungs und machen Witze über unsere Gäste..."

„Manchmal hab ich wirklich das Gefühl, ich bin hier im Ferienlager..."

Emma sah ihre Chefin an, legte den Kopf schief und sagte dann: „Aber deshalb fühlst Du dich doch so wohl hier, oder?!"

Die Restaurantchefin grinste übers ganze Gesicht:

„Da hast Du Recht! Genau deshalb ist es hier so schön..."

Sarah freute sich, als sie in die Gaststube kam und das kernige, fröhliche Gesicht der Schneiderin sah. Antje Rutter war hellblond, kräftig gebaut war immer fröhlich und redete für ihr Leben gern. Sie liebte die Arbeit für das Museum, war es doch eine echte Abwechslung gegenüber den sonst häufig recht langweiligen Änderungs-Aufträgen, mit denen sie meistens ihr Geld verdiente.

Die Gaststube hatte sich in eine Nähstube verwandelt: Die Tische waren zur Seite gerückt, und stattdessen stand nun eine Spanische Wand in einer Ecke und zwei große, rollbare Kleiderstangen standen mitten im Raum. Über den Stühlen hingen Kleidungsstücke, und Antje lief um Angelika herum, die mit weit ausgebreiteten Armen auf einem kleinen Hocker stand und versuchte, sich nicht zu bewegen, während Antje die Bluse mit Nadeln absteckte. Dabei redete die Schneiderin, wie immer, ununterbrochen:

„... hat sich mal wieder geweigert, sein Hemd vor mir anzuprobieren, der nimmt seine Sachen immer mit auf die Toilette, und kommt dann umgezogen wieder. Mann, Mann, Mann! Aber dieses Mal habe ich mal ein bisschen genauer hin geschaut und weiß jetzt endlich, warum er das macht. Soll ich Dir das mal sagen? Wobei ich weiß ja nicht, ob das fair ist, das weiter zu erzählen."

Angelika, weiterhin vorsichtig bedacht, nicht mit einer unvermuteten Bewegung den Nadeln in die Quere zu kommen wollte gerade antworten, als Antje schon weiter redete: „Der hat ganz viele Schnitte auf seinen Armen und auf seinen Beinen, deshalb hat er wohl auch im Hochsommer immer lange Ärmel an, ich wollte ihm ja schon so oft ein kurzärmliges Hemd anbieten, weil er doch im Hochsommer oft stundenlang in der Sonne sitzt. Das ist doch mit langen Ärmeln viel zu warm, sag ich zu ihm, aber er hat sich immer geweigert, angeblich, weil er so empfindliche Haut hat.

Aber nee, jetzt weiß ich das genau, der macht das, was sonst nur junge Mädchen machen: Der schneidet sich in die Haut. Mit einem Messer, oder so...

Schneidet. Sich. Selber!

Und ich dachte immer, das machen nur Frauen, aber der Laurin, der macht das auch, seltsam, oder? Aber der ist ja sowieso so komisch, und sein Hund nervt mich auch immer, weil der sofort dazwischen springt, wenn ich versuche, Laurin das Hemd abzustecken, als würde ICH dem Laurin was Böses wollen...

So, Angelika, du bist fertig. Warte ich helfe dir beim Ausziehen, sonst piekst du dich wieder an den Nadeln..."

Angelika zog mit Antjes Hilfe vorsichtig das Hemd aus, und ging hinter die spanische Wand, um sich wieder ihre Arbeitskleidung über zu ziehen.

Sarah hatte breit grinsend am Tresen gelehnt und ging nun zu den beiden Frauen hinüber.

„Hallo Geli, hallo Antje"

„Hallo Sarah! Schön dich zu sehen. Also, diese hellgrüne Bluse, die ich für dich gemacht habe, die ist wirklich wunderschön. Ich hatte am Anfang ja nicht gedacht, dass der Stoff so gut zu dem Schnitt passt, aber ich bin wirklich richtig begeistert. Warte, ich hole deine Sachen mal hier rüber. Ach da sind wieder ganz schöne Sachen dabei.

Deine Ideen machen mir immer ganz besonders viel Spaß. Ach, und dieses Kleid aus dem grauen, derben Leinenstoff, das ist auch so schön, und das wird super an Dir aussehen, der Schnitt ist wirklich perfekt für deine Sanduhr-Figur."

Während sie sprach hantierte sie an einer der beiden Kleiderstangen, und Sarah und die Kuratorin lächelten sich kurz hinter ihrem Rücken zu:

Bei Antje hatte man nie viel zu sagen, sie redete meistens ohne Punkt und Komma. Dass sie überhaupt genug Luft zum Atmen bekam, war ein Wunder.

Aber sie war eine großartige Schneiderin.

Und: Bei Antje konnte man immer den neuesten Klatsch erfahren, wenn man wollte.

Nun... um ehrlich zu sein: Man erfuhr bei ihr den neuesten Klatsch, ob man wollte, oder nicht. Aber sie war auch rücksichtsvoll genug, nicht über den Mord und über Torstens vorläufige Verhaftung zu sprechen, und Sarah beschloss, die Fragen, die sie Angelika stellen wollte, lieber auf später zu verschieben.

„Du meinst also, Laurin schneidet sich selber in die Haut?"

Sarah nahm die hellgrüne Bluse mit dem dunkelgrünen Rankenmuster entgegen, die Antje ihr hinter die Spanische Wand reichte.

„Ich glaube, ich habe nicht nur Schnitte sondern auch runde Flecken gesehen, so wie... Brandwunden... So als würde er sich selber Zigaretten auf der Haut ausdrücken, aber das kann doch nicht sein, oder? So was macht doch kein normaler Mensch, oder?"

„Ich weiß es nicht, aber wenn ich ehrlich bin... Naja, Laurin ist ja auch nicht wirklich ein ganz normaler Mensch..."

Antje lachte und begann dann von der Tochter ihrer Schwester zu erzählen, deren beste Freundin sich auch schon mal selber geschnitten hat, und danach ist sie magersüchtig geworden, und... das war die Stelle an der Sarah ihre Ohren auf Durchzug schaltete, und sich ‚getragen von den nicht enden wollenden Worten, ihren eigenen Gedanken hingab.

Als sie alle Kleidungsstücke anprobiert hatte, das Kleid stand ihr wirklich extrem gut, hatte sie im Geiste das ganze Sommerfest geplant. Das diesjährige Fest würde als kulinarisches Thema die Johannisbeere haben. Schwarze, weiße und natürlich rote. Die Verbindung zu historischen Bräuchen war einfach: Das Fest fand kurz vor dem Johannistag statt. Sie hatte die Idee ein Buffet auszurichten, dass in vielen Gerichten Johannisbeeren enthielt.

Kaum hatte sie sich wieder ihre Kleidung über gezogen, ging schon die Tür auf, und die Eventmanagerin Andrea Jargos steckte ihren dunkelbraunen Kopf in die Gaststube

„Hallo!"

„Hallo Andrea, willkommen! Geht's dir gut? Willst du einen Kaffee?"

„Ja klar, du weißt doch, ohne Kaffee bin ich nur ein halber Mensch."

Mit einem Blick auf die extrem schlanke Andrea rutschte ihr heraus:

„Andrea, Du bist sowieso nur ein halber Mensch, hast Du etwa schon wieder abgenommen?"

Sarah arbeitete schon seit vielen Jahren mit Andreas Catering Firma zusammen, und obwohl die beiden Frauen sehr unterschiedlich waren, war die Zusammenarbeit immer sehr gut und erfolgreich gewesen. Es hatte sich sogar eine Vertrautheit zwischen den Frauen entwickelt, in der etwas direktere Bemerkungen auch mal möglich waren. Zudem war Andrea eine Frau, die so überzeugt war von sich selbst, dass solche humorvolle Kritik einfach an ihr abperlte.

„Nein, leider nicht", sie begann sich vor Sarah im Kreis zu drehen, „dass muss mein neues Kleid sein, das macht schlank. Ist von Ralph Lauren. Schick und zeitlos elegant, oder...?!"

Sarah verkniff sich jeden Kommentar über Andreas Figur und ihre Kleidung: „Hier ist dein Kaffee, wir setzen uns in die Gute Stube. Danke noch mal für die gute Arbeit während der Maifeier. Alle waren begeistert. Und ich freue mich immer, wenn ich auch mit feiern kann."

„Gern geschehen. Aber jetzt erzähl mir erst mal, was hier los ist. Ihr habt einen Mord auf dem Gelände gehabt?! Oh Gott, das ist ja so spannend! Ich erinnere mich an einen recht gut aussehenden Mann, der sich mit Torsten gestritten hat, auf der Maifeier. Stimmt es, dass der der Tote ist? Und stimmt es, dass Torsten das gewesen ist? Ich fand den ja immer schon ein wenig seltsam..."

„Andrea, ganz ehrlich, ich will da jetzt nicht drüber sprechen. Wir sind alle ganz schön geschockt. Und es weiß noch keiner, wer das getan hat, und warum. Und jetzt lass und das nächste Fest planen, ich habe schon ganz tolle Ideen."

„Ach, ich hatte doch auch extra ein ganz neues Konzept erarbeitet, hatte ich dir doch am Telefon gesagt, dass ich was habe, und dass du dir nichts mehr ausdenken musst..." Andrea konnte ihre Enttäuschung kaum verbergen, sie hatte mehrere Abende an der Ausarbeitung ihres Konzeptes „Malle für alle" gearbeitet.

„Ach, ja stimmt, entschuldige, das hatte ich in der Aufregung ganz vergessen, ich bin im Moment einfach ganz furchtbar durcheinander. Worum ging es noch mal? Vielleicht können wir ja deine Ideen mit meinen kombinieren."

Andrea setze sich an den breiten Eichentisch der den Mittelpunkt der Guten Stube bildete, und holte schnell einige bunte Ausdrucke aus ihrer Tasche:

„Das Thema ist „Malle für alle", das ist ja in den Städten schon länger ein großer Renner und wir holen die Malle-Party aufs Dorf. Mit ganz viel Sand und Wet-T-Shirt- Wettbewerb und wir lassen die Gäste Sangria aus Eimern..."

„Andrea?" Sarah blickte sie fassungslos an: „Wir sind ein Museumsdorf. Wir befinden uns in der Zeit um 1900. Wir können keine Sangria aus Plastik-Eimern servieren..."

„Nein? Ach ja, stimmt, na dann nehmen wir eben Blecheimer... Ich habe vor zwei Wochen in Hagerdorf eine ganz irre Malle für alle- Party ausgerichtet, das waren mindestens 800 Gäste und das war wirklich ein Riesenerfolg, die Kellnerinnen haben im Bikini serviert, und das war alles ein Wahnsinnserfolg. Also, das war mit der Circus-Party letzten Sommer und der coolen St Pauli-Mottoparty das Beste, was ich jemals gemacht habe, also...!"

„Andrea?" Sarah unterbrach ihren Redefluss genervt: „Du kannst wirklich gut organisieren und du hast ein tolles Küchenteam, und ich freue mich wirklich, wieder mit dir zusammen zu arbeiten, aber diese Idee machen wir nicht, ok?!"

Andrea blickte Sarah etwas beleidigt an:

„Nein? Ach schade, ich dachte, du würdest dich mal öffnen, für was Neues, und nicht nur die alten Sachen machen, naja, das ist vielleicht schwierig, wenn man nur auf dem Dorf ist, dann bekommt man nicht so viel mit, von den neuesten Trends."

„Andrea, der 'Beach-Party-Trend' ist schon 20 Jahre alt, da muss ich mich nicht für öffnen, und außerdem: Bitte schau dich um. Wir sind ein Museumsdorf. Du arbeitest jetzt seit Jahren mit uns, warum müssen wir jedes

Mal erst eine halbe Stunde über solche Quatsch-Ideen diskutieren, bevor wir unsere Arbeit machen können. Ich weiß, dass du das nie ganz verstehen wirst, aber wir mögen es hier etwas, nun ja... bodenständiger." als Sarah sah, dass Andrea wirklich unglücklich war, über die harsche Kritik, begann sie etwas zurück zu rudern: „Aber du kannst die Idee doch super fürs Schützenfest aufbewahren, oder für die nächste Zeltdisco... Also meine Idee ist folgende:"

Sarah skizzierte nun mit wenigen Worten die Johannistags-Idee. Andrea war zwar, wie immer, etwas vor den Kopf gestoßen, aber das war nichts Neues. Jedes Mal hatte Sarah der ehrgeizigen Party-Planerin bei der ersten Besprechung erklären müssen, dass ein Fest in einem Museumsdorf ein Fest in einem Museumsdorf bleibt, und dass sie mit ihren Mallorca-Party Ideen an der völlig falschen Adresse war. Normalerweise war aber nach diesem ersten Gespräch die Zusammenarbeit sehr gut, und Andrea hatte wirklich immer exzellentes Personal und lieferte leckeres Essen.

Drei Stunden, vier Tassen Kaffee und (bei Andrea) zehn Zigaretten später war das Fest in den Grundlagen skizziert und die Aufgaben verteilt. Die beiden Frauen gingen zufrieden in den Gastraum, um dort noch gemeinsam eine Suppe zu essen.

Der Gastraum war nur zur Hälfte gefüllt, einige der Gäste hatten sich schon in den Innenhof gesetzt, um die ersten Sonnenstrahlen zu genießen.

„Oh Gott," Andrea wurde plötzlich ganz steif neben Sarah.

„Schau mal, wer da ist... das ist... Oliver Tregitsch, der berühmte Schauspieler, OH MEIN GOTT! Der ist ja so süß!"

Sarah blickte sich automatisch zu dem blonden Schauspieler um, der an einem der hinteren Tische saß, eine Suppe aß und in einem Buch las.

„Ach der, der wohnt seit vorgestern bei uns, wird wohl auch noch eine Weile bleiben, der dreht hier in der Gegend einen Film und findet unser Hotel wohl sehr angenehm."

„Der ist so ein toller Schauspieler, und das obwohl er doch schon so tragische Sachen erlebt hat, aber naja, vielleicht ist er gerade deshalb so ein wahnsinnig toller Schauspieler, weil: von schlimmen Erlebnissen bekommt man ja viel seelische Tiefe."

Sarah bezweifelte etwas, ob Andrea die Richtige war, um die seelische Tiefe anderer Menschen zu beurteilen, aber sie war trotzdem neugierig geworden und beschloss, während sie auf das Essen warteten, genauer nachzufragen. Aber vorher kümmerte sie sich um das Essen:

„Heute gibt es Möhrenschaumsuppe mit Curry und Garnelen, die ist super lecker, kann ich nur empfehlen. Soll ich mal zwei bestellen, für uns?"

Andrea nickte und nachdem Sarah die Bestellung an Tamara weitergegeben hatte, lehnte sie sich zu der Cateringfrau hinüber und fragte: „Was hat der Tregitsch denn so Tragisches erlebt?"

Und da war Andrea ganz in ihrem Element: Sie las leidenschaftlich gerne so genannte People Magazine und interessierte sich für jedes kleinste Detail aus dem Leben der Reichen und Schönen.

„Das hab ich erst vor wenigen Monaten in einem Interview gelesen, weiß gar nicht mehr, wo, aber das war wohl so, dass er als er ganz jung war, mit einer ganz tollen Frau zusammen gewesen ist, und er war wohl auch wahnsinnig verliebt in die. Und dann hat sein damals bester Freund ihm die Freundin ausgespannt, und dann ist die wohl von dem anderen sofort schwanger geworden. Und aus irgendwelchen Gründen ist dann die Frau aber daran dann gestorben, und das war wohl total schlimm für den Tregitsch, weil er die Frau so geliebt hat, und sein bester Freund hat sich dann auch gar nicht mehr um die Frau gekümmert, als die im Sterben lag. Also, solche besten Freunde braucht doch wirklich keiner, oder?! Jedenfalls war das eine ganz schlimme Erfahrung, für den, dieser Verlust, und deshalb konnte er die Rolle in „Wenn Du zu mir kommst" so gut spielen. Das war dieser Film, in dem er diesen Mann gespielt hat, deren Freundin bei einem Terroranschlag tödlich verletzt wurde und dann versucht er die Schuldigen zu finden. Mann, das war vielleicht ein klasse Film!"

„Das ist aber wirklich eine heftige Geschichte, was war das wohl für ein Typ, der mit dem er befreundet war?"

„Keine Ahnung, das stand nicht in dem Interview. Die Suppe ist echt extrem lecker, was habt ihr da drin? Zimt?"

„Ja, zum Curry ist noch ein wenig Zimt und Liebstöckel drin, und dann ist alles mit Milch aufgeschäumt. Die Konsistenz finde ich im Moment sehr interessant, letztens hatten wir schon Paprikaschaumsuppe, aber mit Möhre gefällt es mir noch besser..."

Kurz darauf hatte Andrea sich verabschiedet und Sarah setze sich zu Angelika an den Tisch, die ebenfalls für ein schnelles Mittagessen in den Kroog gekommen war.

„Geli, wie geht es Dir?"

„Hallo Sarah, es geht soweit, ich hoffe, dass Torsten bald wieder nach Hause kommt, ich habe ihm gestern noch ein paar Sachen ins Untersuchungsgefängnis gebracht. Ich bin total fertig, ich verstehe überhaupt nicht, wie das alles passieren konnte."

„Das wird sich bestimmt schon ganz bald aufklären, und dann kommt Torsten auch zurück nach Hause!"

Angelika nickte abwesend, sie machte sich ernsthaft Sorgen, weil sie nicht genau wusste, was passiert war. Am schlimmsten war das Gefühl, dass sie sich nicht sicher war, ob ihr Mann den Architekten nicht vielleicht doch umgebracht hatte.

„Sarah ich wollte heute meine April-Schulden bezahlen, machst du meinen Deckel fertig?"

Es war üblich, dass die Mitarbeiter des Museumsdorfs Anschreiben ließen. Die meisten hatten einen Zettel im Kroog, den sie einmal im Monat bezahlten, denn in den historischen Kostümen hatten sie selten Geld dabei.

Sarah stand auf und ging zu der alten Zigarrenkiste hinter dem Tresen, die dem Kroog als „Deckelkiste" diente. „Ja klar, ich rechne das kurz zusammen, wie willst du denn zahlen? Bar oder mit Karte?" Angelika holte ihr Portemonnaie aus ihrer Handtasche und gab Sarah eine Kreditkarte.

„Alles klar, wird sofort erledigt!"

Wenige Augenblicke später stand Sarah wieder neben der Kuratorin, beugte sich hinunter und sagte leise zu ihr: „Geli, die Karte wird nicht akzeptiert, ich glaube, du solltest mal mit deiner Bank sprechen...? Gib mir einfach eine andere Karte, ja?"

Angelika war sichtlich nervös, als sie ihre EC Karte aus der Tasche holte.

„Hier, probier die mal."

Aber auch diese Karte und auch die Visa Karte von Angelikas zweitem Konto wurde nicht akzeptiert. Sarah ging peinlich berührt zu der Kollegin um ihr mitzuteilen, dass sie wohl ein kleines Problem hatte... Da dachte sie noch, dass das alles nur ein Missverständnis sein konnte, denn schließlich war die Kuratorin als recht wohlhabend bekannt.

Und so war Sarah sehr überrascht, als Angelika plötzlich in Tränen ausbrach und stammelte dass es gut sein könne, dass das kein Versehen war.

Sarah führte sie in die Gute Stube, den kleinen Clubraum neben der Gaststube, in dem sie schon den ganzen Vormittag mit Andrea gesessen hatte.

„Tamara, bringst Du mal einen Cognac, bitte?"

Die Kellnerin blickte nur kurz von der Kaffeemaschine auf, sah die weinende Angelika und sagte:

„Sofort Chefin, ist in einer Minute da."

Die Beichte war kurz aber schmerzvoll.

Angelika hatte schon lange bevor sie Torsten kennen gelernt hatte, in einem alten Reetdachhaus am Rande des Dorfes gewohnt. Als er dann bei ihr einzog hatten sie beide den Traum gehabt, das Haus mit viel Liebe zu restaurieren. Als diese Restaurierung abgeschlossen war, war das Haus zwar sehr schön geworden, aber die Arbeiten hatten fast 150.000 Euro gekostet, weshalb sie zwei Kredite aufgenommen haben. Als Torsten dann vor einigen Jahren arbeitslos wurde, war das Geld immer knapper geworden und reichte zum Schluss nicht mal mehr, um die Kredite abzuzahlen.

Am Anfang hatte sie nur kleine Summen aus der Museumskasse genommen, zum Schluss hatte sie sogar 10.000 Euro an ihr Privatkonto überwiesen. Georg Blohmann fand beim Stöbern in ihrem Büro, wohl eher durch Zufall heraus, was sie getan hatte. Daraufhin hatte er begonnen, sie zu erpressen. Zuerst wollte er nur mehr Sex, dann ausgefallenere Spielarten, später dann wollte er absurder Weise Geld, so dass Angelika alle ihre sowieso schon leeren Konten plündern musste, um ihn zufrieden zu stellen.

„Du bist Frau Schlau?!" platze es aus Sarah heraus, noch bevor sie sich klar war, dass sie das lieber für sich behalten hätte.

„Woher weißt Du das?" Angelika blickte sie panisch an. „Oh Gott, weiß das noch jemand?"

„Nein, nein, mach Dir keine Sorgen wir haben nur so einen Brief... äh, beim... Aufräumen in Blohmanns Zimmer gefunden."

„Oh Gott, es ist alles so furchtbar. Wenn Torsten das herausgefunden hat, dass Georg mich nicht nur verführt, sondern danach auch noch erpresst hat, dann, dann... ich weiß nicht, vielleicht war er das ja doch... Oh Gott, wie konnte das alles denn nur passieren, es war doch eigentlich alles gut...!" Angelika weinte noch heftiger, wurde geradezu geschüttelt von einem heftigen Weinkrampf. Sarah verstand sie gut. Sie konnte selber kaum begreifen, was sie in den letzten Tagen erfahren hatte, über die

Menschen, die sie eigentlich doch so gut zu kennen geglaubt hatte. Sie war schockiert, fassungslos und wütend, dass ihre wunderschöne kleine Welt, die sie so liebte, plötzlich vom Bösen, von Mord und Intrigen heimgesucht wurde.

Was war dieser Georg Blohmann nur für ein furchtbarer Mann gewesen? Und wie konnte es sein, dass selbst die brave, anständige Geli plötzlich nicht nur eine Ehebrecherin war, sondern auch noch Geld vom Museum veruntreut hatte?

Die Kuratorin hatte nicht ganz zu Unrecht den Spitznamen "De Generol," sie war eigentlich streng und sehr genau, was, zusammen mit ihrem manchmal recht barschen Befehlston, nicht immer gut bei den Kollegen ankam.

Und nun saß diese Frau vor ihr, völlig am Boden zerstört, ihr ganzes Leben plötzlich in Scherben. Und das alles nur wegen eines Mannes? Und ausgerechnet wegen dem ekligen Blohmann? Unfassbar!

Sarah hatte die halbe Nacht wach gelegen und überlegt, was sie machen sollte, mit dem Wissen über die Erpressungen und über die potentiellen Täter. Sie hatte sich eigentlich entschieden, ihrem Schwager Thomas alles zu sagen, was sie wusste, um dann die Arbeit ihm zu überlassen, aber als sie nun Angelika Larner, „De Generol" weinend vor sich sitzen sah, war ihr klar, dass sie nicht abwarten konnte. Sie wollte lieber selber anfangen zu recherchieren. Katja würde ihr bestimmt helfen, und außerdem waren die beiden und ihr Kroog sowieso immer die zentrale Informationsbörse des Museums, sie musste also wahrscheinlich nur ab und zu besser zuhören und die richtigen Fragen stellen, dann würde sie schon so einiges in Erfahrung bringen.

Sarah dachte an die Erpresserbriefe, die an den „Alten Mann" gerichtet waren und fragte:

„Sag mal, Geli, weißt Du irgendwas über Blohmanns Vergangenheit, oder Kindheit? Weißt Du wie er aufgewachsen ist?"

„Was? Hm, er hat nie viel von sich erzählt, meistens hat er mit irgendwelchen tollen Projekten angegeben, bei denen er Unmengen von Geld gemacht haben will. Von seinen Frauengeschichten hat er auch viel erzählt. Was er schon für tolle Frauen gehabt hatte, und natürlich wie viele... Aber von seiner Kindheit? Hm, eigentlich nicht... Warte, doch er hat mal erwähnt, dass er nur bei seiner Mutter aufgewachsen ist. Als ich ihn gefragt habe, wo sein Vater war, hat er nur kurz geantwortet: bei seiner Frau. Damit war das Gespräch dann beendet. Mehr weiß ich nicht. Warum?"

„Ach, nur so. Wir müssen doch jetzt mal schauen, ob da irgendwelche Verwandten kommen und die privaten Dinge vom Blohmann abholen, wenn die Polizei das freigibt."

„Also, " Angelika wurde rot, „Georg ist... also er war verheiratet. Aber ich weiß nicht, ob er mit der Frau noch zusammen lebte."

„Was? Der ist auch noch verheiratet? Oh Mann, ich fasse es nicht. Na, dann wird ja demnächst seine Frau hier auflaufen. Mal sehen was das für eine ist..."

Sie stand auf. „Und was mach ich jetzt mit dir?"

Sarah blickte Angelika an.

„Also, den Deckel, den vergessen wir jetzt erstmal, und du kannst natürlich auch weiterhin anschreiben lassen, aber du solltest jetzt sofort zu deiner Bank gehen und da irgendwas regeln, damit du erstens wieder flüssig bist und zweitens damit du einen Kredit aufnehmen kannst, um das Geld ans Museum zurück zu zahlen, bevor einer etwas merkt."

„Was? Du wirst mich nicht verraten?"

„Nein, wenn Du es schaffst, das alles bis nächste Woche zu regeln, sag ich niemandem etwas. Du hast es so schon schwer genug. Aber ganz ehrlich, wenn ich dich noch mal mit einem anderen Mann, als mit Torsten sehe, dann verpetze ich dich doch noch!"

„Das ist mir alles so furchtbar peinlich. Ich weiß gar nicht, wie ich dir danken soll..."

„Geh zu deiner Bank. Ich sag Bescheid, dass du dich nicht gut fühlst und nach Hause gegangen bist. Das wird jeder verstehen!"

Die Kuratorin trank den Cognac, der das ganze Gespräch über unangetastet vor ihr gestanden hatte, in einem Zug leer, schüttelte sich leicht, stand auf und drückte Sarah einmal kurz an sich. Dann schaute sie in einen der kleinen Spiegel, die an den Wänden der Guten Stube hingen, trocknete sich die Augen mit einem Taschentuch, strich sich einmal zum Ordnen über die Haare, atmete tief ein, straffte den Rücken und ging hinaus, ohne sich noch einmal umzudrehen.

Sarah lehnte sich in ihrem Stuhl zurück, streckte die Beine aus und raufte sich die Haare. Dabei entfuhr ihr ein lautes Stöhnen.

Sie lehnte sich wieder nach vorne, stütze den Kopf in beide Hände und schüttelte ganz langsam den Kopf. Als sie wieder aufblickte, sah sie gerade noch Lotti Hansen schnellen Schrittes am Fenster vorbei gehen und auf das Verwaltungsgebäude des Museums zulaufen. Sie lief für ihr Alter ganz schön flott und drückte ihre Handtasche mit beiden Händen fest an ihre Brust.

Seltsam, dachte Sarah, denn Lotti war eigentlich selten auf dem Gelände, sie sagte immer, das Museum sei Hans-Hennings Spielplatz, da wolle sie ihn nicht stören.

Als Sarah an diesem Abend nach Haus fuhr fühlte sie sich müde, traurig und klein. Das Gefühl, dass ein Mörder unter Ihnen war, dass jemand so grausam sein konnte und gleichzeitig im normalen Leben völlig unauffällig war, gruselte sie und ließ sie schaudern. Auf der anderen Seite konnte sie es schwer glauben, dass jemand so ein Leben hatte führen können, wie Georg Blohmann.

Obwohl es schon Anfang Mai war, fand Sarah es noch kühl genug, um ohne schlechtes Gewissen darüber nachzudenken, ob sie in die Badewanne gehen wollte. Aber wenn sie ehrlich zu sich selber war, brauchte keine Badewanne, sondern menschliche Wärme. Streicheleinheiten.

Vielleicht sogar Sex, um zu vergessen.

Sie blickte hinüber zum Haus ihres Nachbarn Ralf. Seit einigen Monaten hatten die beiden ihr ohnehin schon sehr gutes nachbarschaftliches Verhältnis deutlich vertieft und trafen sich nun manchmal zu gemeinsamen Stunden im Bett, was Sarah sehr gut passte, denn eigentlich hatte sie das Gefühl, keine Zeit für eine feste Bindung zu haben, aber sie hatte trotzdem gerne ab und zu Sex.

Ihr Nachbar schien nicht da zu sein, zumindest war sein Haus völlig unbeleuchtet.

„Schade, ich hätte mich jetzt gerne an ihn gekuschelt."

Dann wohl doch Badewanne und ein Glas Rotwein... Das wärmt auch von innen und von außen...

Sie stieg vom Rad und stellte es in den Schuppen neben der Auffahrt.

Als sie ihre Haustür erreichte, spürte sie die Anwesenheit eines Menschen, bevor sie etwas sehen konnte. Sie konnte eine seltsame Spannung spüren, spürte, dass jemand sie ansah. Sie drehte sich schnell um und schaute hinter sich.

Da war niemand.

Sie schaute hinter den Busch neben ihrer Haustür.

Auch da war niemand.

Ihre Kopfhaut begann zu kribbeln.

„Oh Gott, der Mörder hat herausgefunden, dass ich versuche ihn zu finden. Jetzt ist er hier und will mich auch umbringen..." Sarah hätte am liebsten laut geschrien, wie diese Frauen in den Horrorfilmen, aber sie riss sich zusammen und versuchte es erstmal mit einem vorsichtigen

„Hallo?!"

Ihre Stimme hörte sich ganz fremd an, und zitterte leicht.

„Ist da jemand?"

Da löste sich eine Gestalt aus dem Schatten hinter dem Haus. jemand hatte auf den Stufen zu ihrem kleinen Gewächshaus gesessen und kam nun auf sie zu.

„Ich bins Sarah, Ralf, nicht erschrecken"

Sie erschreckte sich natürlich trotzdem, aber zumindest nur kurz, denn sie freute sich gleichzeitig, dass sich ihr kleiner Wunsch so mysteriös schnell erfüllt hatte.

„Ralf, was machst du denn hier? Ich habe gerade an dich gedacht und in deine Fenster geschaut, ob du vielleicht da bist. Wenn ich ehrlich bin, könnte ich heute ein bisschen kuscheln vertragen..."

Sie lächelte verführerisch, oder zumindest versuchte sie es, denn irgendetwas ließ sie zögern. Etwas an Ralfs Haltung ließ sie ahnen, dass es heute wohl kein Kuscheln mehr geben würde.

„Deshalb sitze ich hier im Dunkeln und warte auf dich, ich muss mit dir reden."

Sie lächelte tapfer weiter, während sie die Tür aufschloss.

Sie hasste diese „Ich muss mal mit dir reden" Gespräche"

„Ja klar, komm doch rein. Willst du ein Bier? Ich brauche jetzt definitiv einen ganzen Eimer Rotwein..."

„Ja, ein Bier wäre klasse." Er ging an ihr vorbei und küsste sie kurz auf den Mund. Sarah blickte ihn erstaunt an.

Die beiden hatten immer darauf geachtet sich keine „Pärchen typischen" Dinge wie Begrüßungsküsse oder Kosenamen anzugewöhnen, sie hatten von Anfang an gewusst, dass sie nur eine Affäre füreinander waren.

Bitte nicht heute, bitte nicht jetzt... dachte Sarah als sie hinter dem Tresen stand, der ihre dunkelgrüne Lack-Küche vom Wohnzimmer trennte und den Wein öffnete. Sie nahm sich extra viel Zeit, nahm eines der „guten Gläser" aus dem Schrank, füllte Salzstangen und Nüsse in die drei grünen Schalen auf dem Glastisch im

Wohnzimmer, schenkte das Bier in ein Glas und setzte sich erst, als ihr gar nichts anderes mehr einfiel. Ralf hatte es sich, scheinbar wie immer, auf ihrem grauen Filzsofa gemütlich gemacht.

Sarah hob kurz ihr Glas:

„Prost."

„Prost Sarah."

Sie tranken, Sarah zog die Füße unter den Po und saß Ralf nun in ihrem Lieblingssessel im Schneidersitz gegenüber. Fast reflexartig zog sie eines der Filzkissen zu sich heran, legte es vorm Bauch auf ihre gekreuzten Beine und lehnte sich darauf.

„Sarah, wir haben uns ja nie angelogen, waren immer ehrlich zueinander und deshalb will ich auch jetzt nicht damit anfangen. Du weißt, ich habe unsere Zusammentreffen immer sehr genossen, aber uns war beiden klar, dass wir nicht für die Ewigkeit gemacht waren."

„Wir waren nicht für die Ewigkeit gemacht?" Obwohl ihr gar nicht danach war, musste Sarah laut lachen. „Ich wusste gar nicht, dass du solche Sätze im Repertoire hast..."

„Bitte, jetzt werde nicht so. Du weißt, wie sehr ich dich mag, und wie anziehend ich dich finde, aber..." Er atmete hörbar ein. „Ich habe jemanden kennen gelernt. Eine Frau."

„Immerhin keinen Mann, das ist doch schon mal super."

Sie trank das Glas leer und schenkte sich sofort wieder nach.

„Sarah, bitte, nun hör auf, so zu sein. Ich will doch nur ehrlich mit dir sein. Was soll ich denn machen? Für den Rest meines Lebens darauf warten, dass Du dich mal wieder einsam fühlst, und mich für ein oder zwei Nächte in dein Bett holst? Ich möchte eine richtige Beziehung haben, und nicht nur eine Affäre..."

„Aha."

Sie merkte gar nicht, dass ihr Tränen die Wangen hinunter liefen. Erst als er ihr ein Taschentuch reichte und sagte: „Ich wusste nicht, dass „wir" dir so wichtig sind... Wenn ich das gewusst hätte, wäre vielleicht alles anders gekommen", wurde ihr klar, dass sie weinte.

„Ich wusste auch nicht, dass „wir" mir so wichtig sind. Es ist auch nicht nur das. Ich freue mich sogar für dich. Ja, wirklich! Und wir haben ja nie gedacht, dass wir wirklich mal ein Paar werden, ich weiß auch gar nicht genau, warum ich weine."

Sie trank noch einen Schluck Wein.

„Ich glaube es ist, weil im Moment nichts mehr so ist, wie es mal war. Der Mord im Museum beschäftigt mich sehr, weil ich einsehen muss, dass einer der lieben Menschen, die ich dort kennen gelernt habe, ein Mörder ist. Und nun kommst du, gerade in dem Augenblick, in dem ich mich nach ein bisschen nach Kuscheln sehne, und sagst: Kuscheln ist nicht mehr."

Sie musste selber lachen.

„Es tut mir leid, wenn das jetzt gerade nicht so passend kommt. Aber ich wollte dir das erzählen, bevor du es auf andere Weise herausbekommst."

„Aha."

Sarah trank noch einen großen Schluck von dem tief dunkelroten Wein. Sie hatte das kleine chilenische Weingut erst vor kurzem bei einer Weinprobe entdeckt und hatte sich nun ein paar Flaschen nach Hause liefern lassen, um den Wein in Ruhe zu testen, bevor sie ihn vielleicht im Kroog anbieten wollte.

Also, der Cabernet Sauvignon war schon mal hervorragend.

Sie lächelte still in sich hinein. Wenn ihr die Männer auch immer wieder davon liefen, toller Wein würde sie immer glücklich machen!
„Und wie hast Du die Dame kennen gelernt?"
„Im Internet."
„Aha."

„Ich war einfach ein bisschen einsam, und du wolltest mich nie wirklich an dich heran lassen... Und da hat meine Schwester mir geraten, es doch mal bei einer dieser Dating-Sachen im Internet zu versuchen. Ich hab da ja nicht dran geglaubt, aber schon nach zwei Wochen hatte ich eine Frau kennen gelernt, die ich richtig toll fand.
Und die letzten Wochenenden war ich dann bei ihr Zuhause, und da hat es richtig gefunkt." Er sah glücklich in Sarahs Gesicht, dass sie nur mühevoll zu einem Lächeln verziehen konnte. Soviel Information hätte sie gar nicht gebraucht.

Das ist der Nachteil der Gastronomie: Wenn man nach einem langen Tag nach Hause kommt, hat man seinen Vorrat an falschem Lächeln für den Tag komplett aufgebraucht.

Ralf räusperte sich und entschuldigte sich für seine etwas taktlose Direktheit.

„Jedenfalls kommt mich Monika morgen besuchen, und deshalb wollte ich mit dir reden, damit du sie nicht einfach so in meinem Garten triffst, und dich wunderst, wer die fremde Frau ist."

„Aha."

„Ja."

Danach folgte eine lange Pause, in der beide tranken und schweigend ihren Gedanken nachgingen. Sarah dachte daran, dass sie jetzt eigentlich nur noch ins Bett wollte. Und das nicht allein.

Vielleicht wollte Ralf ja noch ein letztes Mal, zum Abschied...?
Scheinbar nicht, denn Ralf stand schon auf:
„Also, ich geh dann mal wieder rüber... Danke... äh, für das Bier."
Sarah stand automatisch mit auf, wollte dann aber keine Abschiedsszene an der Haustür und setzte sich sofort wieder hin.
„Ja, dann schlaf gut. Bis bald."
Er war schon an der Tür, als er sich noch mal zu ihr umdrehte und sie anlächelte:
„Aber Du bleibst meine Lieblingsnachbarin..."

Alles wird anders, nichts bleibt wie es war.

Sie saß noch ungefähr fünfzehn Minuten regungslos in ihrem Sessel und versuchte mit geschlossenen Augen ihre Gedanken zu ordnen. Dann stand sie auf, stellte das halbvolle Glas auf den Küchentresen, wollte ins Bett gehen.

Nein, der Wein war zu lecker... Wenn ich schon keinen Mann habe, dann möchte ich zumindest den glücklich machenden Wein in mir haben. Sie drehte sich noch mal um und trank das Glas leer, ging dann erst die kleine schmale Treppe hinter der Küche hoch in ihr Schlafzimmer.

Sie legte sich ins Bett, kuschelte sich unter die Bettdecke und war zu ihrer eigenen Verblüffung schon nach kurzer Zeit eingeschlafen.

Kapitel 3

Sehr früh am nächsten Morgen, noch vor Sarahs erstem Morgen-Kaffee, klopfte es an der Restauranttür.

Sie hatte zwar lang, aber schlecht geschlafen, und schaute nun missmutig durch die Scheibe. Dort sah sie ihren Schwager, Kriminalkommissar Thomas Klages, heftig gestikulierend, und zwei Beamte in Uniform. Sie drehte langsam den alten Schlüssel im Schloss und als sie die Tür gerade öffnen wollte, wurde sie schon aufgestoßen und der mopsige Kriminalpolizist drängte sich in die Gaststube.

„Guten Morgen Sarah, wie schön, dass du so früh schon wach bist." Der hämische Unterton in seiner Stimme war deutlich zu hören, wusste er doch nur zu gut, dass sie kein Morgenmensch war. „Wir müssen noch einmal das Zimmer des Toten durchsuchen und ich werde deinen Clubraum in den nächsten Tagen als Befragungszimmer nutzen."

„Guten Morgen Thomas, das ist ja nett, dass du vorbei kommst. Komm doch rein, ach, du bist ja schon drin..."

Kurz später hatte der Polizist sein Hauptquartier in der „Guten Stube" aufgeschlagen und ging hinüber ins

Hotel, um dort das Zimmer des Toten noch einmal gründlich zu untersuchen.

Leider fand er rein gar nichts, was den Mord hätte erklären können. Und wenn es etwas gegeben hatte, dann hatte es der Täter mit Sicherheit schon lange entfernt...

Thomas ärgerte sich maßlos darüber, dass er gestern seinen Verdächtigen wieder nach Hause gehen lassen musste. Und er ärgerte sich ebenso maßlos über die Schludrigkeit der Kollegen, die das Hotelzimmer des Opfers schon am Todestag oberflächlich durchsucht, aber keine Polizeisiegel an der Tür angebracht hatten.

Nach fast zwei Stunden brach er die Suche frustriert ab, er hatte zwar sowieso nicht erwartet, noch etwas zu finden, trotzdem nahm er den dicken Ordnern mit Briefen und ausgedruckten E-Mails mit, um darin noch mal genauer nach Hinweisen zu suchen. Er ging nicht davon aus, dass er darin etwas Brauchbares finden würde, aber er wollte nichts unversucht lassen. Immerhin konnte er sein Quartier hier bei seiner Schwägerin im Kroog aufschlagen, wo er den ganzen Tag leckeren Kaffee und Hausmannskost bestellen konnte.

Auf dem Rückweg zur Guten Stube stellte er fest, dass die Gaststube leer war. So machte er sich in den Räumen hinter dem Tresen auf die Suche nach jemandem, der ihm einen Kaffee bringen könnte.

Die Morgenbesprechung mit ihren Köchinnen war für Sarah immer sehr wichtig und heute ganz besonders, denn sie hatte in den letzten Tagen viel zu wenig Zeit mit ihren Mädels in der Küche verbracht.

Sie liebte diesen Raum. Sie hatte die Küche zwar mit der modernsten Technik ausgestattet, diese aber hinter historisch nachempfundenen, fast romantisch wirkenden Fronten versteckt. Besonders liebte sie die große hölzerne Arbeitsfläche in der Mitte, die den Mittelpunkt ihrer Küche und, in arbeitsreichen Zeiten, den Mittelpunkt ihrer kleinen Welt darstellte.

Sie lächelte ihr Team an und freute sich, dass sie heute wieder etwas mehr Zeit hier zwischen den duftenden Töpfen verbringen konnte.

„Guten Morgen, meine Lieben! Ich hoffe, ihr habt den Schock der letzten Tage etwas überwunden!

Heute gibt es mal wieder ein Schaumsüppchen und zwar von grünen Erbsen mit Lachsfilet. Das Fleischgericht ist Stubenküken auf jungem Gemüse, es ist schließlich Frühling...

Vegetarisch gibt es heute Spitzkohl in Senfsoße an Kartoffelrösti, der Salat ist ein Pflücksalat mit Hühnerbrust an Himbeervinaigrette, und wir haben ab heute die ganze Woche als Zusatzgericht die Finkenwerder Scholle, die ..."

Ein mürrisch dreinblickender, kreisrunder blonder Kopf tauchte über der Schwingtür zur Küche auf. „Sarah, ich will einen Kaffee!"

„Thomas", Sarah lächelte ihn mit einem sehr gekonnten, professionellen Gastronomie-Lächeln an, konnte einen leicht genervten Unterton aber trotz großer Anstrengung nicht verbergen. „Natürlich, sehr gerne, vielleicht auch noch einen Keks dazu?"

„Nein, keine Kekse, bin auf Diät, ich habe aber tatsächlich Hunger. Ich nehme dann noch ein Spiegelei vielleicht mit ein paar Bratkartoffeln."

„Die Küche ist noch nicht geöffnet, ich kann Dir leider im Moment noch nichts zu essen anbieten."

Ihm zu sagen, dass Bratkartoffeln auch nicht gerade ein Diätessen waren, konnte sie sich gerade noch verkneifen...

„Wieso, dein Personal ist doch schon da, also, die sollen mir dann mal ein Spiegelei machen, und dann nehme ich eben eins von euren vertrockneten Broten dazu."

Er zog den Kopf zurück und machte sich auf den Weg zur Guten Stube.

Er hatte einen ganz schöne viel Arbeit vor sich denn, er wollte heute möglichst mit allen fest angestellten Mitarbeitern sprechen. Sie mussten schnell eine neue Spur finden, jetzt, wo es relativ klar war, dass er dem Schmied nichts nachweisen konnte.

Thomas Klages hatte sich unheimlich geärgert, als klar war, dass keine Blut oder Faserspuren des Toten an der Arbeitskleidung des Schmieds gefunden worden waren. Da sie ihm auch sonst nichts nachweisen konnten, hatten sie ihn gestern Abend, vorläufig, wieder auf freien Fuß gesetzt. Das bedeutete für Thomas, dass er wieder ganz von vorne anfangen musste, mit seinen Ermittlungen. Das war besonders ärgerlich, weil er sich klar darauf konzentriert hatte, dass er Torsten für schuldig hielt. Er ärgerte sich wahnsinnig, dass die Kollegen von der Spurensicherung seinen Verdacht nicht bestätigen konnten. Und er hasste es, sich zu irren, denn er hatte immer ein gutes Näschen gehabt, wenn einer etwas zu verbergen hatte. Und dieser Torsten hatte etwas zu verbergen, das war ganz klar.

Die Art und Weise, wie er sich immer wieder die Haare raufte und dann die Hände unter die Achseln steckte. Dann, dass er den Polizisten in den Verhören

nicht anschauen konnte, seinem Blick immer wieder aus-
wich, und sein jämmerlicher Versuch, herunter zu spielen, dass seine Frau ihn mit einem extrem erfolgreichen
und gut aussehenden Mann betrogen hatte.

Thomas hatte schnell gemerkt, dass der Ermordete
nicht bei allen Dörflern beliebt gewesen war. So erging es
aber vielen erfolgreichen Männern, die wussten, was sie
vom Leben wollten und die auch mal gegen den Strom
schwammen, auch mal unpopuläre Entscheidungen fäll-
ten.

Ehrgeiz ist aber doch nichts Schlechtes, und nur die
wirklich ehrgeizigen und fokussierten Männer waren
auch wirklich erfolgreich.

Dass die Leute hier im Museumsdorf nichts davon
hielten, kleingeistig, unambitioniert und menschelnd,
wie sie waren, dass konnte er sich gut vorstellen.

Die ganzen Sozialpädagogen und Ökos hier, die haben natürlich Angst vor einem Mann, der wirklich erfolgreich ist. Thomas kannte diese Haltung nur zu gut, er
hatte schon häufig erlebt, dass er selber nicht gut ankam,
nur weil er gut war in seinem Job, und ehrgeizig genug,
um immer noch besser werden zu wollen.

Er wäre froh gewesen, wenn seine Nase ihn auch dieses Mal nicht getäuscht hätte, und das Ganze einfach nur
ein Eifersuchtsdrama gewesen wäre.

Stattdessen saß er nun hier in dieser alten Bude und
musste mit den muffeligen Dörflern sprechen. Er seufzte,
und las sich noch mal die Liste durch, die er von der Museumsleitung ausgehändigt bekommen hatte.

„Albertus, Monika, Kassiererin" die ist dann wohl die
erste...

„Soll ich dem „Herren" in der Guten Stube das Essen und den Kaffee bringen?" Bot sich Köchin Pat an, um Sarah eine weitere Konfrontation mit dem Schwager zu ersparen.

„Nein, ich geh schon, ich wollte ihn sowieso noch etwas fragen... Aber das Angebot ist lieb von dir, Danke!"

Als Sarah dann bei Thomas nachfragte, wurde schnell klar, dass die Polizei die Briefe in Blohmanns Zimmer nicht gefunden hatte. Es könnte natürlich auch sein, dass Thomas es ihr nicht sagen wollte, aber das konnte sie sich nicht vorstellen, denn er gab einfach zu gerne mit seinen Erfolgen an.

Obwohl Sarah mehrmals möglichst unauffällig nachfragte: Er gab ihr immer dieselbe Antwort: Sie hatten nichts Auffälliges gefunden, nur diesen Ordner mit den Geschäftsbriefen. Thomas würde diesen am Abend noch mal durcharbeiten, vielleicht konnte er darin etwas finden.

Sarah verließ erstaunt den kleinen Clubraum:

Was ist denn da nur los, ich habe dieses Mäppchen doch extra auffällig in die Aktentasche gesteckt, warum haben die das denn nicht gefunden? Seltsam... Hat etwa irgendjemand die Briefe geklaut? Vielleicht der Mörder? Das wird ja immer seltsamer, was ist denn hier nur los?

Die einzige, die etwas von dem Pappmäppchen wusste, war Katja, aber das war ja absurd... Sie kannte Katja fast ihr ganzes Leben.

Sarah schüttelte den Kopf, um die unangenehmen Gedanken aus dem Gehirn zu schütteln, und beschloss dann:

Ich werde am besten erstmal meinen kleinen Rundgang machen, bevor wieder irgendwas dazwischen kommt. Ich muss sowieso Brot und Eier holen und dabei kann ich dann auch ein bisschen nachdenken. Sie nahm sich den großen Weidenkorb, der als Deko neben dem Tresen stand rief kurz in die Küche, dass sie bald wieder da sei, und ging los.

Während sie über das Gelände ging hatte sie mehrfach ein seltsames Gefühl. Es war ihr, als würde sie beobachtet werden, aber immer, wenn sie sich umdrehte, konnte sie niemanden sehen.

Mann, Sarah, nimm dich mal zusammen, schimpfte sie mit sich selber, wer sollte dich denn hier verfolgen...

Als sie auf den Hühnerstall zuging sah sie schon von weitem, dass Agnes gerade beim Ausmisten war.

„Hallo Agnes, ich brauche dreissig Eier, hast du so viele, heute?"

„Hallo Sarah", Agnes drehte den Kopf zur Seite und dachte kurz nach: „Nein, ich ich habe nur siebenundzwanzig Eier gefunden, heute. Soll ich noch weiter suchen?"

Sarah lächelte die junge Frau an: „Nein, nein, siebenundzwanzig ist auch eine gute Zahl. Das wird schon reichen! Wie geht es dir denn? Geht es dir besser? Oder hast du noch Angst?"

„Nein, keine Angst. Laurin hat gesagt, er beschützt mich. Und Mama ist ja auch da. Wenn ich Angst bekomme, gehe ich zu ihr in die Backstube oder ich gehe in den Schafstall und bleibe da sitzen, bis es besser ist. Und

Laurin hat mir gestern Arthur ausgeliehen. Ich mag Arthur, Arthur beschützt mich. Jeder sollte einen Arthur haben."

Sarah lächelte. Das war sehr nett von dem Schäfer, Agnes seinen Hund auszuleihen.

Jeder wusste, dass Agnes in Laurin verliebt war. Und er kümmerte sich um sie wie um eine kleine Schwester. Die beiden waren schon ein seltsames Paar.

Es gefiel ihr wohl, dass er nicht viel redete. Leute, die viel redeten, machten ihr Angst, denn wer viel sagt, der weiß auch viel. Und Agnes wusste, dass sie langsamer war, als die anderen, und dass sie deshalb auch nicht so viel wusste. Das machte sie oft traurig und deshalb war sie wohl auch so gerne mit den Tieren des Museums zusammen, mit den Hühnern, den Schweinen und eben auch den Schafen, deren Lämmer sie im Frühjahr mit der Hand aufzog, wenn die Mutterschafe Hilfe brauchten.

Sarah lachte „Ja, das ist eine gute Idee, Agnes, jeder sollte einen Arthur haben! Ich nehme mir die Eier dann mit, ja? Tschüss!"

Die nächste Station war die Backstube, aus deren Schornstein schon dunkler Rauch aufstieg.

„...ich würde mich freuen, wenn mein Gerd mich auch mal auf eine Kreuzfahrt einladen würde, aber so was ist bei uns nicht drin... Naja, vielleicht mal zur Mecklenburgischen Seenplatte, aber das ist es dann auch schon."
Lena stand an ihrer großen hölzernen Arbeitsplatte, beide Arme im Brotteig und knetete kräftig, während sie sich mit Lotti unterhielt.

„Lotti, Lena, guten Morgen, wie geht es euch?"

„Ach mir geht's wie immer, aber Lotti hat vielleicht ein Glück! Der Chef lädt sie auf eine Kreuzfahrt ein! Mittelmeer! Ach ich bin aber auch neidisch, jetzt!"

„Lotti, das ist ja toll," Sarah freute sich sehr für die bescheidene alte Dame. „Wie hast du das denn nun geschafft? Ich dachte immer Hans-Henning findet eine Kreuzfahrt sei viel zu teuer..."

„Ja das stimmt, das fand er auch immer. Aber bei uns hat sich einiges finanziell verbessert und um das zu genießen, haben wir uns entschieden, uns etwas zu gönnen. Zehn Tage durchs Mittelmeer. In zwei Wochen geht es los. Wir waren gestern im Reisebüro und haben gebucht. Und außerdem hat der Hans-Henning sich nach dem ganzen Tohuwabohu hier mit dem toten ähem... Architekten doch auch mal eine Ruhepause verdient, oder?"

Sarah sah sie etwas skeptisch an: „Ich glaube, dass das Tohuwabohu hier erst richtig losgeht, Lotti. Thomas sitzt jetzt gerade bei mir in der Guten Stube und will alle Mitarbeiter und die Ehrenamtlichen verhören."

„Aber ich dachte, es ist jetzt sicher, dass der Torsten das war...?!" Lotti schaute Sarah ängstlich an.

„Nein, Torsten ist wieder Zuhause, sie haben keine Fasern an seiner Kleidung gefunden, und auch sonst keine Beweise, dass er am Tatort war. Obwohl Thomas das so gerne gehabt hätte: Torsten war es wohl doch nicht. Oh Gott Lotti, jetzt mach dir mal nicht so viele Sorgen, ich bin mir sicher, dass du trotzdem zu deiner Kreuzfahrt kommst. Man kann über Hans-Henning einiges sagen, aber der Mann steht doch zu seinem Wort!"

Lotti schien wenig überzeugt, und schaute Sarah weiterhin ängstlich, ja fast panisch an.

„Ja, da hast du bestimmt recht. Ich muss jetzt gehen...
äh... Mit Hans-Henning reden, und... also Reisevorberei-
tungen!"

Lena strich sich mit dem Unterarm ein Haar aus der
Stirn, vorsichtig darauf bedacht, keine Mehlspuren in ihrem Gesicht zu hinterlassen.

„Was ist denn mit der los? Nun hat sie doch fast 40
Jahre auf die Kreuzfahrt gewartet, wenn das jetzt noch
mal um ein paar Wochen verschoben wird, das ist dann
doch auch nicht so schlimm... Also im Moment spinnen
wirklich alle."

Sie fing wieder an, kraftvoll ihren Teig zu kneten.

„Und du Sarah? Wie kommst du mit den Ereignissen
klar? Ich hätte wirklich nicht gedacht, dass es nach
Timms Unfall noch schlimmer kommen könnte."

„Alles soweit ok. Ich empfinde es aber ganz genau so,
wie du: Im Moment spinnen hier alle."

Sie schüttelte den Kopf und blickte hinter Lotti her.
Irgendwie kam ihr das alles seltsam vor.

„Ich muss weiter, ich nehme die vier fertigen Brote da
vorne mit in den Kroog, ist das ok? Oder sind die vorbe-
stellt?"

„Nein, nein, das sind deine. Die anderen sechs kommen später nach, ich bin heute etwas knapp dran, weil
Agnes so schwer aus dem Bett gekommen ist. Und seitdem ich hier bin, bin ich nur am Sabbeln mit irgendwelchen Leuten."

„Oh, hab schon verstanden, Lena, ich bin schon
weg", Sarah zwinkerte der Bäckerin zu, nahm die vier
großen Laibe Landbrot und ging.

„Du weißt schon, wie ich das meine, oder, Sarah?"
rief die Bäckerin ihr hinterher.

„Jaja, mach Dir keine Sorgen, ich versteh dich schon, das geht mir auch oft so! Schüss"

Sie ging weiter, blickte dabei in den hellblauen Himmel und freute sich über die Schwalben, die mit großem Getöse ihre Nester unter den Dachgauben anflogen. Weit entfernt klang es so, als würde jemand mit einem Eisenhammer einen Sambatakt schlagen.

Konnte es wirklich sein, dass Torsten heute schon wieder auf dem Gelände war? So als wäre nichts gewesen?

Sie entschied sich, den Umweg an der Schmiede vorbei zu gehen, obwohl die Eier und die Brote schwer in ihrem Korb waren und sie eigentlich keine Zeit hatte.

Eigentlich lenkte sie diese ganze Blohmann-Sache zu sehr ab, sie kam gar nicht mehr dazu, ihre Arbeit zu machen. Gut, dass Emma, Pat und Tam so verläßlich waren.

Was würde ich nur ohne meine Mädels machen, dachte sie, als sie den Weg zur Schmiede hoch ging.

Torsten war tatsächlich bei der Arbeit und hämmerte auf den glühenden Eisen herum, so als wäre nie etwas gewesen. Sarah nickte Klaus zu, der gemütlich vor seiner Sattlerei saß und seine Pfeife rauchte.

„Moin mien Deern!"

„Moin Klaus, ich geh mal zu Torsten rein."

„Jo, mok mal."

Torsten blickte kaum auf, als sie in die dunkle, rauchige Werkstadt trat. In einer Esse loderte ein helles Feuer und der massige Schmied stand an einem der fünf Ambosse, die im Halbkreis um die beiden Feuerstellen aufgestellt waren. Torstens Amboss war deutlich größer, als die anderen und stand dicht an der Esse. Die vier kleineren waren für Museumsbesucher, die bei den beliebten Wochenendworkshops die Grundlagen des Schmiedens erlernen wollten.

Kling-Klang, Kling-Klang.

Mit gleichmäßigen, rhythmischen Schlägen schlug Torsten auf das orange glühende Metall und formte etwas, das aussah, wie eine Speerspitze.

Kling-Klang, Kling-Klang.

„Hallo Torsten, was machst du da?"

„Ich mache eine Gardinenstange für unsere Küche. Hat Geli sich schon ewig gewünscht, und nun komme ich mal endlich dazu."

Kling-Klang. Kling-Klang.

„Dir macht das Schmieden wirklich Spaß, oder?"

Torsten sah Sarah erstaunt an. Er hatte damit gerechnet auch von ihr ausgefragt zu werden, wie es im Gefängnis gewesen war. Aber jetzt über das Schmieden zu reden war ihm auch recht. Sehr recht sogar. Er schaltete den Blasebalg an, der die Glut in der Esse zum Auflodern brachte, legte sein Werkstück hinein und sagte:

„Ja, ich finde dass das Schmieden fast etwas Magisches hat." Er nahm ein unbearbeitetes Stück und hielt es ihr hin.

„Schau mal: Ich nehme dieses Stück Eisen. Jetzt ist es einfach ein hässliches kantiges Stück Metall. Aber es ist hart und fest. Und das halte ich in mein Feuer. Das Eisen wird ganz hell und ganz weich. Und dann nehme ich meinen Hammer und forme dieses Stück ganz so, wie ich es will.

Ich kann es ganz spitz oder ganz rund machen, ganz filigrane Formen arbeiten, oder auch etwas Schweres, Grobes, ganz so, wie ich es denke.

Und dann halte ich dieses rot glühende Stück, dass ich vorher wie Knete geformt habe in kaltes Wasser, und mit einem Zisch ist es fest: Unbiegsam. Und so hart, dass ich damit jemanden erschlagen könnte, wenn ich wollte. Das finde ich immer wieder faszinier..." Plötzlich wurde ihm klar, was er gerade gesagt hatte, und er verstummte.

Er drehte sich schnell um, stellte den Blasebalg ab, nahm die nun fast weiß glühende Stange aus der Glut, hob den Hammer hoch und schlug wieder in seinem gleichmäßigen Rhythmus zu.

Kling-Klang ein Schlag mit Kraft, und einer zum Ausschwingen.

Dann wieder:

Hammer hoch, Kling- Klang...

Sarah sprach sehr laut, damit er sie durch das Hämmern hindurch hören konnte: „Ich verstehe schon, wie du das meinst, mach dir keine Sorgen, du bist hier doch bei Freunden."

Das Hämmern verstummte, Torsten blickte sie unverwandt an:

„Ja, bin ich das? Gut dann erkläre mir doch mal, wie das alles überhaupt passieren konnte. Und weißt du was mich wirklich extrem ärgert? Dass mein Brandeisen weg ist, an dem ich 3 Wochen gearbeitet habe. Und noch viel schlimmer ist: dass jemand mein Brandeisen mit Blohmanns Hintern verseucht hat. Das machen doch keine „Freunde", oder?!"

„Das Brandeisen ist weg? Oh, ich habe gedacht, dass die Polizei das sichergestellt hat."

„Das hätten sie auch getan, wenn sie es gefunden hätten. Aber es ist weg. Drei Wochen Arbeit für die Katz. Und die Pferde kommen morgen, und wir wollten doch alles zusammen haben, das historische Zaumzeg und das Brandeisen, und die handgeschmiedeten Hufeisen und alles... ach Scheiße"

Torsten ließ sich auf einen kleinen Hocker fallen, der an der hintere Wand der Schmiede stand.

„Sarah, ich war das nicht, das musst du mir glauben! Ich war wirklich stinksauer auf Blohmann, und auf Geli und auf mich und dann habe ich auch Mist gemacht und den Blohmann bedroht, sogar mit dem blöden Brandeisen. Und dann hab ich ihm einen Brief geschrieben, damit er meine Frau in Ruhe läßt: „Auge um Auge, Zahn um Zahn" und so ein Quatsch, aber ich bin doch kein Mörder. Ich wollte nur, dass er seine schmierigen Finger von meiner Frau nimmt."

„Und du hättest niemals dein Brandeisen mit Blohmans Hintern verseucht, versteh schon" Sarah lächelte. Sie glaubte Torsten. Er war zu direkt, zu wenig hinterlistig und zu bodenständig, um jemanden nachts und so brutal umzubringen. Es würde eher zu ihm passen mit Blohmann vor versammelter Mannschaft eine Schlägerei anzufangen und das hatte er ja auch fast getan.

„Du kannst dir das nicht vorstellen... was für ein widerliches Arschloch der Blohmann war:

„Deine Frau ist ja eine richtige kleine Sau", hat er gesagt und laut gelacht, dann hat er sein Glas mit dieser widerlichen giftgrünen Flüssigkeit drin gehoben und gesagt: „Komm, lass uns zusammen trinken, wo uns doch schon so viel verbindet..."

Ich war so vor den Kopf geschlagen, ich wusste zuerst gar nicht, was ich sagen sollte. Geahnt hatte ich ja schon einige Wochen etwas, aber nun auf diese Art die Bestätigung zu bekommen, das war ganz schön heftig"

Er hat mir erzählt, was er alles mit ihr gemacht hat, oder wie er es formulierte: was sie alles mit sich hat machen lassen, und wie sehr er es ihr besorgt hat, dass sie ja wohl schon lange nix Richtiges mehr zwischen den Beinen gehabt hätte, und dass ich froh sein soll, dass er „den Job für mich erledigt hat."

Da hab ich dann das Brandeisen gegriffen und wollte es ihm überziehen, wollte nur dass er aufhört, wollte nur, dass dieses Gefühl in meinem Brustkorb aufhört. Aber er redete immer weiter:

Er würde sich jetzt langweilen mit ihr, ich solle sie zurücknehmen, sie sei zwar etwas „benutzt" aber das würde schon wieder heilen.

Und ich dachte immer nur „hör auf, hör auf, hör auf!"

Ich wollte ihn nicht mehr reden hören.

Was ist das nur für ein Mensch..."

Er blickte Sarah an.

„Aber ich wusste doch gar nicht, wo das Brandeisen war! Ingo hatte das Eisen versteckt, damit ich damit nicht noch mal auf Blohmann losgehe. Aber dann hat offensichtlich jemand das Eisen da weggenommen und es dem Blohmann auf den Hintern gebrannt. Ich versteh das nicht. Als wollte jemand mich als Verdächtigen dastehen lassen. Als Ingo nachgeschaut hat, wo das Eisen ist, da war es nicht mehr da, wo er es versteckt hatte."

„Ach, darum ging es bei dem Streit im Kroog."

Torsten schaute hoch und nickte nur. Er zündete sich mit seinen rußigen Händen eine Zigarette an und sagte:

„Es war wirklich furchtbar, bei der Polizei. In dieser Zelle aufzuwachen war eine der schlimmsten Erfahrungen meines Lebens. Es ist nicht nur, dass du nicht raus kannst. Es ist auch dieser Geruch nach Desinfektionsmittel und Kantinenessen, und der Gedanke, dass man gar keine eigene Verantwortung für sich hat. Das macht einen mürbe."

Torsten rieb sich mit den schmutzigen Fingern durch das Gesicht. Er raufte sich die Haare und sah aus, als würde er mit den Tränen kämpfen.

Sarah tat es weh, diesen großen, starken Mann so zu sehen. Sie überlegte, was sie sagen könnte, damit es ihm besser ging. „Aber du bist doch jetzt wieder frei, das bedeutet doch, dass sie dir glauben, dass du unschuldig bist..."

„Nein, sie haben nur keine weiteren Beweise gefunden. Und ich habe immer noch kein Alibi, ich war ja auch hier, kurz bevor es passiert ist. Ich bin so sauer gewesen an dem Abend, dass ich noch hier in die Schmiede bin, um mich abzureagieren. Ich bin erst so gegen halb 1 durch das Drehkreuz am Haupteingang raus. Und zwar so dass, niemand mich gesehen hat, weil Max erst kurz später hier vorbei kam. Ich hätte mich also auch verstecken und Blohmann auflauern können."

„Aber das hast du ja nicht getan, und das werden die auch sehr schnell herausfinden, spätestens, wenn sie den echten Mörder gefunden haben! Außerdem hätte der Hund von Max doch angeschlagen. Dafür ist er schließlich da..."

„Ja, wenn sie den Mörder finden, dann bin ich frei, aber das scheint ja alles viel schwieriger, als erwartet. Allein schon, dass sie das Brandeisen nicht finden können. Ich hätte das wirklich gerne wieder gehabt, so oder so..."

„Kannst Du nicht für die Pferde ein neues Eisen schmieden? Vielleicht wäre es sowieso besser, wenn du das „verseuchte" Eisen nicht mehr anfassen würdest, oder?!

Und wenn ihr den Pferde sowieso nicht wirklich das Zeichen aufbrennen wollt, musst du es ja nicht morgen fertig haben, oder?!"

Torsten lächelte „Vielleicht hast du recht. Ich denke, wenn die Gardinenstange für meine Frau fertig ist, mache ich mich an ein neues Eisen. Du hast Recht, wir wollen den Leuten ja nur zeigen, wie solche Brandeisen früher aussahen und die Tiere nicht wirklich brennen. Das macht man ja heute gar nicht mehr.

Und es ist bestimmt besser, ein neues Eisen zu machen, als das „verseuchte" zu nehmen."

Auf dem Weg zurück zum Kroog traf sie Katja, die wutschaubend auf einer Bank hinter dem alten Schafstall saß und eine Zigarette rauchte.

„Katja, was ist denn mit dir los? Ich dachte, du hast aufgehört zu rauchen..."

„Hatte ich auch, bis dein lieber Schwager mich in seiner Mangel hatte. Mann, ich hatte das Gefühl, ich werde nicht als Zeugin befragt, sondern als Angeklagte. Als hätte ich den blöden Blohmann um die Ecke gebracht! Der Mann ist so unverschämt und ätzend, ich könnte schreien."

Sarah konnte sich gut vorstellen, wie Thomas sich bei einem Verhör benahm, manchmal, wenn sie bei Yvonne und ihrem Schwager zu Besuch war, fühlte sie sich auch, als würde sie verhört.

„Ich weiß. Ich hätte ihn heute Morgen auch am liebsten an die Wand geklatscht, als er viel zu früh vor der

Kroogtür stand, und danach noch meine Mädchen wie persönliche Bedienstete behandelt hat. Dem fehlt wirklich nur eine Peitsche in der Hand."

Sarah lachte kurz auf und setzte sich neben Katja auf die alte Holzbank.

„Aber eins muss ich Dir noch erzählen:
Die Briefe sind weg!

Ich habe die doch extra auffällig in der Tasche gelassen, aber Thomas sagt, er hätte nichts Belastendes oder Seltsames gefunden. Und das kann doch wohl nur bedeuten, dass jemand die Briefe da weggeholt haben muss. Ist das nicht ein Hammer? Da ist jemand nach uns noch mal in das Zimmer eingebrochen und hat die Briefe geklaut!"

Sarah wollte es nicht, aber sie beobachtete die Freundin plötzlich sehr genau. Sie wusste nicht, warum, aber plötzlich konnte sie noch nicht mal mehr Katja trauen. Und schließlich war sie die einzige gewesen, die von der Existenz der Briefe wusste. Und nun waren sie weg.

Katja sah ihre Freundin an, sagte aber nichts sondern sog noch einmal tief an ihrer Zigarette.

Sarah schob die Verdächtigungen gegen ihre Kollegin mit aller Kraft aus ihrem Kopf und sagte:

„Ach Katja, ich mag das alles nicht mehr, ich will meine kleine heile Welt wieder haben. Weißt du noch, wie schön alles war, letzten Sommer? Wir haben hier gelebt, wie in unserer Version von „Unsere kleine Farm" und waren so glücklich und es war so, als würde alles Böse dieser Welt an der Museumstür abprallen."

Sarah zog ein Bein hoch auf die Bank und umfasste es mit den Armen, legte ihr Kinn auf das Knie.

„Ich will das wieder haben! Weißt du, deshalb muss ich wissen, wer das war, vorher finde ich einfach keine Ruhe!"

Katja sah die Sarah erstaunt an, bisher hatte sie eher das Gefühl gehabt, dass Sarah die Aufregung fast ein bisschen genoss.

Aber es war offensichtlich ganz anders.

„Du hast wirklich die Hoffnung, dass alles wieder so wird, wie es mal war, wenn du nur den Mörder findest, oder?!"

Sarah nickte müde, alles erschien ihr alles so schwer und sie war so traurig. Es war, als hätte das Museum seine Unschuld verloren.

Katja stand auf und zog die Freundin mit sich von der Bank:

„Los komm, lass uns mal schauen, ob wir noch mal in Blohmanns Zimmer kommen, wir denken uns irgendeine Ausrede ein, eine leckende Heizung, tropfender Wasserhahn, oder so, und dann sehen wir uns da noch mal um!"

Ich weiß nicht, was sollen wir denn da finden? Wir haben doch schon alles durchgesucht."

„Ich denke, Du willst wissen, warum Thomas nichts gefunden hat. Wir schauen uns nur noch mal um und kontrollieren, dass er das Mäppchen nicht einfach übersehen hat."

„Ich finde, das ist irgendwie Quatsch."

„Und ich finde, wir sollten es jedenfalls probieren."

„Ok, lass mich schnell den Korb mit dem Brot und den Eiern in die Küche bringen, und dann schauen wir nach."

Sie holten sich den Schlüssel von Hanna Bär, der jungen Empfangschefin, die bei Katja ihre Ausbildung gemacht hatte, als diese vor vielen Jahren noch im Nobelhotel Karl K. Jakob gearbeitet hatte. Hanna war trotz ihres noch recht jungen Alters immer und überall der Fels in der Brandung. Sie war ruhig, verlässlich, extrem nett und Katja war heilfroh, dass sie sie überzeugen konnte, für die Arbeit im Kroog in die Provinz zukommen. Hanna machte oft Witze darüber, dass sie schließlich nicht einfach nur in die Provinz gegangen war, sondern nun im Kroog die Position des „Front Office Managers" inne hatte, was doch einen riesigen Karrieresprung bedeuten würde.

Und ganz Unrecht hatte sie damit wohl auch nicht.

Jana Zöblin, ihr Lehrling stand neben Hanna, und die beiden unterhielten sich leise miteinander.

Jana flüsterte fast „...ich trau mich nachts nicht mehr allein übers Gelände, ich gehe jetzt immer außen rum. Vielleicht sitzt da irgendeiner hinterm Gebüsch und wartet nur darauf, mich zu überfallen!"

„Hallo, ihr zwei!"

Sarah versuchte gar nicht erst, so zu tun, als hätte sie nichts gehört. „Selbst wenn ihr Angst habt, dann werdet ihr bitte nicht in öffentlichen Bereichen darüber sprechen, ist das klar? Ich will nicht, dass die Gäste noch mehr verschreckt werden, als sie es wahrscheinlich sowieso schon sind."

„Hallo Sarah!" Hanna war richtig zusammen gezuckt. „Natürlich Sarah, wir haben auch nur, also, hier ist ja im Moment niemand..."

„Schon gut, ich verstehe euch ja, mir geht es ja auch manchmal so. Aber bitte sprecht darüber nicht in öffentlichen Bereichen, ok?! So, und nun brauch ich mal den Schlüssel von Nummer 12.“

„Von Nummer zwölf?“ Hanna war mehr als überrascht.

„Ja, da ist irgendetwas mit dem Wasserhahn nicht in Ordnung.“

„Ach, mit dem Wasserhahn? Wusste ich gar nicht... Ok... Hier ist der Schlüssel.“ Sie reichte den Schüssel mit dem kleinen Stein daran an Katja weiter. Statt den normalen Schlüsselanhängern waren an den Zimmerschlüsseln des Kroogs kleine Steine an einem dicken Hanfseil befestigt. Katja fuhr oft zum Urlaub an die Ostsee, und dort hatte sie die Steine mit den Löchern über Jahre gesammelt.

Leider war, nachdem das Versäumnis bemerkt worden war, nun ein doppeltes Amtssiegel an der Tür zu Blohmanns Zimmer angebracht worden, und Sarah konnte schon vom Treppenabsatz sehen, dass zusätzlich auch noch ein Polizist vor der Tür postiert worden war. Sie drehte sich auf dem Absatz um und ging die Treppe wieder ein paar Stufen hinunter, bis sie außer Sicht waren:

„Jetzt dreht Thomas total durch, da steht ein Polizist vor der Tür. Was soll den der Quatsch? Und müßte er solche Sachen nicht vorher mit uns absprechen? Ich werde das gleich mal mit ihm klären müssen.“

Katja lächelte sie an: „Los, wir kommen da trotzdem rein, wir müssen jetzt einfach unseren Charme spielen lassen...“

„Ach..." Sarah begann wieder Spaß an dem Spiel zu bekommen, „laß uns das mal so wie die Profis machen: wir spielen Böser Bulle, Guter Bulle! Wer bist Du?"

„Hm, das ist ja wohl nicht schwer, ich bin hier die Nette", kicherte Katja und Sarah nickte amüsiert zurück.

„Das passt super, ich bin genau in der richtigen Stimmung für „BÖSE". Du fängst an, wenn Du nicht weiterkommst, werde ich mal böse und offiziell..."

Katja lächelte so offen und herzlich wie sie konnte. Der uniformierte Polizist vor Zimmer 12 hatte kurz geschorenes Haar ein kantiges Gesicht, und war Katja sofort extrem unsympathisch. Manchmal ist es aber wirklich sehr von Vorteil, wenn man in der Hotelbranche arbeitet. Wenn ich eine Sache kann, dachte sie, dann ist es Lächeln, als ginge es um mein Leben.

„Hallo, entschuldigen Sie Herr... äh... Wachtmeister?"

„Polizeioberwachtmeister ist die genaue Bezeichnung, Polizeioberwachtmeister Sebastian Gebauer, guten Tag." Der Polizist versuchte ein Lächeln. Noch wusste er ja nicht, dass er mit den beiden hübschen Frauen gleich richtig Ärger haben würde...

„Hallo Herr Polizeiober- wie hieß das jetzt?"

Er lächelte immer noch „Oberwachtmeister, aber Sie können mich einfach Gebauer nennen."

„Ach, danke, Herr Sebastian Gebauer" Katja flirtete den Polizisten unverhohlen an. „Mein Name ist Hornau, Katja Hornau... ich bin die Hotelmanagerin des Kroogs, ich habe ein klitzekleines Problem. Wir haben ja den berühmten Schauspieler Oliver Tregitsch hier bei uns zu Gast. Ich weiß nicht, ob Sie das wussten Herr Sebastian Gebauer... ,also der Herr Tregitsch wohnt hier während er einen Kinofilm in der Nähe dreht, und da ist es natürlich ganz besonders wichtig, dass der Herr Tregitsch gut schläft, das verstehen Sie doch, oder?! Der Mann braucht sozusagen seinen Schönheitsschlaf. Lustig, oder?"

Katja hatte das Gefühl, dass sie bald einen Grinskrampf bekommen würde. Ihre Wangenmuskeln taten schon richtig weh. Aber immer weiter, weiter, jetzt bloß nicht nachlassen:

„Und nun hat sich der Herr Tregitsch beschwert, dass es angeblich nachts Geräusche gibt, die hier aus dem Zimmer kommen, so als würde der Wasserhahn tropfen, oder die Heizung."

„Aha." langsam kam dem Polizisten die Idee, dass der Besuch der beiden Frauen nicht nur angenehm werden würde, denn es war natürlich klar, dass er auf keinen Fall jemanden in das versiegelte Zimmer lassen würde, nach der schlimmen Panne, von vorgestern.

„Ich kann hier niemanden rein lassen, der Raum ist versiegelt."

Sarah hielt es nicht mehr aus, Katja brauchte ja ewig, bis sie endlich zur Sache kam: „Ja, grundsätzlich verstehen wir das ja. Aber nun haben wir ein Problem, und deshalb brauchen wir Ihre Hilfe, Herr Gebauer."

Katjas Blick brachte Sarah aber sofort wieder zum Schweigen, sie war schließlich der Böse Bulle, und sollte sich auch dementsprechend benehmen.

„Genau, denn wir müssen nun unbedingt dort nach dem Rechten sehen, denn es wäre natürlich eine absolute Katastrophe, wenn der Wasserhahn tropfen würde, denn stellen Sie sich mal vor, was passiert mit unserem schönen Hotel, wenn da jetzt das Wasser überläuft. Und es wäre auch finanziell für uns eine Katastrophe, wenn der Herr Tregitsch nun ausziehen würde, und allen seinen berühmten Schauspielerkollegen erzählen würde, dass man bei uns kein Auge zumachen kann. Dann kommt von denen ja nie wieder einer hier her und dann müssen wir vielleicht unser kleines Hotel schließen. Dabei ist das hier doch unser Traum, unser eigenes kleines Hotel. Und das alles nur, weil wir jetzt nicht mal kurz für zwei Minuten in dieses Zimmer hereingekommen sind."

Katja drückte eine halbe Träne aus dem linken Auge und Sarah musste sich fest auf die Zunge beißen, um nicht laut loszulachen.

Sie machte das ja wirklich fantastisch!

„Ich verstehe, dass Sie sich Sorgen machen, aber ich kann Ihnen versichern, dass, als ich heute Morgen hier in dem Raum war, um ihn zu durchsuchen, ich keinen tropfenden Wasserhahn bemerkt habe."

„Aber vielleicht haben Sie auch einfach nicht darauf geachtet, bitte, Sie müssen uns kurz da rein lassen. Ich mache mir wirklich schreckliche Sorgen, dass uns sonst morgen das Wasser hinter der Rezeption die Wand hinunter läuft."

Katja kam jetzt richtig in Fahrt.

„Bitte Sie müssen das verstehen, ich habe mein ganzes Geld in diesem Hotel."

„Ja, Frau, äh... Hornau, ich verstehe Sie ja, aber Sie müssen auch verstehen, dass ich meine Anweisungen habe. Der Raum ist versiegelt und ich habe nicht die Befugnis den Raum zu öffnen, außer es liegt ein Notfall vor."

„Nennen Sie mich doch einfach Katja!" sie gab sich wirklich Mühe, wurde aber langsam müde. Deshalb schaute sie hilfesuchend zu Sarah. Dabei lächelte sie aber noch immer wie eine hysterische Verkaufssender-Moderatorin auf Koks.

Sarah erinnerte sich selber noch mal daran, dass sie der böse Bulle war und legte extra laut los.

„Gut, Herr Bauer, dann können Sie jetzt mal schön das Siegel aufbrechen, denn das hier ist ein Notfall. Das sage ich Ihnen jetzt mal ganz deutlich, denn Sie können das offensichtlich selber nicht beurteilen."

Sarah versuchte so zickig und nervig, wie möglich zu sprechen, und zu ihrer Freude gelang ihr das besser als erwartet, wenn Sie ehrlich war, machte ihr das kleine Schauspiel sogar richtig Spaß.

„Wissen Sie eigentlich, was das kosten würde, wenn die 300 Jahre alten Holzteile ersetzt werden müssen, nur weil Sie uns nicht in diesen Raum gelassen haben? Das hier ist MEIN Hotel, und ich gehe in MEINEM Hotel in jeden Raum und zwar so, wie es mir passt, haben Sie das verstanden, Herr Bauer? Ich möchte Ihnen hiermit sehr deutlich mitteilen, dass ich Sie persönlich zur Verantwortung ziehen werde, wenn die zum Teil unersetzlichen Antiquitäten in diesem Raum zerstört werden. Ich hoffe, Sie haben eine gute Haftpflichtversicherung, denn das wird richtig teuer, HERR BAUER!"

Der Polizist kam nun langsam richtig ins Schwitzen. Die kleine Frau mit den langen braunen Haaren vor ihm schien es sehr ernst zu meinen. „Frau... hören Sie, ich kann Ihnen den Raum nicht öffnen, aber was ich Ihnen anbieten kann, ist, dass ich jetzt runter gehe, zu Herrn Kriminalkommissar Thomas Klages. Der darf das Siegel brechen. Bitte bleiben Sie hier kurz stehen. Ach, und ich heiße GE-bauer" mit einer etwas linkischen Handbewegung zeigte er auf das Namensschild auf seiner linken Brustseite.

Panik stieg in Sarah auf, Thomas würde doch sofort wissen, dass da kein Wasserhahn tropfte, und sich wundern was sie im Schilde führte, aber nun hatten sie sich so weit aus dem Fenster gelehnt, aus der Sache kamen sie nun nicht mehr raus. Und da sie sich keine Blöße geben wollte, konnte sie nur in demselben zickigen Ton antworten: „Ja Herr GEEEE-Bauer, tun Sie das bitte, wenn Sie hier keine Befugnis haben, weiß ich sowieso nicht, warum ich überhaupt mit Ihnen spreche, ich habe meine Zeit doch nicht gestohlen. Und sagen Sie dem Herrn Kriminalkommissar Thomas Klages bitte, dass Sarah Krischmann hier wartet und nicht ewig Zeit hat, ja?!"

„Ach, sie kennen den Herrn Kommissar?"

Sarah lächelte plötzlich zuckersüß, bevor sie dem armen Mann endgültig den Dolchstoß versetze:

„Ich kenne ihn nicht nur recht gut, er ist mein Schwager, und er wird Ihnen sicherlich jetzt eine Menge zu sagen haben, weil Sie sich hier so ungebührlich aufgeführt haben."

Er musste ja nicht wissen, wie wenig sie miteinander klar kamen, und schon gar nicht, dass sie jetzt selber ganz schön ins Schwitzen kam, weil sie ja eigentlich gar keine Lust gehabt hatte, ihren Schwager wissen zu lassen, dass sie selber auch ein wenig, nun ja... recherchierte.

Aber jetzt war es eh zu spät, also, was solls...

Der Uniformierte ging schnellen Schrittes auf die Treppe zu und war schon verschwunden.

Katja blickte ihre Freundin fassungslos an, bevor sie einen furchtbaren Lachanfall bekam, immer bemüht, nicht zu laut zu lachen, damit der Polizist sie nicht hörte.

„Mann bist Du eklig gewesen, so hab ich dich ja noch nie erlebt," sie schüttelte sich. „Unersetzliche Antiquitäten? Das ist ja zum Totlachen! Unser billiger Flohmarktkram...

Ungebührliches Verhalten? Ich schmeiß mich weg, vor Lachen, woher hast Du denn solche Ausdrücke?"

„Psssst", Sarah hatte Angst, dass man sie hören konnte. „Na klar, ist das unersetzlich, hihi. Los komm, wir gehen da gleich hinterher, dann haben wir es hinter uns."

Sie lief die Treppe hinunter.

„Herr Geee-bauer?! Bitte warten Sie auf uns, wir klären das dann gleich an Ort und Stelle mit MEINEM SCHWAGER!"

Der Polizist blieb stehen und zog nun deutlich den Kopf zwischen die Schultern, er hatte wenig Lust, sich jetzt noch weiter mit diesen beiden zickigen Frauen abzukaspern, aber noch weniger Lust hatte er, sich mit dem meistens schlecht gelaunten Kriminalkommissar anzulegen. Aber es war in so einem Fall ja immer am besten, sich einfach an einen Vorgesetzen oder höher gestellten Beamten zu wenden.

Vor der Tür zur Guten Stube blieben alle drei zögernd stehen. Man konnte deutlich laute Stimmen hören, eigentlich konnte man nur eine Stimme sehr deutlich hören. Laurin schien dieselben Probleme mit Thomas zu haben, wie schon fast alle Museumsmitarbeiter vor ihm:

„Nein, verflucht! Ich habe KEIN ALIBI, für die Mordnacht. Ich war in meiner Kammer hinterm Schafstall, wie jede Nacht. ALLEIN. Auch wie jede Nacht... Aber jetzt sagen Sie mir doch bitte, warum ich den Mann hätte umbringen sollen? Ich kannte den doch gar nicht, und ich hatte auch gar nichts mit dem zu tun..."

„Sie brauchen jetzt gar nicht laut zu werden, Herr Köhler, denn im Moment weiß ich noch nicht, ob Sie wirklich keinen Grund hatten, Herrn Blohmann zu töten. Im Moment bemerke ich nur, dass Sie sehr angespannt sind, und ich möchte herausfinden, warum Sie so angespannt sind, wenn Sie doch angeblich gar nichts mit dem Mord zu tun haben..."

Thomas verstummte, als es an der Tür klopfte, die sich auf sein „Ja" hin öffnete.

Er schien wenig erfreut darüber, seine Schwägerin zu sehen, und zweifelte merklich daran, dass der Wasserhahn tropfte, ihm war bei seiner Durchsuchung des Zimmers weder ein Wasserhahn, noch eine tropfende Heizung aufgefallen. Aber darum wollte er sich jetzt nicht kümmern, denn irgendetwas war seltsam mit diesem dürren, bärtigen Mann, der so vehement versuchte, sich zu verteidigen, obwohl er noch gar nicht angeklagt war. Das war das einzige, was ihn interessierte, in diesem Augenblick, und er wollte sich um keinen Preis lange von seiner renitenten Schwägerin stören lassen.

Sarah blickte in den kleinen Raum und sah Laurin wie ein kleines Häufchen auf seinem Stuhl sitzen. Es roch nach nassem Schaf, wahrscheinlich schwitze Laurin sehr stark. Er tat Sarah unheimlich leid. Was für eine absurde Idee, den menschenscheuen Schäfer zu verdächtigen etwas mit dem Mord zu tun zu haben. Laurin hielt sich immer aus allem raus, und zog sich sofort zurück, wenn es Ärger gab.

Aber Thomas schien das anders zu sehen, er lehnte sich vor und durchbohrte sein Gegenüber fast mit Blicken.

„Wir sprechen gleich weiter."

Er wandte sich an die Hereinkommenden: „Ich bin gerade in einer Befragung. Also macht es ZDF: Zahlen, Daten, Fakten. Was wollt ihr?"

„Die Damen sagen, sie müssten in den versiegelten Raum, angeblich ist dort etwas mit der Heizung oder dem Wasserhahn nicht in Ordnung."

„Himmelherrgottnocheinmal. Ich hab hier wirklich anderes zu tun, als mich um den Sch..." er seufzte. Jetzt bloß nicht zu viel Zeit verstreichen lassen, in der der Schäfer sich neue Lügen ausdenken konnte.

„Meinetwegen. Aber..." Er wandte sich an Sarah, „kannst du deinem Personal sagen, sie sollen nicht immer so trödeln, wenn ich einen Kaffee bestelle? Und die sollen hier mal das Geschirr vom Frühstück wegräumen. Ach, und ich will zum Mittagessen ein Steak oder so etwas, das habt ihr doch sicherlich da, oder?"

Sarah wusste, dass sie die Chance nicht verstreichen lassen durfte, noch einmal in das Zimmer des Toten zu kommen. Aber es fiel ihr sehr schwer, weiter zu Lächeln und zu nicken.

„Klar Thomas, gerne, ich sage gleich in der Küche Bescheid."

Und so bekamen Sarah und Katja ihre Erlaubnis, das Zimmer zu betreten viel unproblematischer, als sie gedacht hatten.

Allerdings durften sie das Zimmer nur zusammen mit dem uniformierten Polizisten betreten. Deshalb zog der kleine Trupp wieder gemeinsam die Treppe hinauf, wo Polizeioberwachtmeister Gebauer dann das Amtssiegel brach, und die beiden Frauen in Zimmer Nummer 12 ließen.

Es war deutlich unordentlicher, als sie das Zimmer vor einem Tag verlassen hatte, und mit einem Blick sahen die beiden, dass die Aktentasche in die Sarah die Briefe gesteckt hatte, leer auf dem Bett lag. Daneben lagen einige Stifte, einige Papiere, und das Pappmäppchen, in der die Drohbriefe gesteckt hatten. Allerdings war es leer. Sarah blickte isch nach der Freundin um: Katja war an der Tür stehen geblieben, wie in der Nacht zuvor, und bückte sich gerade nach einem Taschentuch, dass ihr hinunter gefallen war.

Sarah schaute sie fragend an. Katja steckte schnell die Hand in die Tasche ihres Kleides und sagte dann nervös: „Danke Herr Gebauer, sie haben uns sehr geholfen…"

„Was ist denn jetzt mit dem Wasserhahn? Wollen Sie den jetzt nicht kontrollieren?!"

„Ach, ja, " Sarah konnte sich plötzlich kaum noch konzentrieren, irgendetwas stimmte hier nicht… „der Wasserhahn, natürlich…. Katja, gehst Du kurz ins Bad? Ich prüfe die Heizung…"

Schweigend gingen die Frauen die Treppe hinunter, durch den Glasgang zwischen Hotellobby und Restaurant und in ihr kleines Büro neben der Küche.

Sarah wusste gar nicht, wie sie anfangen sollte, sie fand es völlig ungeheuerlich, ihre beste Freundin zu verdächtigen, aber irgendetwas stimmte nicht.

Nachdem sie sich einen Kaffee geholt, und sich umständlich auf ihrem Bürostuhl zurechtgeruckelt hatte blickte sie Katja direkt an.

„Sag mal, warum wolltest Du eigentlich du so unbedingt noch mal in Blohmanns Zimmer? Jetzt wo ich darüber nachdenke macht das doch irgendwie gar keinen Sinn, für mich."

„Was sagst Du?" Katja tat sehr beschäftigt, aber Sarah konnte spüren, dass sie nervös war.

„Warum wolltest Du unbedingt noch mal in das Bloh-mann-Zimmer? Katja, irgendwas stimmt hier doch nicht, und ich will jetzt wissen, was es ist!"

Katja seufzte: „Nein, es ist alles in Ordnung, Sarah. Jetzt ist alles in Ordnung! Ist schon gut, ich dachte, du merkst es vielleicht nicht aber ich zeig es dir." Damit griff sie in ihre Rocktasche und hielt Sarah einen kleinen Gegenstand entgegen.

„Ein Knopf."

„Ja genau, ein Knopf. MEIN Knopf. Ich hab am Abend, nachdem wir bei Blohmann gewesen waren bemerkt, dass ich einen Knopf verloren hatte. Und ich hatte furchtbare Angst, dass ich den Knopf dort im Zimmer verloren hatte, dass die Polizei ihn da findet, und womöglich noch mich verdächtigt! Deshalb wollte ich da noch mal rein, und den blöden Knopf suchen..."

Sarah stütze den Kopf in beide Hände und seufzte laut auf: „Mann, warum sagst Du mir das denn nicht einfach? Ich hab schon gedacht..."

„Was? Dass ich was mit Blohmanns Tod zu tun habe, mach dich nicht lächerlich, das ist doch Irrsinn. SARAH! ICH BINS! Deine beste Freundin, du drehst ja komplett durch!"

„Ja aber warum sagst Du mir denn nicht, warum du da wirklich rein willst, lügst mich an, das versteh ich nicht!"

„Mann, weil du mir bestimmt den Kopf abgerissen hättest, dafür dass, ich mich mal wieder so dämlich angestellt hab. So was Bescheuertes passiert immer nur mir, und das wollte ich nicht zugeben."

Sarah war zwar erleichtert, dass ihre absurden Verdächtigungen nun aufgeklärt waren, schaute dann aber die Freundin über den Bildschirmrand hinweg an: „Bin ich wirklich so ein Miststück, dass man mir so was nicht sagen kann?"

Katja grinste: „Manchmal schon..."

Am Abend, saßen einige der Dorfangehörigen bei einem Bier im Kroog zusammen.

Alle Anwesenden regten sich furchtbar über die Methoden des Kommissars auf und waren sich einig, dass er nichts von ihnen erfahren würde.

Ingo war empört über die Art und Weise, wie der Polizist mit ihm umgegangen war:

„Zuerst hat der mich ausgefragt, was an dem Abend hier im Kroog abgelaufen ist. Da hab ich nix zu gesagt. Und dann hat der zu mir gesagt, er wüßte, dass ich etwas vor ihm verheimliche. Und das er schon noch rausfinden würde, was das ist."

„Und was hast Du gesagt?" Torsten war froh, nun nicht mehr der einzige zu sein, der von Sarahs Schwager in die Mangel genommen worden war.

„Ich hab natürlich nix gesagt, ich rede nicht mit so einem. Was hat der hier bei uns zu suchen? Der kommt doch noch nicht mal aus Norddeutschland."

„Ingo, wenn ich mich mal einmischen darf: Mein Schwager kommt aus Hannover." Sarah zapfte gerade neues Bier und hörte den Gesprächen mit halbem Ohr zu.

„Na, sach ich doch. Kein Norddeutscher...!" Ingo blickte triumphierend grinsend in die Runde, als alle zustimmend nickten.

Karsten saß wie fast jeden Abend noch mit Jan und Tobias zusammen, und als Sarah den dreien ein neues

Bier an den Tisch brachte, hörte sie, dass auch dort die Befragung von Thomas das Thema des Abends war.

Auch Karsten hatte sich mehr oder minder geweigert, dem Polizisten Auskunft zu geben, was genau an dem Abend im Kroog abgelaufen war, und wer wann gekommen und gegangen war.

„Ich sach dir eins Sarah, und das kannst du deinem feinen Herren von Schwager ausrichten:

Wir wollen nicht, dass einer kommt, und uns ausfragt. Der hat doch tatsächlich behauptet, ich sei unbeliebt bei den Kollegen, und es wäre bekannt, dass ich Ärger mit dem Blohman-Blödmann gehabt hätte. ICH! Lächerlich! Der hat mit mir Ärger gehabt, nicht umgekehrt."

„Du hast in der Vernehmung auch nichts gesagt?" Sarah verstand langsam, warum Thomas den ganzen Tag so genervt gewesen war. Wenn wirklich keiner der Mitarbeiter des olen Dörps mit ihm gesprochen hatte, dann kam er ja gar nicht weiter, mit seinen Ermittlungen. Das musste ihn wahnsinnig ärgern. Sarah musste kurz lächeln bei dem Gedanken an den tobenden Polizisten.

„Quatsch, natürlich hab ich nichts gesagt. Was will der denn von mir? Mir zu erzählen, ich hätte ein Motiv. Pah! Und das Beste war, als er anfing, von meinen Vorstrafen zu reden..."

„Du bist vorbestraft? Karsten, nun wird es ja richtig interessant..." Sarah lehnte sich an einen freien Stuhl und schaute den Baustellenleiter grinsend an.

„Ach, so Lappalien, nur weil ich mal vor 'n paar Jahren einem auf einer Baustelle ein paar verpasst hab. Das war so ein Städter, der dachte, er findet zu sich selbst, wenn er mal aufm Land aufm Bau arbeitet. Er hat auch zu sich selbst gefunden, als er sich mitten am Tag in der Baubude die Taschen von den Kollegen durchsucht hat. Als ich da rein kam, und den mit der Hand in meiner Frühstücksdose gesehen hab, hab ich ihm 'n paar verpasst. Und der ist dann gleich zu Mami gelaufen und hat mich angezeigt. Der Spinner."

Karsten lachte laut, und auch Jan und Tobias kicherten über die Geschichte. Jan trank einen Schluck und lachte dann:

„Das wusste ich ja noch gar nicht. Ich hab mich immer gefragt, wo deine Grenze ist, wann Du mal wirklich sauer wirst, und nicht nur bellst, sondern auch mal beißt. Endlich weiß ich das. Tobi, " er wandte sich an den gutmütigen Maurer neben ihm: „Lass bloß die Finger bei Dir."

„Ja, und das andere Mal musste ich einen von meiner Baustelle entfernen, weil der mir Material geklaut hatte. Und der fand auch, dass ich ihn zu hart angefasst hätte. Aber das ist doch lächerlich, deshalb zu behaupten, ich würde mir die Finger an einem wie dem Blohmann-Blödmann dreckig machen."

Am späteren Abend, als nur noch wenige Gäste im Gastraum saßen, und Sarah Tamara, ihre Kellnerin, schon nach Hause geschickt hatte, kam Hans-Henning Hansen, Museumsbesitzer und heimlich die Graue Eminenz genannt, in den Kroog, setzte sich seufzend an den vordersten Tisch am Tresen und bestellte „Lütt un Lütt".

Sarah nickte nur und begann das Bier zu zapfen, schenke zwei Gläser Korn ein und brachte alles an den Tisch.

Der alte Mann, der sonst so tatkräftig war, dass er es mit drei jungen Männern hätte aufnehmen können, sah plötzlich so grau und zusammengesunken aus, als wäre er in wenigen Tagen um 20 Jahre gealtert. Sarah hatte sofort Mitleid mit ihm. Er brauchte sicherlich dringend Urlaub, denn scheinbar hatte die ganze Sache ihn mehr belastet, als man gedacht hätte. Manche Leute sagen ja, dass jede Presse eine gute Presse sei. Aber dass das Museum nun seit Wochen in den Nachrichten war, und immer wieder mit rätselhaften Todesfällen in Verbindung gebracht wurde, war natürlich problematisch.

Welche Eltern kommen gerne mit ihren Kindern in ein Museum, in dem ständig Menschen zu Tode kamen...!?

„Ich hab gehört, du fährst in Urlaub?" Sarah setze sich mit an den Tisch, hob ihr Schnapsglas und wartete, dass der alte Mann mit ihr anstiess.

„Ach, ja, ich fahre in Urlaub, das hast Du gehört?!"

Automatisch hob auch Hans-Henning das Glas und lies es klingelnd an Sarahs prallen.

„Ahh... das tut gut." Ein großer Schluck Bier folgte dem scharfen Korn.

„Ja da hast du richtig gehört, Lotti hat mich endlich zu einer Kreuzfahrt überreden können."

Sie zeigte auf das Kornglas: „Noch einen?" Sarah stand schon auf und ging, ohne die Antwort abzuwarten hinter den Tresen, kam mit der Flasche wieder und schenkte in beide Gläser großzügig nach.

„Danke Sarah, du merkst sofort, wann man mal einen haben muss..." Das sonst breite, ansteckende Lächeln von Hans-Henning war nur noch ein schmaler Strich.

„Willst du auch ein paar Bratkartoffeln? Du siehst aus, als könntest du etwas Stärkendes gebrauchen... Und wenn es einem schlecht geht, muss man was Gutes essen!"

Das Lächeln des alten Mannes wurde jetzt schon etwas breiter. „Ich sage doch, Du weißt einfach, was deine Gäste brauchen... Gerne nehme ich ein paar Bratkartoffeln. Natürlich nur, wenn es keine Mühe macht."

„Nein, kein Problem. Auch noch ein Süppchen oder ein Ei drüber?"

„Gerne ein Spiegelei..."

Vom Nebentisch aus hatte Oliver Tregitsch, der ‚wie jeden Abend seit er im Hotel wohnte, im Kroog zu Abend gegessen hatte, und nun Rotwein trank und in seinem Script las, aufmerksam zugehört, und lächelte Sarah an, als sie aufstand, um in die Küche zu gehen.

Er hat wirklich ein sympathisches Lächeln, ich verstehe schon, warum so viele Frauen ihn anhimmeln, dachte Sarah, während sie die Bratkartoffeln in der Pfanne wendete.

Und er hat sich hier bisher auch nie wie ein Star benommen, sondern war immer sehr höflich und freundlich, bis auf das eine mal mit Blohmann, das war schon seltsam...

Aber so oder so, ich glaube, ich habe ihn tatsächlich falsch eingeschätzt, wahrscheinlich, weil ich mich daran erinnert habe, was ich früher mit so einigen C-Promis erlebt habe.

Aber das Lächeln von dem Tregitsch ist sogar ganz süß, und er ist ja auch ungefähr so alt, wie ich... Wie es wohl wäre, sich mal länger mit ihm zu unterhalten...

Das wäre wahrscheinlich sogar richtig nett.

Vielleicht wäre das sogar fast etwas romantisch?

Sie schreckte aus ihren Gedanken hoch, als plötzlich eine Gestalt in der Schwingtür erschien. Als sie erkannte, dass es Oliver Tregitsch war, spürte sie, wie ihr Gesicht knallrot wurde. Gut, dass sie nicht das große Licht angemacht hatte, so war es etwas schummerige in der Küche.

„Ich gehe jetzt ins Bett...“

...Und wollte Sie fragen, ob sie mitkommen wollen...
Sarahs Gedanken waren heute Abend doch noch ganz schön schnell. Erschreckt überlegte sie, ob sie das gerade laut gesagt hatte...
...
Nein, hatte sie nicht.

PUH...

„... und wollte mich nur kurz abmelden. Können Sie das Essen und den Wein auf mein Zimmer schreiben?“
„Ja klar, Zimmer 14, kein Problem. Wie immer liegt dann die Rechnung morgen an der Rezeption, zum Abzeichen.“
Er lächelte noch einmal kurz und ging.

Sarah schüttelte den Kopf über sich selbst:
Was ist den mit mir los? Ich glaube, ich habe wirklich zu lange nicht mehr geflirtet. Der ist ja noch nicht mal im Ansatz mein Typ.
Ralf war viel mehr mein Typ.
Aber Ralf hat ja jetzt Monika...
Der Blödmann!

„Das hat wirklich gut getan, danke, mein Kind." Hans-Henning schob den Teller weit von sich und lehnte sich zurück. Er hatte wieder ein bisschen mehr Farbe im Gesicht. Ob die allerdings vom Essen oder der vom Schnaps kam, war Sarah nicht ganz klar.

Die letzten Gäste waren gegangen, der Tresen war aufgeräumt, und sie wünschte sich nichts mehr, als nach Hause zu gehen und die Bettdecke über den Kopf zu ziehen.

Aber es war sehr selten, dass die Graue Eminenz alleine bei ihr aß, und sie hatte viel Respekt vor dem Mann, dessen Vater das Museum aus dem Nichts aufgebaut hatte. Und dem sie soviel zu verdanken hatte.

Sein Vater Henning Hansen hatte das Museum als Außenstelle des Historischen Museums gegründet. Hans-Henning war damals 14 Jahre alt, und schon in den ersten Jahren des Aufbaus hatte er von all seinen Geschwistern die engste Beziehung zum Olden Dörp gehab, er war das jüngste von fünf Kinder und seine Geschwister waren hatten sich nie für alte Häuser interessiert. Leider verstand er sich mit seinem despotischen Vater nicht gut, und ging nach dem Studieren nach Hannover. Hans-Henning hatte zuerst in einem Betrieb als Geschäftsführer gearbeitet und später eine Unternehmensberatung in Hannover gegründet, mit der er recht viel Geld verdient hatte.

Weil Lotti nie in Hannover hatte leben wollen pendelt er sein Leben lang von seiner Wohnung bei Hannover nach Brokenrade und lebte seit dem Jahr 2000, seit seinem partiellen Ruhestand, wieder in seinem Elternhaus. Durch sein Engagement war das Museum von einer kleinen Außenstelle zu einem großen Dorf herangewachsen mit Spiel und Spaß für Kinder und Erwachsene.

Alle Mitarbeiter und Ehrenamtlichen hatten viel Respekt vor dem Mann, und mochten seine gerade und direkte und ehrliche Art. Er hatte Sarah bei dem Aufbau des Kroogs sehr unterstützt, hatte ihr gerade bei der unternehmerischen Planung sehr viel geholfen. Auf sein Wort konnte man sich immer verlassen. Und er war ein Gentleman alter Schule.

Es war schon sehr ungewöhnlich, dass er alleine zum Bier trinken in den Kroog kam

Sarah setze sich wieder zu ihm an den Tisch und blickte erstaunt auf die Kornflasche, die sie dort stehen gelassen hatte, damit er sich selber bedienen konnte:

Die Flasche war mehr als halb leer.

Und die sonst so aufrechte Graue Eminenz hatte einen glasigen Blick.

Ok, dachte sie, dann war es wohl mal nötig, aber ich sollte vielleicht Lotti anrufen, damit sie ihn abholt, nicht dass er noch stürzt, auf dem Heimweg...

„Hans-Henning, Soll ich Lotti anrufen?"

„Lotti, wieso denn Lotti? Nein, die hat erstmal genug für mich gemacht. Gut, dass sie keiner erwischt hat... Als sie los war, die tapfere kleine Frau... Deshalb machen wir ja jetzt diese vermaledeite Kreuzfahrt..."

Erwischt? Bei was erwischt? Sarahs erinnerte sich wieder daran, dass sie Lotti übers Gelände hatte schleichen sehen.

Ihr Interesse war geweckt, die Müdigkeit verflogen und schon hatte sie die Schnapsgläser noch mal voll geschenkt.

„Was hat sie denn für dich gemacht? Machen Frauen nicht immer was für ihre Männer?"

Sie tranken und Hans-Henning blickte Sarah unter den buschigen Augenbrauen an.

„Doch nicht Haushalt, das ist ja normal, das macht die Lotti aber auch immer sehr gut... nein, es geht um etwas ... Geheimes. Und ich bin ihr so dankbar, dass sie mir verziehen hat. Wenn ich das gewusst hätte... Sarah, wenn ich das gewusst hätte, dann hätte ich mich nicht so viele Jahre gequält, so viele Jahre..." Er schüttelte leicht den Kopf.

„Komm, lass uns noch mal einen haben." Er nickte zu der Flasche hinüber.

Sarah schenkte ein, sie tranken schweigend. Dann blickte sie den alten Mann fragend an.

Die Briefe!

Konnte es wirklich sein, dass Hans-Henning der „Alte Mann" war, der von Blohmann erpresst worden war? Hatte die Graue Eminenz einen unehelichen Sohn? Tatsächlich den widerlichen Blohmann? Dieser Gedanke war so schockierend, dass sich ihre Nackenhaare aufstellten.

Wobei.. das könnte auch vom Korn kommen...

Ekelhaftes Zeug!

„Ich weiß, Du denkst, ich bin ein ehrenwerter und ehrlicher Mann. Aber ich hab nicht immer alles richtig gemacht, im Leben. Manchmal macht man Sachen, die man schnell bereut, aber die solche furchtbaren Folgen haben, dass man sein ganzes Leben mit den Konsequenzen leben muss, sein ganzes Leben lang bezahlen muss."

Sarah schenkte noch mal nach und die beiden tranken wieder schweigend. Es gibt irgendwo eine Verbindung, aber wo, verflucht. Der Korn, der langsam seine Wirkung tat, half ihr auch nicht gerade dabei, klar zu denken.

„Und ich habe mein Leben lang bezahlt. Gott weiß, dass ich bezahlt habe. Aber nun ist es vorbei, endlich. Wäre ich doch nur nie nach Hannover gegangen, dann wäre das alles nicht passiert. Aber als Mann ist man eben auch manchmal einsam. Und wenn ich gewußt hätte, dass Lotti mir verzeiht, dann hätte ich den hier nie rein gelassen. Niemals in MEIN MUSEUM gelassen! Der hatte doch sowieso keine Ahnung von historischen Gebäuden. Aber ich sag dir eins:Ich hab mit der Faust auf den Tisch gehauen und habe gesagt: es reicht. Ich mach nicht mehr mit, ich lass mir das nicht mehr von Dir gefallen, deine Blutsaugerei, und ich werde meinen eigenen Weg finden, mit Dir umzugehen."

Sarah hatte das Gefühl, von einem Hammer getroffen zu werden. Sie hatte recht gehabt, mit ihrer Vermutung.

Hans-Henning WAR der „Alte Mann".

Oh Gott.

War er der Vater von Blohmann gewesen? Dann hatte er sein Leben lang Geld bezahlt, weil der widerliche Hund ihn damit erpresst hatte, Lotti alles zu erzählen. Und die musste das jetzt raus bekommen haben und ihn nicht vor die Tür gesetzt haben Ganz im Gegenteil, sie hatte sogar irgendetwas für ihn gemacht... Oh Gott, sie hatte doch nicht etwa...

„Ich habe alles verbrannt. Alles, was sie gefunden hat, auch wenn da einiges dabei war, was ich nicht verstanden habe. Und nun ist es vorbei, endlich vorbei. Und keiner weiß, was passiert ist. Es wäre bestimmt auch alles anders gewesen, wenn Lotti und ich selber Kinder bekommen hätten, aber bei ihr klappte das nicht so einfach wie bei anderen... Das war sehr schlimm für sie, weißt du?! Lange Zeit bekam sie Weinkrämpfe, wenn sie eine schwangere Frau sah.

Nach vier Fehlgeburten haben wir es dann aufgegeben."

Tränen liefen über sein Gesicht und Sarah wusste nicht, wie sie reagieren sollte. Sie konnte doch die Graue Eminenz nicht zum Trösten in den Arm nehmen. Und ein Taschentuch brauchte sie ihm auch nicht zu reichen. So etwas hatte ein Herr wie er doch bestimmt immer in der Tasche.

Schon schnäuzte er sich geräuschvoll die Nase, das Taschentuch war aus Stoff, natürlich.

Sie beschloss, einfach so zu tun, als hätte sie nichts bemerkt und schenkte lieber noch mal einen ein.

Er trank das Glas sofort in einem Zug leer, ohne darauf zu achten, ob sie mit trank. Er war so in seinen Gedanken versunken, dass er sie gar nicht mehr zu bemerken schien.

Sarah dachte nach. Also hatte Lotti die Briefe gestohlen, das also hatte sie gestern Abend gemacht, als Sarah sie so spät noch über den Hof hatte gehen sehen...

Und Hans-Henning hatte alle Briefe verbrannt. Deshalb hatte Thomas die Briefe auch nicht gefunden. Sie hatte sie Lotti ja quasi zum Mitnehmen hingelegt. Sarah atmete tief aus. Und überlegte weiter:

Dann sind Katja und ich ja jetzt, außer Lotti und Hans Henning, die einzigen, die von den Briefen wissen. Und die beiden werden natürlich einen Teufel tun, etwas davon zu verraten. Das bedeutete aber auch, dass die Polizei es noch viel schwerer haben wird, den Mörder zu fassen. Also muss ich mich noch mehr anstrengen. Damit das alles ein Ende hat und wir unser gemütliches kleines Leben wieder bekommen.

Und was ist, wenn Hans-Henning, oder Lotti doch etwas mit Blohmanns Tod zu tun haben? Er hat gesagt, er hätte seinen eigenen Weg gesucht, mit dem „Problem fertig zu werden". Heißt das vielleicht, er hat überlegt, den unehelichen Sohn um die Ecke zu bringen?

Sarah blickte auf den alten Mann, der ihr so sympathisch war, und ihre Nackenhaare stellten sich wieder auf: Ist er vielleicht doch der Mörder, den sie suchte?

Die Tür ging auf und Max, der Nachtwächter kam in die Gaststube. Sein Hund ihm dicht auf den Fersen. Das bedeutete, es musste schon nach halb 11 sein.

„Guten Abend, die Herrschaften."

Sarah stand auf und ging ein paar Schritte auf den älteren Herren zu. Sie wollte verhindern, dass er die verweinten Augen von Hans-Henning und die fast leere Schnapsflasche auf dem Tisch sah.

„Guten Abend Max. Willst Du was trinken?"

„Nein, nein, ich wollte nur mal sehen, ob bei euch alles ok ist. Rex hat eben angeschlagen, und ich hatte das Gefühl, als würde da noch jemand über das Gelände schleichen. Habt ihr etwas bemerkt?"

„Nein, hier war niemand." Sarah drehte sich um und schaute auf die dunklen Fenster. Von außen hätte man sie sehr gut beobachten können, ohne dass sie irgendetwas bemerkt hätten.

Und da die Fenster alle alt und einfach verglast waren, wäre es sogar möglich, dass man sie belauscht hätte..."

„Naja, vielleicht war es auch nur eine Katze. Ist John schon da?"

„Ich hab ihn noch nicht gesehen, aber er ist mit Sicherheit da. Schau doch kurz nach, er wird im Hinterzimmer sitzen und fernsehen, wie ich ihn kenne..."

„Ja, das mache ich, und dann geh ich meine Runde weiter. Guten Abend!"

„Tschüss Max!"

„Ich ruf jetzt mal Lotti an, damit sie dich abholt, ja?"

Hans-Henning blickte auf und kniff ein Auge zu, und versuchte, Sarah zu fokussieren.

„Ja, meine Lotti, die soll mal kommen, die Gute. Meine Lotti, dass war schon immer ein ganz besonderes Mädchen. War die Schönste hier im Dorf, musst du wissen." Er versuchte sich selber noch mal nach zu schenken und verschüttete dabei einiges auf den dunklen Holztisch.

„Komm Sarah, setze dich zu mir und lass uns darauf anstoßen, dass diese Geschichte weder mein Museum noch dein Gasthaus kaputt machen wird."

Darauf trank Sarah nur zu gerne.

Kapitel 4

In den nächsten Tagen kehrte langsam wieder Normalität im Museumsbetrieb ein. Wenn nicht Thomas noch immer in der Guten Stube gesessen hätte, Sarahs Kaffee in sich hinein schüttend ‚natürlich auf ihre Kosten, und das Küchenpersonal mit seinen Sonderwünschen in den Wahnsinn getrieben hätte, man hätte denken können, dass alles wieder beim Alten war.

Der Kommissar hatte Sarah schon zwei mal „vorgeladen" und sie hatte immer wahrheitsgemäß auf seine Fragen geantwortet, allerdings hatte sie auch nicht die Dinge erwähnt nach denen er nicht gefragt hatte. Für sie galt das als „nicht gelogen", denn wenn er sie gefragt hätte: Sarah, hast du verschiedene Erpresserbriefe in Blohmanns Zimmer gefunden und weißt du, wo sie abgeblieben sind?" Dann hätte sie ihm natürlich von den Briefen erzählt, aber so...
Scheinbar erging es dem Polizisten mit den anderen Dörflern genauso, denn man hörte ihn manchmal laut schimpfen und toben, weil niemand mit ihm kooperieren wollte.

Der Sommer stand vor der Tür, und damit die finalen Planungen für das Sommerfest. Zudem musste Sarah sich darum kümmern für die Sommermonate mehr

Personal einzustellen, denn in der Ferienzeit kamen häufig ganze Busladungen aus dem nahen und fernen Umland in das Museum.

Das nächste Treffen mit Andrea Jargos vom der Catering Firma „Food and More" verlief so wie alle anderen zuvor, die Eventmanagerin hatte wieder einige schlechte und unpassende Ideen mitgebracht, und Sarah musste harte Überzeugungsarbeit leisten, und ihre Johannisidee weiter durch zusetzen.

Danach aber kamen sie gut voran und als Andrea den letzten Schluck Kaffee ausgetrunken hatte, lehnten sich beide zufrieden zurück:

Das Fest würde sehr schön werden.

Leider hatten sie nicht, wie sonst in der Guten Stube tagen können: Denn die war ja noch immer von Thomas und seinen nicht enden wollenden Befragungen belegt.

Und deshalb saßen die beiden Frauen im Innenhof des Restaurants in einer windstillen Ecke, gehüllt in zwei dunkelgraue Decken. Sarah hatte kurz überlegt, ob sie das Gespräch auch im Büro abhalten könnten, aber da Andrea Kettenraucherin war, hätte sie entweder das heilige Nichtrauchergebot brechen müssen, oder akzeptieren, dass die Geschäftspartnerin alle 15 Minuten vor die Tür lief. Beides keine Option.

Und so waren sie im Innenhof gelandet. Dort hatten sie ihre Ruhe, obwohl an diesem Nachmittag im Museum einiges los war und man vom Gelände immer wieder Kinderlachen und auch Hufgetrappel hörte. Die Pferde waren vor ein paar Tagen endlich angekommen und waren, wie erwartet, schnell zu einer Attraktion geworden.

Andrea drückte eine letzte Zigarette im Aschenbecher aus und schob die kühl gewordene Hand wieder unter die graue Decke.

„Ich muss gleich weiter, ich habe heute noch ein Treffen mit einem potentiellen Neukunden. Aber vorher musst Du mir die neuesten News von Oliver Tregitsch erzählen!"

„Es gibt nichts Neues."

Sarah dachte kurz an jenen Abend zurück, als er plötzlich in ihrer Küche gestanden hatte, aber das war nicht die Art von News, die Andrea meinte. Sie meinte wohl eher echte Promi-Geschichten. Die Art von Gerede, die entsteht, wenn hysterische Photographen anfingen, Mülltonnen zu durchstöbern, auf der Suche nach pikanten Details aus dem angeblich so interessanten Prominentenleben.

„Er benimmt sich, wie jeder andere Gast auch. Er ist höflich, zurückhaltend und jede Woche wird seine Rechnung beglichen. Oh, aber gestern Abend hat er nach Ladenschluß Klavier gespielt, während ich aufgeräumt habe. Das war ganz nett." Sarah lächelte. Der Abend war tatsächlich viel schöner gewesen, als sie das jemals zugeben hätte. Dass jemand nur für sie Klavier gespielt hatte, hatte sie sehr berührt und gefreut.

„Du warst mit ihm ganz allein? Wahnsinn, du hast wirklich ein aufregendes Leben! Ich würde auch gerne mit Prominenten verkehren, so wie du. Soll ich dir mal was verraten? Das ist aber ein Geheimnis....

Der wirkliche Grund, warum ich ins Eventbusiness gegangen bin, war der, dass ich dachte, dass man da unheimlich viele Promis trifft. Stimmt aber gar nicht. Man trifft nie welche!"

Sarah zweifelte nicht eine Sekunde daran, dass Andrea mal gehofft hatte, ein super aufregendes Jet-Set Leben als Prominentenfrau zu führen. Im knappen Bikini auf der Motoryacht in Monte Carlo, einen teuren Cocktail in der einen Hand und einen steinreichen alten Mann in der anderen.

Sicherlich war sie deshalb auch immer so übertrieben zurechtgemacht und immer zu braun und zu dünn.

Leider hatte sie ihr Ziel verfehlt und lebte nun mit einem ganz normalen Mann zusammen, dem sie ständig die Hölle heiß machte, weil er zu wenig Geld verdiente, oder ein zu kleines Auto fuhr, oder zu wenig Freunde hatte, oder zu wenig Bartwuchs, oder was auch immer ein Mann zu wenig haben konnte, für eine Frau, wie Andrea.

Das einzige, was geblieben war, von dem alten Traum, waren die wöchentlichen Besuche auf der Sonnenbank und das Hungern. Das hatte aber nun mit Mitte vierzig aus der einstmals attraktiven Frau ein hühnerhalsiges Klappergestell mit heraus stechenden Knochen gemacht, deren Unsinnlichkeit Sarah manchmal wirklich erschreckte. Wie konnte man es nur so wenig genießen mit schönen Dingen umzugehen, leckeres Essen zu riechen, zu sehen und zu schmecken?

Andrea zündete sich doch noch eine weitere Zigarette an, atmete den Rauch tief ein, und sagte dann etwas nasal:

„Also: Ich habe da noch mal ein bisschen recherchiert, die Geschichte, die ich dir das letzte Mal erzählt habe: Als seine Freundin gestorben ist, damals war er in Hannover auf der Schauspielschule, und der Freund, mit dem er schon seit der Schulzeit befreundet war, hieß Gogo. Und danach hat er fast zehn Jahre lang keine

Beziehung mehr gehabt, sondern immer nur kurze Affä-
ren. Dafür aber immer mit den heißesten Frauen, das
kann ich Dir sagen.

Bis dann vor sechs Jahren. Da hat er sich in Veronika
Kagelsdorf verliebt, weißt Du, die spielte ja auch mit bei
LidA und..."

„Spielte mit bei äh... Was?"

„LidA. Mann, Sarah! „Liebe ist der Ausweg"! Das ist
die Serie bei der der Tregitsch fünf Jahre mitgespielt hat.
So ist der doch überhaupt nur berühmt geworden. Sag
bloß, du kennst LidA nicht. Jedenfalls hat er sich da dann
in die Veronika Kagelsdorf verliebt. Und mit der war er
jetzt seit dem zusammen. Die haben sich erst vor sechs
Monaten getrennt und seitdem hab ich nichts gehört darüber, ob er eine Freundin hat. Hm... Vielleicht sollte ich
mal abends zum Essen zu euch kommen, " sie kicherte
nervös „vielleicht spielt er dann ja auch für mich Klavier,
oder so."

Sarah wollte diesen kleinen Anfall von Groupietum
möglichst im Keim ersticken und sagte deshalb schnell,
dass der Schauspieler nur sehr selten abends da sei, weil
er ja so viel drehen würde, und dann abends immer früh
ins Bett ging.

„Außerdem musst Du dich doch abends um deinen
Mann kümmern...!"

„Sarah, kann ich dich mal kurz stören?"

Jan Starke, der Reetdachdecker stand in etwas zwei
Meter vor dem Tisch, an dem die beiden Frauen saßen.
Er sah wie immer ein bisschen aus wie ein Pirat, in seinen
Breitkord-Arbeiterhosen mit doppeltem Reißverschluss,
dem weißen Hemd und dem bunten Tuch um den Hals.
Dazu die dunklen, immer strubbeligen Haare: Sarah

konnte gut verstehen, dass ihre jüngeren Angestellten alle heimlich hinter ihm her waren. Er hatte schon einige Herzen gebrochen, seitdem er auf der Baustelle des Bürgermeisterhofs mitarbeitete.

Heute allerdings schien er nervös und unausgeschlafen. Das machte sein Aussehen zwar noch verwegener, aber trotzdem konnte man ihm deutlich ansehen, dass ihn etwas bedrückte.

„Hallo Jan, ja klar kannst du stören, was gibt es denn?"

„Das würde ich gerne in Ruhe mit dir besprechen, aber wenn es nicht passt, dann komm ich später wieder."

Sarah stand auf: „Nein, ist schon gut, wir waren hier eh gerade fertig, ich bringe schnell noch Andrea zum Tor, dann hab ich Zeit für dich."

„Also, was hast Du auf dem Herzen? Was kann ich für dich tun?" Sarah setzte sich kurz später zu dem jungen Mann, der rauchend im Innenhof auf sie gewartet hatte.

„Ich habe gehört, dass du noch ein paar Kellnerinnen für den Sommer brauchst? Stimmt das?"

„Ja, das stimmt, ich stelle jedes Jahr drei bis vier zusätzliche Servicekräfte ein, damit wir alle den Sommer ohne Schaden überleben. Kennst Du jemanden? Ich freue mich immer über Empfehlungen, da weiß man dann sicher, dass sie nicht in die Kaffeekasse greifen oder so..."

Sarah lächelte Jan an, der aber gar nicht auf Sarahs kleinen Scherz einging.

„Meine Freundin Jodie sucht einen Job für den Sommer. Sie fängt im September an zu studieren, in München, und sucht bis dahin noch einen Job, um ein bisschen Geld für die Anfangszeit zu sparen. Und ich dachte, naja, wenn sie dann im Herbst so weit weg geht, dann wäre es ja schön, wenn wir uns bis dahin so viel wie möglich sehen würden."

„Hm, und hat sie denn Erfahrung in der Gastronomie? Ich verstehe ja, dass das für euch sehr schön praktisch wäre, wenn sie hier arbeiten würde, aber ich brauche Leute, die ich nicht groß einarbeiten muss und die auch mal eine zehn Stunden-Schicht im Dauerlauf überleben."

„Also, sie hat schon mal im Freibad Eis und Pommes verkauft. Im Kiosk, und sie ist letztes Jahr einen Halbmarathon gelaufen, ich weiß nicht, ob das als Erfahrung reicht?!" Er blickte sie hoffnungsvoll, fast flehend an.

Sarah seufzte leise und ärgerte sich über ihr zu weiches Herz, trotzdem sagte sie: „Na, ich werde sie einfach mal treffen, und dann schauen wir weiter, ja?! Aber das ist doch noch nicht alles, dich bedrückt doch noch irgendwas, oder?! Du bist gar nicht so fröhlich, wie sonst. Kann ich dir sonst noch irgendwas helfen?"

Er schüttelte mit dem Kopf und sagte schnell:

„Nein, ich hab nichts, mir geht es super, ich arbeite einfach im Moment zu viel, weil ich zusätzlich zum Bürgermeisterhof auch noch normale Aufträge für die Firma bearbeiten muß. Eigentlich sollte ich ja für die ganze Zeit hier im Dörp freigestellt werden, aber das klappt jetzt doch nicht so, und ich muß zwei bis drei Aufträge im Monat auch noch für meinen Chef machen. Und deshalb komme ich hier gar nicht richtig weiter."

Sarah sah ihn zweifelnd an. Er sah nicht aus, wie jemand, der ein bisschen beruflichen Stress hatte, sondern wie jemand, der seit Wochen nicht mehr richtig geschlafen hatte. Aber vielleicht ging im nur der bevorstehende Umzug seiner Freundin nahe.

Ich kann mich auch nicht um alles kümmern, auch wenn ich noch so gerne wollte, dachte Sarah und stand auf.

„Sag deiner Freundin, ... wie heißt sie, nochmal?"

„Jodie. Jodie Färber."

„Ok, dann sag Jodie, dass sie einfach morgen zwischen 10 und 11 im Kroog vorbei kommen soll, um sich vorzustellen, und dann sehen wir weiter, ok?!"

„Ja, super. Danke Sarah!"

Und schon sprang er auf und rannte um die Ecke. Sarah blieb noch einen Augenblick im Innenhof sitzen und ging dann in ihre Küche.

„Was ist hier denn los?"

Die beiden Köchinnen und Tam standen am Fenster der Küche und starrten hinüber in das gegenüberliegende Fenster. Man konnte deutlich den Empfangstresen sehen, und eine Person, die sich offenbar mit Hanna unterhielt.

Patrizia antwortete, ohne ihre Position zu verändern:

„Tam kam gerade rein und hat erzählt, dass Frau Blohmann hier ist.

FRAU BLOHMANN?!

Der Typ war tatsächlich verheiratet. Unfassbar! Was ich mich frage, ist ja, warum die Dame so lange gebraucht hat, um hierher zu kommen, und die Klamotten von ihrem Alten abzuholen..."

Sarah hatte das seltsame Gefühl, die unbekannte Frau beschützen zu müssen: „Aber der Raum war doch die ganze Zeit nicht freigegeben, sie hat einfach gewartet, bis die Trauerfeier gelaufen war, und das Polizeisiegel entfernt worden ist. Macht ja wenig Sinn, hierher zu kommen, wenn man die Sachen sowieso nicht mitnehmen darf. Und soweit ich weiß, hatte Thomas das Portemonnaie und Blohmanns Schmuck schon zwei Tage nach seinem Tod nach Hannover schicken lassen. So, jetzt aber an die Arbeit, Mädels."

„Willst Du nicht auch mal schauen?" Tam machte bereitwillig Platz, damit Sarah auch etwas sehen konnte.

„Ich geh da sowieso gleich rüber," grinste Sarah „und werde sie begrüßen, Katja ist heute Morgen nicht da, also werde ich Frau Blohmann zum Zimmer ihres Mannes bringen."

„Aha, du bist also doch neugierig..."

Emma verließ als erste ihren Platz am Fenster und drehte sich zum Küchenblock um, an dem die Morgenbesprechungen abgehalten wurden.

„Pat, Tam, jetzt kommt bitte her. Was machen wir heute? Ich habe den Wochenplan nicht im Kopf."

„Heute gibt es eine Rote-Beete-Suppe mit Markklöschen, dann haben wir Rinderleber mit Zwiebelringen und Kartoffel-Selleriepüree, für die Vegetarier machen wir Reisgefüllte Mangoldröllchen mit Weißweinschaum, der Salat ist ein Salat mit Hühnerherzen. Und als Zusatzessen haben wir Matjes an Bratkartoffeln."

„Oh Gott, das geht ja gar nicht. Wie sind wir denn auf die irrsinnige Idee gekommen drei verschiedene Innereien an einem Tag auf die Karte zu schreiben? Wir brauchen auf jeden Fall einen anderen Salat. Die Hühnerherzen machen wir morgen. Was haben wir denn, was wir stattdessen in den Salat machen können?"

„Hm, wir könnten ein bisschen Eingelegtes auf den Salat machen. Davon haben wir noch einiges im Kühlraum."

„Salat mit Antipasti?" Sarah hob eine Augenbraue hoch.

„Schon gut." Pat lachte leise auf. „Dann nehmen wir drei verschiedene Sorten Fischfilet und servieren das mit einer Dill-Senf-Zitronenvinagrette."

„Super Idee! Tam, kannst Du kurz in den Kräutergarten laufen und schauen, ob wir genug Dill zusammen bekommen? Falls nicht, nehmen machen wir eine Petersilie-Liebstöckel-Sahnesoße. So, und ich gehe jetzt mal die Frau Blohmann begrüßen."

Sarah hatte sich wenig Gedanken darüber gemacht, wie die Frau von Georg Blohmann aussehen würde, aber eins war sicher: So hätte sie sie sich mit Sicherheit nicht vorgestellt!

Die Frau, die dort an der Rezeption stand war zu jung, zu gut aussehend, und... dunkel.

Sarah hätte wetten können, dass jemand wie Blohmann auch zumindest leicht rassistische Ansichten haben musste, aber da hatte sie im wohl unrecht getan: Er hatte eine Frau geheiratet, deren Vorfahren offensichtlich nicht alle aus Mitteleuropa stammten.

Sarah nickte Hanna kurz zu und streckte der dunkelhaarigen Frau die Hand entgegen:

„Guten Tag Frau Blohmann, mein Name ist Sarah Krischmann, ich bin Geschäftsführerin des Moehlenkroogs, mein herzliches Beileid."

„DeLano."

„Was?" Sarah dachte kurz, dass die Frau Spanisch oder portugiesisch mit ihr sprach.

DeLano, Marita DeLano ist mein Name, ich habe nach der Hochzeit meinen Mädchennamen behalten, weil ich Angst hatte, dass ein neuer Name meiner Karriere schaden würde."

„Oh, ja... gut. Also, Frau DeLano, sie sind sicherlich hier, um die Sachen ihres äh... verstorbenen Mannes abzuholen."

„Ja genau, besonders das Auto würde ich gerne mitnehmen, die Schlüssel hatte ich zwar schon vor ein paar Tagen von der Polizei bekommen, aber ich hatte vorher keine Zeit, das Auto zu holen. Ich musste extra mit dem Zug anreisen, das war vielleicht eine Tortour...! Seine Kleidung gebe ich zwar in die Altkleidersammlung, aber ich werde natürlich erstmal alles mitnehmen, dann können sie das Zimmer auch wieder vermieten, nicht wahr?" Marita DeLano lächelte und bewies, dass nicht nur ihr schlanker Körper perfekt in Form war, sondern auch ihre Zähne weißer als weiß und gerader als gerade waren.

„Ja, das versteh ich natürlich." Sarah verstand eine ganze Menge. Diese Frau war genauso kalt und berechnend, wie ihr Mann es gewesen war. Deshalb hatten sie sich wahrscheinlich gesucht und gefunden. Reicher, alternder Typ und eine sehr hübsche junge Frau aus nicht ganz so reichen Verhältnissen. Eine solche Ehe nannte man dann wohl eine Win/Win-Situation. Was für ein blödes Klischee...

„Bitte folgen Sie mir hier die Treppe hoch zum Zimmer ihres Mannes. Wir haben natürlich alles so gelassen wie er es hinterlassen hat. Also, bis auf das, was die Polizei bei der Durchsuchung des Zimmers verändert hat. Möchten Sie vielleicht noch eine Nacht dort übernachten?"

„Nein, warum?" Die Antwort kam sehr schnell.

Sarah schloss die Tür auf und trat zur Seite, damit die junge Frau eintreten konnte. Das Zimmer sah recht chaotisch aus, viele der Sachen von Georg Blohmann waren bei der zweiten, gründlicheren Durchsuchung des Zimmers einfach auf das Bett geworfen worden.

Bei diesem Anblick und dem Gedanken, dass ihr toter Mann hier seine letzten Nächte verbracht hatte, musste Frau DeLano dann offensichtlich doch schlucken und fühlte so etwas wie Trauer, denn sie drehte sich nach einigen Augenblicken zu Sarah um, die an der Tür stehen geblieben war, um und sagte mit leicht belegter Stimme:

„Wissen sie was? Ich habe es mir überlegt. Ich bleibe doch über Nacht. Wäre es möglich, dass das Zimmermädchen in einer Stunde hoch kommt, um das Zimmer zu machen? Nur das Bett soll sie bitte nicht frisch beziehen."

„Natürlich, das ist kein Problem. Möchten Sie vielleicht eines unserer Übernachtungssets haben? Das ist ein kleines Täschchen mit allem, was man für eine Nacht braucht: Zahnpasta, Zahnbürste, Gesichtscreme und so weiter."

„Nein danke, ich habe alles, was ich brauche. Ich reise so viel durch die Welt, dass ich immer alles Wichtige für eine Nacht in meiner Handtasche habe."

Sie klopfte mit der rechten Hand auf ihre überdimensionale Wildlederhandtasche.

„Wenn Sie Hunger haben, können Sie unten im Kroog ein Mittagessen oder später ein Abendessen bekommen. Wir haben eigentlich keinen Zimmerservice, aber Sie können gerne unten anrufen, dann bringen wir Ihnen auch etwas aufs Zimmer."

Sarah streckte den Arm aus, händigte der Frau den Zimmerschlüssel aus und schloss leise die Tür hinter sich.

Im Weggehen konnte sie durch die Tür hören, wie die junge Frau mit sich selber sprach:

„Wieso musstest du mich unbedingt an unserem Hochzeitstag betrügen? Jetzt bist du tot."

Am Abend kam Angelika in den Kroog gestürmt und zog Sarah zur Seite.

„Ich habe alles geregelt mit der Bank, die haben mir einen großzügigen Kredit gegeben, ich habe zwar ein bisschen flunkern müssen, aber ich habe alles schon wieder ans Museum zurück gebucht, und wenn ich jetzt noch meinen Zettel bei dir bezahlt habe, dann ist alles.... wer ist denn das?"

Die Kuratorin blickte entsetzt auf die Frau, die alleine am Tisch am Kamin vor einem Salat mit dreierlei Fischfilet saß und gerade einen tiefen Schluck aus ihrem Weißweinglas nahm.

„Das ist Frau Marita DeLano, Frau DeLano ist die Ehefrau von Georg Blohmann."

„Waaaas?" Angelika drehte sich hektisch um, versteckte sich hinter dem halbhohen Gläserregal, und flüsterte so laut, dass man sie durch den ganzen Gastraum zischen hören konnte.

„Sarah, ich kenne diese Frau, ich habe sie in Schleswig gesehen, und im Garten der Pension, in der ich mit Georg übernachtet habe. Und ich habe mich noch gewundert, was eine so aufgetakelte Frau an der Schlei macht. Die passte da hin, wie eine Henne ins Klavierkonzert, deshalb war sie mir aufgefallen.

Sarah, sie hat uns verfolgt.
Sie hat uns GESEHEN.

Sie wusste also davon, dass Georg sie betrogen hat...

Oh Gott, Sarah, ist das nicht ein... Motiv?"

„Ich weiß es nicht, Geli, aber ich bin mir sicher, dass ihr hier nicht aufeinander treffen solltet...! Los, ich halte dir die Tür auf, geh einfach hinten durch den Küchengang raus, und ich werde Frau Blohmann mal ein wenig auf den Zahn fühlen. Ich erzähl es dir morgen.

Und das mit dem Geld machen wir auch morgen, ok?!"

„Frau DeLano, haben Sie sich bei uns schon ein wenig eingelebt? Schmeckt Ihnen der Salat? Oh ich sehe, sie haben kein Brot, soll ich Ihnen etwas bringen?"

Nach einem Schluck aus dem Weißweinglas bekam Sarah Antwort: „Nein, kein Brot, danke, keine Kohelnhydrate, das kann ich mir nicht leisten. Aber ich nehme noch ein Glas von dem Weißen, hier."

Als Sarah mit dem neuen Glas zurück an den Tisch kam sah sie, dass der jungen Frau Tränen in den Augen standen. Sie setzte sich vorsichtig neben Frau DeLano und sagte leise: „Das muss alles sehr schwer für Sie sein. Wir waren alle sehr geschockt, als wir erfahren haben, was passiert ist."

„Das kann ich mir gar nicht vorstellen."

„Wie bitte?"

„Das kann ich mir gar nicht vorstellen, dass sie alle sehr geschockt waren. Georg war kein... wie soll ich

sagen, er war nicht unbedingt beliebt bei seinen Mitmenschen. Er hatte in vielen Dingen seine eigene Art und Weise, die nicht immer gut ankam."

Sie trank das neue Glas in einem Zug leer.

„Kann ich noch so ein Glas haben?"

„Natürlich."

„Der ist wirklich sehr lecker. Der Wein."

„Ja, wir importieren den selber von einem kleinen Winzer in Österreich. Fast seine ganze Ernte geht in unseren Weinkeller."

Sarah kehrte nach kurzer Zeit mit einem weiteren Glas zurück an den

Tisch der dunkelhaarigen Frau.

„Georg hat immer gesagt, dass nur Waschweiber und Schwule Weißwein trinken. Deshalb durfte ich nie welchen bestellen, wenn wir zusammen essen waren."

Immerhin hatte er etwas gegen Schwule, wenn er schon nicht rassistisch war, dachte Sarah bei sich.

„Ja, Herr Blohmann hatte zum Teil recht... ungewöhnliche Ansichten, aber trotzdem ist sein Tod natürlich für uns alle ein schlimmer Verlust", beeilte sie sich zu sagen.

Die dunklen Augen der jungen Frau blitzen auf: „Wissen Sie, Frau... Frau...."

„Krischmann, aber nennen Sie mich Sarah, bitte. Das tun hier alle."

„ Also... Sarah... ich werde Ihnen mal was sagen: Mein Mann war ein Schwein. In allen Belangen. Er hat seine Kollegen und Vertragspartner über den Tisch gezogen, er hat seine Freunde hintergangen und betrogen und seine Frauen hat er auch sehr schlecht behandelt. Mich hat er sehr schlecht behandelt, und mit Sicherheit auch Ihre Freundin, die Sie gerade zur Hintertür raus gelassen haben. Die, mit der er mich an unserem Hochzeitstag betrogen hat."

Sarah merkte, dass sie ein bisschen rot wurde. Sie hatte gedacht, dass Geli unerkannt hatte verschwinden können.

„Es ist schon ok, ich weiß, wie charmant Georg sein konnte. Am Anfang.

Aber ich weiß auch, wie schnell er von dem charmanten, freigiebigen Mann zum Monster wurde." Sie nahm wieder einen tiefen Schluck. „Hat Ihre Freundin meinen Mann getötet, weil er sie misshandelt hat?"

Sarah verschluckte sich und hustete heftig. „Was? äh, nein, wie? Misshandelt? Ich weiß davon nichts. Das hat sie mir nicht erzählt. Wie meinen Sie denn misshandelt?"

„Deshalb hat er auch dieses Brandzeichen auf seinem Hintern, oder?! Weil er mit ihr auch die „heißen Spiele" gemacht hat, oder?!" Ihre Augen füllten sich mit Tränen bei dem Gedanken, dass das, was sie für ihren Mann gemacht hatte, dass all das vielleicht nicht die Einzigartigkeit hatte, wie sie es gehofft hatte. Vielleicht hatte er doch noch andere Frauen gehabt, sie noch mit anderen betrogen. Vielleicht gab es doch mehr Frauen, als sie dachte, die in der Lage waren, sich einem Mann so hinzugeben, wie sie das konnte....

„Ich glaube, ich verstehe Sie nicht genau, Frau DeLano. Ich weiß nichts von Spielen ganz egal, ob heiß, oder kalt, und ich weiß auch nichts von Misshandlungen. Warten, Sie, ich hole Ihnen ein Taschentuch."

Sarah stand auf, verschwand kurz hinter dem Tresen, und kam mit einer Flasche Weißwein, einem Glas für sie selber und einer Packung Taschentücher wieder.

Sie hatte kurz ein schlechtes Gewissen, die junge Frau abzufüllen, aber die meisten Leute wollten ja dem Barkeeper ihre Lebensgeschichte erzählen... Warum sollte sie das nicht für ihre Recherchen nutzen?!

Sie stellte den eisgefüllten Sektkühler neben Frau DeLano ab und sagte: „Dies hier ist mein absoluter Lieblingsweißwein, den müssen Sie probieren. Der geht natürlich aufs Haus."

Frau DeLano nickte nur kurz. Dann fing sie sehr ruhig und sehr leise an zu sprechen:

„Wissen Sie ich bin Miss Hannover gewesen, und bin bei den Wahlen zur Miss Germany fünfte geworden. Direkt danach haben wir dann auch geheiratet."

Sarah nickte, schenkte das Glas ein und prostete der dunkelhaarigen Frau zu.

„Wie haben Sie sich kennen gelernt?"

„Als ich ihn kennen lernte, war er mein Prinz auf dem weißen Pferd. Ich war das 5. von 6 Kindern und ich hatte schon früh gelernt, auf eigenen Beinen zu stehen, und dass man manchmal ganz schön viel ertragen muss, um zu seinem Ziel zu kommen.

Ich hatte immer das Glück, dass ich so schön war." Sie nahm wieder einen Schluck Wein und fuhr dann fort: „Damit kam ich immer gut an, bei den Männern, und seitdem ich 13 war hatte ich ältere Freunde, die mir schöne Dinge schenkten, und mich einluden. Zuerst auf einen Drink, oder ein Essen, später zu einer Line Koks oder zu einem Urlaub auf Mauritius. Mir war das alles egal, Hauptsache, ich kam raus aus der kleinen Wohnung in der ich mit meiner Mutter und meinen Geschwistern lebte."

Sie hielt das Glas mit beiden Händen, nippte kurz und sagte:

„Der Wein ist wirklich lecker..."

Sarah lächelte: „Ich weiß."

„Als dann in meiner Lieblingsdisko die Wahl zur
Miss Hannover stattfand machte ich mit, gewann, habe
ihn in der Nacht kennen gelernt und bin erst vier Tage
später das nächste Mal zu Hause gewesen.

Ich war so glücklich. Endlich war ich mal die Gewin-
nerin.

Das war wirklich das Aufregendste, was ich in meinem Leben erlebt hatte.

Wir passten einfach perfekt zusammen. Er suchte
eine Frau, die gut aussah und wusste, wo ihr Platz war,
und ich wollte einen wohlhabenden Mann haben, der
mir ein bißchen Sicherheit und einen Ausweg geben
wollte.

Es war vielleicht nicht die große Liebe, aber es war
ein guter Deal, und wir haben uns auch wirklich gut verstanden."

„Und darauf haben Sie sich eingelassen? Warum? Sie
hätten doch bestimmt auch einen... einen Besseren haben
können."

„Das habe ich damals nicht so gesehen, und ich weiß
nicht, ob ich es heute so sehe, wenn ich ehrlich bin. Jeder
bekommt doch irgendwie das, was er verdient...

Wir haben kurz nach den Wahlen zur Miss Germany,
in Las Vegas geheiratet."

Marita DeLano zögerte. Sie sah die Frau an, die ihr
am Tisch gegenüber saß und überlegte kurz, ob Sie wirklich weiter erzählen sollte. Sollte sie wirklich alles sagen,
einer völlig Fremden? Sich alles von der Seele reden? Sie
hatte ein Ziel gehabt, als sie nach Brokenrade gekommen
war:

Nicht nur sie Sachen und das Auto von Georg holen,
sondern auch einen Schlußstrich unter die Vergangenheit
setzen.

Und so trank sie weiter den ausgesprochen leckeren Wein, der ihr nun langsam auch richtig zu Kopf stieg, starrte sich auf die Hände, schluckte, und erzählte dann tonlos weiter.

„Und dort hat er mich in unserer Hochzeitsnacht das erste Mal richtig schlimm geschlagen. Er hatte wohl das Gefühl, dass ich nun sein Eigentum war, und dass er mit mir machen konnte, was er wollte, und er wollte totale Unterwerfung. Das hatten wir schon früher manchmal gespielt, ein bißchen SM fand ich auch ganz ok, aber in dieser Nacht war es schlimmer als jemals zuvor."

Die erste Träne stieg langsam über den Rand ihres linken Auges und tropfte über ihre dunkle, so perfekte Haut.

Was nützt einem solche Schönheit, dachte Sarah, wenn man trotzdem doch nicht glücklich ist, und sah plötzlich nur noch eine junge, sehr unglückliche Frau vor sich.

„Er schlug und würgte mich so heftig, dass ich Todesangst bekam und immer wieder „Teddybär, Teddybär" schrie." Sie lachte fast auf, bei der Erinnerung daran, wie sie wimmernd und bettelnd so ein albernes Wort gefühlte Hundert Male wiederholt hatte.

„Das war unser vereinbartes Codewort. Aber er wurde immer wilder und schlug mich immer mehr, während er mir den Mund zuhielt und mich vergewaltigte.

Er hat mich
in meiner Hochzeitsnacht
vergewaltigt.

Als er fertig war, war er ganz lieb, streichelte mich, sagte, wie sehr er mich liebte, und dass er nicht gehört hätte, dass ich das Codewort gesagt habe. Dann gingen wir los und kauften mir wunderschöne Kleider. Er gab ein kleines Vermögen für mich aus. Und ich dachte, er will sich mit den Geschenken entschuldigen, weil er weiß, dass er etwas Schlimmes mit mir gemacht hat.

Aber beim nächsten Mal machte er das alles wieder. Und danach bei fast jedem Mal."

Sarah hielt sich die Hände vor den Mund und starrte die junge Frau fassungslos an. Sie glaubte jedes Wort und wollte doch nicht begreifen, was sich dort gerade für Abgründe vor ihr auftaten. Sie hatte Blohmann unsympathisch und überheblich gefunden, nun stellte sich heraus, dass er grausam und sadistisch gewesen war.

Ob er so etwas auch mit Geli gemacht hatte? Hatte sie sich deshalb schon nach wenigen Wochen von ihm trennen wollen?

„Dann reichte ihm das alles auch nicht mehr, und er fing an, mich mit Kerzenwachs zu beträufeln. Oder andere heiße Sachen, die er vorher in eine Kerzenflamme gehalten hatte, auf meinen Körper zu pressen. Nie so schlimm, dass bleibende Narben entstanden wären, schließlich war es ihm wichtig, eine schöne Frau zu haben, aber es hat immer furchtbar wehgetan. Und ich habe das alles jetzt fast 5 Jahre ertragen. Bin im Hochsommer mit langarmigen Pullovern herumgelaufen, um die Wunden und blauen Flecken zu verdecken, habe mich immer wieder von ihm vergewaltigen lassen, und habe dabei immer gedacht, solange du alles tust, was er braucht, wird er dich nicht verlassen, oder mit einer anderen betrügen.

Als ich ihn dann an unserem Hochzeitstag überraschen wollte, bin ich hierher gekommen, und da habe ich gesehen, wie er mit der blonden dürren Frau in sein Auto gestiegen ist. Da bin ich hinterher gefahren und habe sie beobachtet. Und gesehen, wie sie es das ganze Wochenende getrieben haben."

Sie nahm wieder das Glas hoch und trank zwei große Schlucke.

„Wie konnte er mich so betrügen? Mich so hintergehen? Nach allem, was ich mitgemacht hatte, damit er bei mir bleibt. Nach all dem hat er mich an unserem Hochzeitstag mit einer alten häßlichen Frau betrogen."

Sarah konnte nichts sagen. Sie war fassungslos. Sie wünschte sich von Herzen, diese Beichte nicht provoziert zu haben. Aber es war zu spät, sie hatte alles gehört und fast wünschte sie sich, dass diese kleine Frau, die dort vor ihr saß, die Kraft und den Mut gehabt hatte, ihren Mann für seine Taten zu bestrafen und umzubringen.

„Ich weiß gar nicht, warum ich Ihnen das alles erzählt habe. Ich habe das noch nie jemandem erzählt. Aber jetzt ist es ja vorbei. Und ich bin wirklich froh darüber."

„Haben Sie ihren Mann ermordet? Und ihn dann gezeichnet, so wie er sie jahrelang gezeichnet hat?"

Marita DeLano stand unsicher auf, lächelte das Lächeln einer Sphinx und sah plötzlich wieder kalt und berechnend aus.

„Gute Nacht Frau Krischmann, vielen Dank für den Wein."

Sarah sah ihr lange nach und dachte darüber nach, was sie gerade gehört hatte. Sie musste morgen unbedingt Geli fragen, ob sie auch solche Neigungen bei Blohmann bemerkt hatte.

Gruselig. Und es wird immer gruseliger.

Hatte Geli ihn vielleicht doch umgebracht, weil er sie gequält und erpresst hatte, oder war es doch Frau DeLano gewesen? Oder war es doch Torsten gewesen, der herausgefunden hatte, was Blohmann mit seiner Frau angestellt hatte? Oder war es die Graue Eminenz gewesen, weil er es satt war, von seinem eigenen Sohn sein ganzes Leben lang erpresst zu werden?

Oder war es jemand ganz anderes gewesen, von dem sie noch gar nichts wußte?

Wer war an jenem Abend denn noch in der Gaststube gewesen?

Es schien ja fast so, als hätte jeder, der jemals etwas mit Georg Blohmann zu tun gehabt hatte, ein klares Motiv ihn umzubringen.

Die Gaststube war schon lange leer, Tamara hatte vor einer Stunde aufgeräumt und war mit einem kurzen Nicken aus der Gaststube gegangen.

Sarah schenkte sich noch einen doppelten Cognac ein, ging in ihr kleines Büro und nahm sich noch einmal den Zettel hervor, auf dem sie notiert hatte, wer an jenem Abend in der Gaststube gewesen war.

Morgen rede ich mit Karsten und Jan, oder mit Klaus und Ingo. Ach, der Tregitsch war auch an dem Abend da. Dann rede ich doch auch mal mit dem. Sarah mußte selber lächeln bei dem Gedanken daran, dass sie ihre Recherchen nun schon als Ausrede nutzte, um mit Oliver Tregitsch zu sprechen. Der Mann wurde ihr immer sympathischer und seitdem sie Ralf nicht mehr ab und zu traf, fehlte es ihr, einfach jemanden zum Kuscheln zu haben.

Sie hatte nie in ihrer Laufbahn die Goldene Regel gebrochen, niemals etwas mit einem Gast angefangen, aber bei diesem könnte sie glatt mal eine Ausnahme machen…

Am nächsten Tag passierten mehrere Dinge, die Sarahs Recherchen unterbrachen, und die die Gerüchteküche des Museums wieder höher kochen ließ.

Sarah saß gerade bei ihrem ersten Morgenkaffee und las ihre E-Mails, als ihr Telefon klingelte.

Sie hatte wieder sehr schlecht geschlafen und fühlte sich eigentlich noch nicht wach genug, um mehr als zwei zusammenhängende Worte zu sagen, nahm aber trotzdem genervt den Hörer ab.

Am anderen Ende war eine vollkommen aufgelöste Lotti Hansen, die atemlos berichtete, dass Thomas gerade bei ihnen gewesen war und Hans-Henning mitgenommen hatte.

„Dringender Tatverdacht."

Irgendwie hatte der Kommissar herausgefunden, dass Blohmann Hans-Hennings unehelicher Sohn gewesen war. Dann hatte er offensichtlich eins und eins zusammen gezählt, und schon hatte er ein wunderbares Motiv.

Lotti war vollkommen außer sich, sie weinte und sagte immer wieder: „Aber es gibt doch gar keine Beweise, es gibt doch keine Beweise mehr! Wie soll es denn jetzt nur weitergehen? Wie sollen wir mit dieser Schande leben?" Sie hatte immer viel Wert auf den Ruf der Familie gelegt und nun saß sie vor einem Scherbenhaufen, der mal ihr Leben gewesen war.

„Sarah, ich gehe nie wieder vor die Tür, nie wieder! Diese Blicke und das Gerede, das überlebe ich nicht!"

„Lotti, es wird sich bestimmt alles aufklären, da bin ich mir ganz sicher. Wir wissen doch alle, dass Hans-Henning niemals zu so etwas fähig wäre. „

Dabei war sie sich selber nicht sicher, wie der Ruf des alten Mannes das überleben sollte, und besonders war sie sich im Moment auch gar nicht sicher, ob er nicht sogar ganz zu Recht zur Befragung auf dem Präsidium von Thomas saß.

„Wenn du heute nicht vor die Tür willst, kann ich das gut verstehen. Hast du alles da, oder soll ich dir später ein kleines Lunchpaket hinüber schicken?"

„Essen? Ich kann doch jetzt nichts essen, Sarah! Manchmal hast du wirklich seltsame Ideen."

„Lotti, gerade in schlechten Zeiten braucht man doch gutes Essen."

„Aber das sagst du auch über gute Zeiten."

„Eben. Man braucht immer gutes Essen."

„Vielleicht hast du Recht, vielleicht möchte ich doch etwas Essen. Was habt ihr denn heute auf der Tageskarte?"

„Heute auf der Tageskarte? Äh, keine Ahnung, warte ich ruf mal eben in die Küche rüber und sag es dir gleich, ok?"

Sie fuhr mit Schwung mit ihrem Bürostuhl zur Tür, öffnete sie und rief in den Gang: „Pat, was ist heute auf der Tageskarte?"

Der Kopf der jungen Köchin erschien über der Küchen-Schwingtür: „Sarah, ich mache mir langsam Sorgen, was ist denn im Moment los mit dir? Sonst gibt es nichts wichtigeres, als die Tageskarte, und heute ist der zweite Tag in Folge, an dem Du mich fragen musst, was drauf steht."

„Ich weiß Pat, ich erkläre es dir alles demnächst, aber, was ist denn nun auf der Karte?" Sarah war ungeduldig. Das letzte, was sie jetzt noch gebrauchen konnte, waren Diskussionen über ihren Arbeitseinsatz. Sie wusste selber, dass sie im Moment nicht die Köchin und Restaurantleiterin war, die sie sein könnte.

„Wir haben den Hühnerherzensalat von gestern, dann gibt es eine Frühlingminestrone mit Bärlauch, einen Rollbraten vom Damwild an Rotweinsoße, mit Klößen und frischen Erbsen, und vegetarisch gibt es heute endlich mal wieder Pasta: Hausgemachte Fettuccine in einer Wacholder-Tomatensauce."

„Super, danke Pat, ich bin heute auch wieder mehr in der Küche, versprochen."

Sarah rollte zurück, klemmte den Hörer zwischen Ohr und Schulter, nahm sich eine Kopfschmerztablette aus ihrer Handtasche und sagte: "Lotti, heute ist für dich entweder die Suppe was, eine leckere Gemüsesuppe, oder der Rollbraten vom Wild. Mit Erbsen und Klößen."

Die Nachricht, dass Hans-Henning Hansen ins Polizeipräsidium abgeholt worden war verbreitete sich wie ein Lauffeuer im Dorf Brokenrade und im Museumsdorf.

Fast jeder hatte eine Meinung zu den Geschehnissen und gab sie nur zu gerne kund. Während die eine Hälfte sagte: „Geschieht dem Blohmann ganz recht, dass er tot ist. Seinen eigenen Vater erpressen! Unfassbar! Aber unsere Graue Eminenz würde niemals ernsthaft zu Gewalt greifen. Der Mann ist viel zu ehrenhaft."

Sagte die andere Hälfte (allerdings das nur hinter vorgehaltener Hand) dass ein Mann, der seine Ehefrau sein Leben lang belog, auch fähig war einen Mord zu begehen. Immerhin hatte die Verhaftung zur Folge, dass Thomas endlich die Guten Stube räumte. Er hatte in den letzten Tagen immer schlechtere Laune bekommen, weil die Mitarbeiter des Olen Dörps sich schlichtweg stumm gestellt hatten, wenn sie zur Befragung gerufen wurden. Selbst Haftandrohungen oder Verwünschungen halfen wenig. Seine Wut hatte er dann an Sarahs Mitarbeitern ausgelassen, hatte sich ständig aufwendige Spezialgerichte kochen lassen und hat diese noch nicht mal bezahlt.

Sarah war wirklich wütend darüber, hatte aber nie den Moment gefunden, Thomas ihre Meinung zusagen.

Nun war er wieder in seinem eigenen Büro und konnte jetzt dort über den Kaffee und das schlechte Essen meckern.

Kurz nachdem Sarah aufgelegt hatte, machte sie sich auf den Weg zum Hühnerstall, um Eier für die Küche zu holen. Sie brauchte dringend ein bisschen Bewegung, denn sie hatte vom Vortag einen dicken Kopf und freute sich über ein wenig frische Luft.

Ich muß aufhören, jedes Mal, wenn ich jemanden etwas frage, eine Flasche auf den Tisch zu stellen, dachte Sarah, als sie durch die Hintertür ins Freie trat. Das löst zwar die Zunge der Befragten, aber wenn ich so weiter mache, bin ich Alkoholikerin, bevor ich herausgefunden habe, wer Blohmann umgebracht hat.

Obwohl es schon halb 10 war, konnte Sarah Agnes nirgendwo entdecken. Sie ging einmal um den großen Hühnerhof herum, danach in den Hühnerstall hinein, wo noch in allen Nestern die frischgelegten Eier lagen.

Agnes schien heute Morgen noch nicht hier gewesen zu sein.

Seltsam, Sarah hätte es doch bestimmt erfahren, wenn Agnes krank wäre. Sarah überlegte, ob sie Agnes Mutter Lena anrufen sollte. Sie ging noch einmal vor die Tür und schaute in Richtung Schafstall.

Ob Agnes vielleicht bei Laurin steckte? Sie hatte ja vor ein paar Tagen gesagt, dass sie dort hin gehen würde, wenn sie Angst hätte. Sarah ging den Weg zum Schafstall hoch, und horchte, ob sie Laurins Flöte hören konnte. Aber der Schäfer schien nicht in seinem Stall zu sein.

Als sie weiterging hörte sie ein helles Fiepsen und Maunzen und sah, dass die Tür zu dem kleinen Imker-haus offen stand. Dort verwahrte Gerd, Agnes' Vater, im Sommer seine Imkerausrüstung. Gerd war nicht nur der Müller und begnadete Schnapsbrenner des Museums, sondern er kümmerte sich auch um die Bienen, die jedes Jahr eine stattliche Anzahl Gläser Honig lieferten.

Im Winter wurden alle benötigten Utensilien in einer Scheune eingelagert, aber jetzt im Sommer wurde der Im-kerschuppen auf der grossen Blumenwiese hinter dem Hühnerstall gerne und viel genutzt.

Sarah horchte noch mal. „Mieps, Miiiiiieps" das klingt zwar nicht, wie Agnes, aber ich würde trotzdem gerne wissen, was das ist.

Sie kletterte über den hölzernen Weidezaun, ging zu dem Schuppen hinüber und versuchte vorsichtig die Tür auf zu schieben. Diese knarzte laut, als Sarah dagegen drückte und ließ sich nur wenige Zentimeter bewegen, dann stieß Sarah mit der Tür gegen etwas Weiches, Schweres.

Das Fiepsen wurde lauter. Zuerst konnte Sarah nicht viel sehen, der Schuppen hatte keine Fenster und sie war geblendet von der aufgehenden Sonne.

Dann hörte sie zuerst ein Rascheln und dann schrie jemand.

Laut.

Der Schrei war so laut, dass Sarahs Herz kurz aussetzte. Sie spürte wie das Adrenalin fast schmerzhaft bis in die Fußspitzen schoss und sie sprang erschrocken einen Meter zurück. Ganz heiser war die Stimme und sehr schrill.

„Geh weg, geh weg, geh weg!"

Die Stimme kam Sarah seltsam bekannt vor, wenn sie auch nicht genau wusste, woher.

„Geh weg, geh weg, geh weg!"

Dann folgte nur noch ein leises Wimmern.

Das war eine schrille und hysterische Version von Agnes!

Oh Gott, Sarah musste da unbedingt rein. Das Mädchen war ja vollkommen außer sich. Sie versuchte, die Tür weiter aufzuschieben, aber Agnes schien sich mit aller Macht dagegen zu stemmen, denn sie bewegte sich nicht einen Zentimeter.

Sarah setzte sich auf die steinerne Türschwelle und begann mit leiser, ruhiger Stimme mit dem dunklen Spalt zwischen Tür und Rahmen zu sprechen. Nach einigen Minuten beruhigte sich die hysterische Stimme von Agnes und Sarah bat das Mädchen, von der Tür weg zu gehen, damit Sarah die Tür aufmachen konnte.

Im Inneren hörte man Schleifen, dann ein Rumpeln, und danach wieder Stille.

Das erste, was sie auf dem Boden des Schuppens sah, war angetrocknetes Blut. Der Schuppen selbst war vollgestellt mit Eimern, Gartengeräten und allem möglichen anderen Zeug. Agnes war nirgends zu sehen. Aber als sich ihre Augen an die Dunkelheit gewöhnt hatten, konnte Sarah hinter zwei alten geflochtenen Imkerkörben ein Bein herausragen sehen.

„Agnes, ich bins, Sarah, du mußt keine Angst haben."

Sie wiederholte denselben Satz immer und immer wieder.

„Agnes, ich bins, Sarah, du mußt keine Angst haben."

Warum Agnes überhaupt in den Schuppen gegangen war, wurde schnell klar. In der einen Ecke lagen hinter zusammengerollten Seilen fünf Katzenbabys auf einem Bett aus alten Säcken und maunzten und fiepsten laut. Sie waren sehr jung und sehr hungrig.

Nach einer gefühlten Ewigkeit, in der Sarah noch ungefähr hundert Mal denselben Satz sagte, kam Agnes vorsichtig hinter den Imkerkörben hervorgeklettert.

Sie sah furchtbar aus. Das Blut, das Sarah auf dem Fußboden bemerkt hatte, stammte aus einer Kopfwunde aus der noch immer ein wenig Blut sickerte.

Agnes' Gesicht war verschmiert und ihre Haare klebten verkrustet am Kopf. Sie blickte Sarah aus weit geöffneten Augen an, und kroch dann auf allen Vieren auf Sarah zu.

„Mein Gott, Mädchen, was ist denn mit dir passiert, das ist ja furchtbar. Bist du gestürzt, als du die Kätzchen anschauen wolltest?"

„Kätzchen." Der Blick der jungen Frau fiel auf die kleinen, bunt gescheckten Katzenkinder und ein ganz kleines Lächeln huschte ihr über das Gesicht.

Sarah ging schnell zu Agnes hinüber, hockte sich zu ihr, nahm ein frisches Taschentuch aus der Seitentasche ihres Leinenrocks, und drückte es vorsichtig auf die Platzwunde an Agnes Kopf.

„Das tut jetzt ein bisschen weh, entschuldige, aber das muss sein. Was ist denn passiert? Agnes, bitte schau mich an und sprich mit mir!"

„Kätzchen, ganz kleine Kätzchen. Sooo niedlich."

„Ja, ich weiß, dass Du die Kätzchen niedlich findest, aber wie hast Du dich so verletzt?"

„Weiß nicht. Kätzchen, die sind so niedlich. Dann war da ein Mensch hinter mir. Und dann bin ich aufgewacht mit Schmerzen am Kopf. Hatte Angst, der kommt wieder und habe mich versteckt."

„Es hat Dich jemand überfallen?"

„Weiß nicht, Kätzchen so süße Kätzchen…und, und…" sie stockte, versuchte sich genau zu konzentrieren. „Und dann war ich auf dem Boden und überall war Blut!"

Sarah drückte Agnes fest an sich. Das Mädchen hatte doch gerade erst den Schock überwunden, dass sie Blohmann tot über den Zaum hängend gefunden hatte. Und nun das. Irgendjemand hatte sie offensichtlich von hinten niedergeschlagen. Sarah durchsuchte kurz ihre Taschen, wusste aber eigentlich schon vorher, dass sie ihr Handy nicht dabei hatte.

„Verflucht, verflucht, verflucht. Agnes, ich muss jetzt Hilfe holen. Schau mal, hier sind die Kätzchen. Möchtest du hier einen Augenblick sitzen und dir die Kätzchen anschauen?"

Agnes blickte auf die fünf kleinen Bündel Leben, die so kläglich miauten, dass es einem in der Seele wehtat.

„Kätzchen anschauen. Aber Sarah du darfst nicht weg gehen. Ich hab solche Angst!"

Agnes klammerte sich an Sarahs Bein, während sie gleichzeitig versuchte, dichter an die Kätzchen heran zu rutschen.

Es hatte keinen Zweck das verunsicherte Mädchen jetzt noch einmal alleine zu lassen, das sah Sarah ein und so nahm sie Agnes Hand, setzte sich auf die Stufen, und schaute den Weg hinunter ob sie irgendwo jemanden sehen würde. Die Bäckerei gegenüber dem Schuppen, in der normalerweise Agnes Mutter um diese Zeit Brot backte, war leider leer. Zwar rauchte der Schornstein, aber Sarah war sich sicher, dass die Bäckerin im Kroog war, um mit Katja und den andren über die Verhaftung von Hans-Henning zu sprechen.

Die Zeit verging langsam und schleichend und Sarah begann, sich Sorgen zu machen. Was, wenn Agnes wirklich ernsthaft verletzt war? Und sie trödelte hier herum, nur damit das Mädchen nicht wieder anfing zu weinen.

Heute sind mit Sicherheit alle sofort in den Kroog gegangen, um die Neuigkeiten über die Graue Eminenz zu besprechen. Gut, dass es nun bald 10 Uhr sein müsste, und dann das Museum öffnet. Das würde bedeuten dass auch Lena in ihre Bäckerei gehen würde.

Endlich sah sie ganz hinten jemanden gehen.

Einen Mann.

Einen Museumsmitarbeiter, das konnte sie am Kleidungsstil erkennen.

Sarah streichelte weiter mechanisch Agnes Hand und dachte:

„Schau mal, Agnes, da kommt Hermann, der ruft jetzt gleich im Kroog an, und dann kommt jemand, der dir helfen kann!"

Agnes schaute ängstlich aus dem Schuppen heraus und als sie den Mann auf sich zukommen sah kreischte sie auf, ließ Sarahs Hand los und versteckte sich wieder hinter den Imkerkörben.

Sarah stand auf und lief Hermann entgegen. Sie erklärte dem Hausmeister in kurzen Worten, was passiert war.

Zusammen mit Hermann, der sofort sein schnurloses Telefon   aus der Hosentasche nahm, lief sie zu dem Imkerschuppen.

Doch Agnes war durch nichts zu bewegen, wieder hinter den Körben vor hervor zukommen.

Erst als der Hausmeister aus dem Türrahmen getreten war, und sich etwas zurückzog, traute sich das völlig verängstigte Mädchen, wieder neben die Kätzchen zu krabbeln.

Schon wenige Minuten nach Hermanns Anruf im Kroog kamen Lena und Gerd die Dorfstraße hoch gelaufen und nahmen schockiert ihr blutverschmiertes Kind in die Arme. Kurz darauf hörte man schon die Sirene des Krankenwagens der Agnes in das Krankenhaus der nächsten Kreisstadt brachte.

Als Sarah kurz danach mit Hermann die Dorfstraße herunterkam stand Katja schon in der Hintertür des Kroogs. Sie sah besorgt und traurig aus und rief Sarah entgegen:

„Wie geht es ihr? Ich kann das gar nicht glauben. Wie kann man denn nur Agnes zusammenschlagen?"

Sarah versuchte, ihre Freundin anzulächeln, aber es gelang ihr kaum. Sie war so traurig und schockiert, dass das all die Jahrzehnte erlernte Gastronomielächeln einfach nicht auf ihre Lippen wollte.

„Katja, hier ist wirklich etwas Schlimmes im Gange."

„Wie siehst du denn aus? du bist ja voller Blut, hast du dich auch verletzt?"

Sarah blickte an sich herunter und sah jetzt erst, dass ihr graues Leinenkleid voller Blutflecken war. Sie schaute Katja an, versuchte sich gerade zu halten, sich nichts anmerken zu lassen, aber es ging nicht mehr.

Sie hatte einen Punkt erreicht, an dem sie nicht mehr stark sein konnte und wollte.

Das war zu viel.

Wie konnte das alles nur passieren? Hier, an dem Ort, an den sie sich zurückgezogen hatte, weil sie keine Lust mehr hatte, auf die negative Seite von Großstädten: Gewalt, Lärm, und Brutalität.

Sie hatte so lange in großen Städten auf der ganzen Welt gearbeitet und war dann so froh gewesen, in ihre kleine „Provinz" nach Hause gehen zu können. Hierher, wo die Uhren noch ein bisschen anders gingen.

Wie konnte diese wundervolle Welt, die sie sich mit den anderen Kollegen zusammen aufgebaut hatte, in der einer dem anderen half, und man Freude hatte, so schnell kaputt gehen?

Wie konnte so viel Gewalt an einem Ort passieren, der sonst so ruhig und gemütlich war, dass sie sich jeden Tag freute am Morgen zur Arbeit zugehen?

Wie konnte jemand Agnes überfallen, dieses Mädchen, das niemandem etwas antun könnte, weil es in ihrem Charakter gar nicht vorgesehen war, etwas Böses zu tun?

Wie konnte das alles sein?

Tränen liefen ihr über das Gesicht, bevor sie sich hätte verstecken können. Dicke Tränen der Verzweiflung und der Wut. Katja nahm sie behutsam am Arm und führte sie in ihr Büro.

Sie gab Sarah ein Taschentuch, holte einen Milchkaffee, den sie vor der Freundin abstellte und wartete schweigend, bis sie sich wieder beruhigt hatte.

Als nach einiger Zeit keine Tränen mehr kamen, fragte sie: „Sarah, willst du dir nicht einfach frei nehmen heute? Vielleicht wäre es besser, wenn du einfach mal einen Tag zu Hause auf dem Sofa verbringst. Vielleicht kannst du sogar Ralf anrufen, und ihn treffen, um dich ein bisschen... abzulenken? Was denkst Du?"

Sarah schaute Katja aus dunkel verschmierten Augen an und fing sofort wieder an zu weinen.

„Ralf hat mit mir Schluss gemacht, der hat sich verliebt. Im Internet. Der Blödmann."

„Oh, ok, dann kein Ralf, dann vielleicht nur Badewanne? Und dann einfach mit einem tollen Buch aufs Sofa? Wir schaffen das heute auch mal einen Tag ohne dich!"

Es klopfte an der Tür und Tam steckte den Kopf in das Büro.

„Sarah, da ist... oh, sorry, ich wusste nicht... dass ich störe", sie blickte sofort zu Boden, um Sarah die Peinlichkeit zu ersparen und sprach dann mit ihren Füßen weiter.

„Da ist die Freundin von Jan und will dich sprechen, sie sagt, sie hat einen Termin...?! Soll ich ihr sagen, dass wir einen Unglücksfall haben und das sie an einem anderen Tag wieder kommen soll?"

Sarah setze sich extra aufrecht, zog die Schultern zurück, strich sich mit den Fingerspitzen unter den Augen entlang, um Tränen und die verlaufene Schminke weg zu wischen und stand auf: „Nein, sag ihr bitte, ich muss mich noch kurz umziehen und komme dann gleich. Setze sie bitte in die Gute Stube, die ist ja jetzt endlich wieder frei und biete ihr einen Kaffee an."

Tam bewegte sich nicht und blickte vorsichtig unter ihrem Pony hervor und schaute ihre Chefin etwas zögernd an.

Sarah wurde ungeduldig: „Willst du noch irgendwas sagen? Sonst geh bitte, und mach, worum ich dich gebeten habe."

„Naja, ich weiß, dass das jetzt ein bisschen unprofessionell klingt, aber Jana würde das wohl nicht sooo gut gefallen, wenn Jodie hier arbeiten würde. Weil Jana ist ja schon lange in Jan verliebt und ziemlich eifersüchtig auf Jodie."

„Ganz ehrlich ich habe jetzt wirklich keine Lust und keine Zeit, mich mit euren Teenagerproblemen zu beschäftigen. Es ist mir egal, wer hier in wen verknallt ist, und wer nicht. Fertig."

„Ja, gut. Ich gehe dann mal und begleite Jodie in die Gute Stube und biete ihr einen Kaffee an." Tam kannte ihre Chefin gut genug, um zu wissen, dass es sehr wenig Sinn hatte, mit einer wütenden Sarah diskutieren zu wollen. Wenn sie sauer war, sollte man sich schleunigst auf Zehenspitzen aus dem Staub machen und irgendwo warten bis das kurze, aber meist recht heftige Gewitter vorüber war. Sie drehte sich um und schloss leise die Tür.

Katja blickte skeptisch: „Bist du dir sicher, dass du jetzt ein Vorstellungsgespräch machen möchtest?"

„Ja, das ist jetzt genau das Richtige. Das wird mich ablenken. Ich ziehe mir gleich mal was anderes an."

An der Tür blieb Sarah stehen und ging noch mal zu Katja zurück.

„Aber vorher muß ich dir noch von Marita DeLano erzählen. Das ist die Ehefrau von Blohmann. Und Du glaubst es nicht, die Frau ist mal Schönheitskönigin gewesen, bevor sie ihn geheiratet hat. Und das nicht ganz ohne Grund. Sie sieht aus, als hätte eine hübsche deutsche Frau eine Tochter von einem richtig gut aussehenden Brasilianer bekommen. Wahnsinn. Egal, jedenfalls hat sie hier heute übernachtet. Und ich habe ihr gestern Abend einen Kleinen aufs Haus spendiert."

Katja verzog das Gesicht: „Ach deshalb bist du heute so zerknautscht, du hast gestern mit der trauernden Witwe auf den Verstorbenen getrunken!"

„Ach Katja, du glaubst es nicht, was der Blohmann
für ein Mensch war. Er hat seine wunderschöne Frau geschlagen, gedemütigt, gequält und betrogen. Die Frau hat
ein astreines Motiv, wenn du mich fragst. Ich werde Thomas bitten, sie zu überprüfen."

„Seit wann bittest du deinen Schwager um etwas anderes, als dass er dich in Ruhe lässt?" Katja blickte ihre
Freundin zweifelnd an.

„Ungewöhnliche Situationen erfordern ungewöhnliche Maßnahmen"

„Ok, aber soweit ich weiß ist die Dame vorhin in
Blohmanns Riesenauto, so einem bescheuerten SUV, da-
vongebraust."

„Ich weiß, aber Thomas kennt sich ja in Hannover
aus. Der hat da noch Ex-Kollegen, die er bitten kann, ihm
zu helfen. Und wenn ich ehrlich bin, muss ich mal vorsichtig nachfragen, ob der Kerl Geli auch gequält hat. Der
stand nicht nur einfach auf ein bisschen SM-Spiele, der
wollte wirklich quälen und verletzen. Und wenn er das
auch bei Geli versucht hat, dann hat sie doch ein Motiv,
und Torsten würde ich unter den Umständen auch eine
Menge zutrauen."

„Ok, dann mußt du sie aber ganz geschickt fragen,
damit sie keinen Verdacht schöpft, dass du sie jetzt doch
wieder verdächtigst. Und genauso musst du es mit Thomas und der Schönheitskönigin machen. Wobei: Die erbt
doch jetzt bestimmt auch ganz anständig, oder?!"

„Nee, ich glaube zu erben gibt es da nicht viel, sonst
hätte Blohmann doch die Graue Eminenz nicht wegen
Geld erpresst."

Katja schaute ihre Freundin und Kollegin an: „Da
hast du wohl auch wieder Recht. Geht es dir jetzt wieder
etwas besser? Soll ich dir vielleicht mal etwas Leckeres

zu Essen bringen? Du weißt doch, wenn es einem schlecht geht, braucht man gutes Essen...!"

„Nein danke, ich bestelle mir gleich noch einen Kaffee bei Tam. Und Hunger hab ich im Moment auch nicht, der ist mir wirklich vergangen... ja, jetzt schau mich nicht so schockiert an, ich weiß, dass das bei mir selten passiert, aber wenn jemand Agnes zusammenschlägt, dann kann selbst ich nichts mehr essen!"

Sarah ging wieder zur Tür und dort drehte sie sich noch einmal um und sagte:

„Danke Katja, ich bin wirklich froh, dass ich dich hab!"

Nach dem kurzen aber sehr netten Gespräch mit Jodie, die Sarah, zu ihrer eigenen Verwunderung, sofort ohne langes Zögern als Aushilfe einstellte, saß Sarah mit ihrer Sous-Chefin Patrizia im Büro und machte die Mittagskarte der nächsten Woche. Pat hatte wie immer sehr kreative Ideen, und Sarah erlebte das erste Mal seit Tagen einige Stunden, in denen sie nicht an den Mord dachte.

Als das Telefon klingelte, wollte sie am liebsten gar nicht abnehmen, denn sie befürchtete wieder unangenehme Nachrichten.

„GastHof zum Moehlenkroog, Krischmann"

„Gasthof zum Zuhausehof, Krischmann-Klages."

„Hallo Yvonne, das ist ja eine Überraschung!" Sarah versuchte, fröhlich zu klingen.

Auch das noch... ihre Schwester....Sie ärgerte sich maßlos, dass sie immer wieder vergaß die im Telefondisplay angezeigte Nummer zu kontrollieren, bevor sie das Gespräch annahm.

„Sarah, ich wollte mich mal wieder melden, weil wir uns so lange nicht gesehen haben. Ich höre nur noch von Thomas, was du machst, und wie es dir geht."

„Ja, dein Mann ist hier im Moment recht häufig anzutreffen..." Zu häufig, aber das sagte sie lieber nicht laut.

„Ich habe gerade gedacht, ob du vielleicht Lust hast, heute zu uns zum Essen zu kommen? Ich koche was Leckeres, und wir Quatschen mal wieder?"

Sarah stöhnte leise bei dem Gedanken, ihren überheblichen Schwager nun auch noch in ihrer Freizeit ertragen zu müssen, aber sie wusste, dass sie keine Chance hatte:

Es gab keine Ausrede, die ihre Schwester hätte gelten lassen.

„Ja, super Idee, ich komm gern zum Essen zu euch, wann soll ich denn da sein?"

„Ich bringe Marie um halb 8 ins Bett, also vielleicht so gegen 8 Uhr?"

„8 Uhr passt mir prima, soll ich was mitbringen? Eine Flasche Wein vielleicht? Rot oder Weiß?"

„Ich wollte Spargel machen, also lieber Weiß."

„Alles klar, bis heute Abend!"

Sie legte auf und drehte sich zu Pat um und schnitt eine Grimasse.

„Pat stell dir vor, ich darf heute Abend mit meinem Schwager essen...!"

Die Köchin lachte schallend auf bei dem Blick in Sarahs gequältes Gesicht.

„Na, Gott sei Dank, wo er jetzt nicht mehr hier auf dem Gelände ist, hättest du ihn bestimmt sonst auch vermisst. Aber vielleicht kannst du ihn dann zumindest mal fragen, wie er dazu kommt, unsere Graue Eminenz festzunehmen, und ob er glaubt, dass der Überfall auf Agnes heute etwas mit dem Mord an Blohmann zu tun hat."

„Pat, Du schlaues Mädchen! Du hast recht, ich werde Thomas einfach ein paar Ermittlungsergebnisse aus der Nase ziehen, dann muss ich mich zumindest nicht mit ihm streiten." Sie hob die Hände über den Kopf, als würde sie sich ergeben.

„Oh, jeh, " Sarah sprang auf, „weißt du was mir bei dem Gedanken an den Überfall auf Agnes gerade einfällt? Die kleinen Kätzchen sind da immer noch in dem Schuppen, ich sollte mal kontrollieren, ob die Mutter wieder aufgetaucht ist. Sonst verhungern die da innerhalb der nächsten Stunden!"

Sie öffnete vorsichtig die Tür zu dem kleinen Schuppen. Die kleinen Katzen fiepten sofort los, klangen schon deutlich schwächer, als am Morgen. Offensichtlich war die Mutter nicht wiedergekommen. Sarah schaute sich suchend im Schuppen um. Irgendwo müsste doch noch eine Kiste oder etwas ähnliches sein, in der sie die Katzenbabys transportieren konnte.

In einem Regal über ihrem Kopf standen mehrere alte Obstkisten und Sarah streckte sich, um eine davon mit den Fingerspitzen soweit vorzuziehen, bis sie von alleine herunter fiel. Die Kiste erschien ihr erstaunlich schwer, offensichtlich war sie doch nicht leer. Als die Obstkiste endlich von dem Regal fiel, sprang Sarah gerade noch rechtzeitig zur Seite, so dass die herunterfallende Kiste sie knapp verfehlte. Die Kätzchen zuckten erschreckt zusammen, als auch eine Eisenstange mit lautem Geklirre auf dem Steinfußboden aufschlug.

Was ist das denn?

Sarah bückte sich, und sah in dem Moment, dass sie etwas gefunden hatte, was sehr viele Leute in der letzten Zeit vermisst und gesucht hatten:

Torstens Brandeisen!

Das Brandeisen, dass er in wochenlanger Arbeit entworfen und geschmiedet hatte, und dass dann seinen ersten und wahrscheinlich letzten Einsatz auf dem nackten Hintern von Georg Blohmann gefunden hatte.

Das Brandeisen, das seit dem Mord spurlos verschwunden gewesen war!

Plötzlich hatte sie wieder dieses unangenehme Gefühl, beobachtet zu werden. Sie drehte sich um und schaute aus der Tür, ob sie irgendjemanden sehen konnte. Es war ihr kurz, als hätte sie jemanden hinter dem Hühnerstall verschwinden sehen, aber sie konnte sich auch täuschen, schließlich war das Gelände voller Besucher.

Obwohl sie versuchte, sich selbst zu beruhigen, hatte sie ein komisches Gefühl. Seit Tagen kam es ihr so vor, als würde jemand sie beobachten.

Sie nahm das Eisen vorsichtig mit einem Taschentuch hoch, um eventuelle Fingerabdrücke nicht zu zerstören, ging zurück in den Kroog und rief Thomas an.

Der Abend mit ihrer Schwester und ihrem Schwager verlief ziemlich genau so, wie Sarah es vermutet hatte:

Anstrengend.

Yvonne, die seit der Geburt ihrer Tochter nicht mehr so viele soziale Kontakte hatte wie früher, war völlig überdreht und redete ohne Pause. Sie trank die Flasche Wein, die Sarah mitgebracht hatte fast alleine leer, und begann dann mit ihrer üblichen Fragestunde:

Sie erkundigte sich interessiert nach Sarahs Privatleben
- Keins.
Nach ihrem Liebesleben
-Auch keins -keins mehr.
Dann nach Sarahs Vorbereitungen für das Sommer-
fest
-Laufen gut.
Und nach dem Verbleib der kleinen Katzen
-Laurin kümmert sich.

Thomas war grobschlächtig wie immer und hatte zudem noch nicht mal besonders gute Laune:
Der Fund des Brandeisens gab zwar Grund zu der
Hoffnung, dass die Ermittlungen jetzt schneller voran-
kommen würden. Ob sich an dem Brandeisen allerdings
relevante Fingerabdrücke befanden, würde sich erst in
den nächsten Tagen klären.
Und die Gerichtsmediziner hatten den Tatzeitpunkt
auf 1:00 Uhr plus/minus 15 Minuten eingrenzen können.
Das bedeutete, dass die Polizei jetzt wieder umdenken
musste, denn sie hatten den Taxifahrer ausfindig gemacht, der Lotti und Hans-Henning gegen 00:40 Uhr
nach Hause gefahren hatte. Die Graue Eminenz wohnte
fast 20 Fahrminuten vom Museum entfernt, so dass er es
unter keinen Umständen geschafft hätte, pünktlich zur
Tatzeit auf das Gelände zurück zu kehren.

Trotzdem versuchte Thomas für seine Verhältnisse
nett zu Sarah zu sein, denn schließlich hatte sie das
Brandeisen gefunden und damit seine Arbeit unterstützt.
Gegen halb 11 stand Sarah auf und erklärte, dass sie
noch einmal kurz im Kroog vorbei schauen müsse.

Nach kurzem und nicht zu heftigem Protest brachten Thomas und Yvonne sie zur Tür und als ihre Schwester noch einmal ins Wohnzimmer zurückging, um Sarah ein Buch zu holen, dass sie sich ausleihen wollte, sagte Thomas ganz leise, aber deutlich zu ihr:

„Sarah, laß die Finger davon. Ich weiß, dass du versuchst, etwas über den Mord herauszubekommen. Ich sage dir, das ist gefährlich. Der der das getan hat ist eiskalt. Schau dir an, was er mit der Dusseligen angestellt hat. Es ist ja wohl klar, dass das Mädchen niedergeschlagen wurde, weil sie dem Versteck des Brandeisens zu nahe gekommen ist. Das bedeutet, der Täter ist noch auf dem Gelände. Also: Lass das die Polizei machen, wir kennen uns damit aus. Verstanden?"

Sarah nickte nur und zog dann schnell die Tür hinter sich zu.

„Hallo Chefin, was machst du denn hier? Ich dachte, du hättest dir den Abend frei gegeben?!" Tam hatte gerade aufgeräumt und wartete nur noch darauf, dass die letzten drei Gäste ihre Gläser leer tranken.

„Hallo Tam, du kannst jetzt Feierabend machen, ich werde noch ein bisschen Papierkram erledigen, bis die drei hier fertig sind!" Sarah nahm sich eine Apfelsaftschorle aus dem Kühlschrank.

„Ach, und denk bitte daran, dass Jodie morgen bei uns anfängt. Ich möchte, dass du sie gut einarbeitest, damit sie zum Wochenend-Ansturm schon fit und einsetzbar ist, ok?"

„Ja, Chefin."

„Und gewöhne dir bloß das blöde „Chefin" wieder ab, das macht mich ja mindestens 10 Jahre älter."

„Ok, ich geh dann. Ach, wann kommen eigentlich Markus und Helene? Wir sind im Moment manchmal ganz schön an der Grenze, besonders, weil du ja im Moment nicht so viel da bist, wie sonst..."

Sarah sah die junge Frau kurz an und überlegte, ob sie ihre Angestellte für diese überdeutliche Kritik zurechtweisen sollte. Nein, Tam hat leider nur zu Recht, ich lasse die hier alle im Moment wirklich viel zu sehr hängen... Und sie hatte die Saisonkräfte auch viel zu spät angerufen. Normalerweise waren die ab Anfang Mai schon eingesetzt, nun war es schon fast Mitte Mai und Sarah hatte sich eigentlich noch gar nicht um die Planung für den Sommer gekümmert.

„Ich habe die beiden gestern angerufen. Sie kommen am Dienstag, das heißt, ihr müsst leider noch mal ein Wochenende alleine hin bekommen."

„Ok, das wird schon gehen. Gute Nacht Sarah."

In der Gaststube saßen nur noch Klaus und Gerd am Tisch direkt an der Tür, und Oliver Tregitsch an dem Tisch am Kamin.

Sarah zapfte zwei Bier und ließ ihre Gedanken schweifen. Seltsam, der Tregitsch sitzt immer an dem Kamintisch, dabei ist das ja eigentlich Laurins Platz. Aber wenn ich es mir recht überlege, war Laurin schon lange nicht mehr im Kroog. Dem ist das hier bestimmt alles viel zu viel Trubel. Kann ich sogar ganz gut verstehen.

Sie ging zu Gerd und Klaus hinüber, stellte die beiden Biere auf dem Tisch ab und erkundigte sich nach Agnes.

Gerd lächelte: „Der geht es ganz ok, es ist jedenfalls nichts gebrochen, oder so. Sie ist zwar noch im Krankenhaus, aber sie hat noch nicht mal eine Gehirnerschütterung. Mein Mädchen hat eben einen ziemlich dicken Schädel."

„Gut, das freut mich zu hören." Sarah atmete aus.

„Ja, aber ich sag Dir eins: wenn ich das Schwein finde, dass ihr das angetan hat, den hau ich zu Brei! Wie kann man denn ein Mädchen wie unsere Agnes schlagen?"

„Ich helf dir gern dabei, Gerd, ganz ehrlich!"

„Ich auch." Klaus hob sein Bierglas: „Auf Agnes und auf ihre Gesundheit."

Gerd hob ebenfalls sein Glas „Auf mein Mädchen"

Sarah wandte sich zum Gehen „Prost Jungs, wenn ihr noch was wollt, ich bin hinten im Büro, ok?!"

Sie ging an ihren Schreibtisch und stürzte sich mit dem Mut der Verzweiflung in die lange überfällige Korrespondenz. Der Papierkram war schon immer der Teil ihrer Arbeit gewesen, auf den sie gut verzichten könnte.

Viele Dinge, die eigentlich ihre Aufgabe waren hatte sie im Laufe der Zeit an Katja abgegeben. Katja liebte Büroarbeit. Katja liebte Zahlen, Listen und Tabellen. Schon während der Planung des Kroogs war Sarah mit Farbpaletten und Möbelkatalogen durch das Haus gelaufen, während Katja mit Begeisterung Listen schrieb. Listen über Ausgaben und Ersparnisse. Listen über Möbelstücke und Lieferungen. Listen über mögliche Mitarbeiter. Listen, Listen und Listen.

Irgendwann war sie dann allerdings total durchgedreht und hatte eine Liste geschrieben, in der sie eintrug, welche Listen sie angelegt hatte. Als Sarah das entdeckte, musste sie so furchtbar lachen, dass sie sich fast in die Hose gemacht hatte, weil ihr das so absurd und skurril vorkam.

Katja hatte die Listen-Liste niemals wieder erwähnt, und falls es sie noch gab, dann heimlich, und sehr gut in den tiefen ihrer privaten Dateien versteckt.

Als sie über den Listenwahnsinn ihrer Freundin nachdachte, fiel ihr auch die Liste wieder ein, auf der sie die möglichen Täter notiert hatten. Sie begann danach auf ihrem völlig überfüllten, unordentlichen Schreibtisch zu suchen, als sie erschrocken hoch schreckte:

„Sarah, mien Deern?" Klaus stand in der Tür des Büros, und blickte sie fragend an.

„Klaus, ich hab dich gar nicht kommen hören."

„Dat hab ich wohl merkt. Wie geht Dir datt denn, mien Deer?"

„Ach Klaus, ich bin ganz schön durcheinander. Ich versteh einfach nicht, was hier los ist, wie kann man denn Agnes zusammen schlagen?"

„Jo, ich frag mich das auch, was hier los ist..."

„Ich muß dir was gestehen, Klaus."

„Na?"

„Ich recherchiere selber ein bisschen, um heraus zu bekommen, wer den Blohmann getötet hat. Ich glaube nämlich auch, dass der Mörder unter uns ist."

Klaus schob seine Mütze zurück und schaute Sarah erstaunt an.

„Dann pass bloß auf, der Schietkerl schreckt vor nix zurück."

„Ja, das hat Thomas auch gesagt. Und man hat das ja jetzt tatsächlich bei Agnes gesehen. Ich finde es so gruselig, dass der Mörder noch immer hier auf dem Gelände herum läuft!"

„Sarah, du bist ne plietsche deern, du findest bestimmt was raus, aber denk dran, dass dat kein Spiel is. So und nu wollen wir wohl noch gern een hem."

Mit einem Blick auf die Uhr stand Sarah auf und folgte Klaus in die Gaststube. Eigentlich hatte sie nur noch eine halbe Stunde am Schreibtisch sitzen wollen, und dann nach Hause fahren und sich noch mal richtig ausschlafen, vor dem Wochenende. Nun schenkte sie doch noch mal zwei große Biere an Klaus und Gerd aus und stellte auch dem Schauspieler noch ein Glas Rotwein auf den Tisch.

„Der geht aufs Haus. Ist derzeit mein Lieblingswein. Ein wirklich freundlicher Carmenere aus Chile."

Oliver Tregitsch lächelte Sarah offen an: „Oh, danke! Ich wollte eigentlich gerade ins Bett. Ich trinke gerne einen freundlichen Wein, aber nur mit freundlicher Gesellschaft. Setzen Sie sich doch ein bisschen zu mir!"

Sarah zögerte kurz, nickte dann aber und holte sich noch eine Apfelschorle (sie wollte einfach nicht mehr jeden Abend in ihrem eigenen Restaurant sitzen und trinken) und setze sich zu dem Schauspieler.

Sie redete noch fast eine Stunde mit ihm. Über ihre Arbeit, über die Schwierigkeiten in ihrem Beruf Freundschaften aufrecht zu erhalten und über die Vor- und Nachteile des Lebens auf dem Land. Sarah war erstaunt, wie einfach und angenehm es war, sich mit Oliver Tregitsch zu unterhalten, und wie wenig er dem oberflächlichen Klischees eines Serien-Serienschauspielers entsprach.

Als Klaus und Gerd gehen wollten, und Sarah abkassieren musste, hoffte sie, dass Oliver Tregitsch noch ein bisschen bleiben würde, aber als sie sich umdrehte stellte er gerade die beiden leeren Gläser auf den Tresen und sagte:

„Ich werde jetzt auch mal hoch gehen, ich habe morgen einen ziemlich langen Tag. Es war aber wirklich sehr nett, sich ein bisschen mit Ihnen zu unterhalten."

Sarah lächelte und versicherte ihm wortreich, dass sie das Gespräch auch sehr genossen hatte.

Der Schauspieler drehte sich zum Gehen, dann schien ihm etwas einzufallen, er zögerte, drehte sich wieder zu Sarah um und sagte: „Ich habe am Montag drehfrei, hätten Sie vielleicht Lust, am Nachmittag einen kleinen Ausflug mit mir zu machen?"

„Einen Ausflug?"

„Lassen Sie sich überraschen! Ich würde mich sehr freuen. Hätten Sie Zeit, so gegen halb drei?"

Sie zögerte, flirtete er etwa gerade mit ihr? Das hatte sie so nicht gewollt. Und außerdem dachte sie an die Goldene Regel, die sie vielleicht lieber doch nicht brechen wollte. Aber dann hörte sie sich sagen: „Ach, warum eigentlich nicht. Wo soll es denn hingehen?"

„Ich sage doch, lassen Sie sich überraschen. Aber wetterfeste Kleidung werden Sie brauchen. Und wenn ich ehrlich bin, bin ich wirklich sehr gespannt, wie Sie in moderner Kleidung aussehen, ich kenne Sie ja nur in den historischen Kostümen." Er schaute sich unverblümt Sarahs Figur an.

„Die stehen Ihnen allerdings sehr gut", er lächelte.

Ok, jetzt ist es offiziell, er flirtet mit mir...

wie...

nett!

„Vielen Dank, dann bin ich mal gespannt, was Sie für einen Ausflug mit mir machen wollen. Ich bin um halb 3 vorne in der Lobby."

Sein Lächeln wurde immer breiter: „Schön. Aber bevor ich sie so ganz privat treffe, würde ich Sie gerne duzen dürfen. Würden Sie sich eventuell vorstellen können, dass wir uns duzen?" Er hielt ihr seine Hand entgegen:

„Ich bin Oliver."

„Also so geht das bei uns hier auf dem Dorf aber nicht, zum Duzen muss man bei uns Brüderschaft trinken." Sarah grinste breit, drehte sich um, nahm zwei Cognac-Gläser vom Regal und griff, ohne noch mal nachzufragen, nach dem besten Cognac, den sie im Hause hatte.

Das will ich mit dem besten Schluck, den wir haben, begießen... dachte sie, und wunderte sich nicht, als sie sah, dass ihre Hand beim Einschenken ein wenig zitterte.

Schweigend verschlangen sie die Arme ineinander und tranken dann den recht mächtigen Schluck, den sie eingeschenkt hatte, in einem Zug leer.

„Oliver."

„Sarah."

Und dann grinsten sie sich schüchtern an. Nun kam noch der Bruderkuss. Sarah spürte ihr Herz deutlich an das Innere ihres Brustkorbs schlagen, als er seine Lippen langsam ihrem Mund näherte.

Im letzten Augenblick verlor sie dann aber den Mut und drehte den Kopf schnell ein wenig zur Seite, so dass sie sich nur gegenseitig auf die Wange küssten.

Oliver stellte sein Glas mit einem lauten Knall auf den Tisch.

„Oh, Entschuldigung, das war keine Absicht... ich hab wohl nicht genau hingesehen. Ich gehe dann jetzt ins Bett. Gute Nacht, schlaf gut… Sarah!"

„Schlaf gut... Oliver."

Kapitel 5

Das Wochenende war unerwartet sonnig und warm, die Besucher strömten nur so auf das Museumsgelände und brachten Hunger und Durst mit, und so war es ein großes Glück, dass Sarah Jodie eingestellt hatte. Sie war höflich, nett, lernte schnell und hatte sich schon nach den wenigen Tagen hervorragend eingearbeitet.

Was Sarah besonders gut gefiel war, dass Jodie sich scheinbar sehr gut mit Tam verstand. Aus eigener Erfahrung wusste sie, dass man immer besser mit Menschen zusammenarbeitet, wenn man sich menschlich sympathisch war, auch wenn man noch so professionell war. Sie dachte manchmal an die Zeit zurück, als sie mit Katja zusammen ihre Ausbildung gemacht hatte. Zwei Freundinnen und Kolleginnen, die Spaß miteinander hatten und sich auch beim größten Stress 100%ig aufeinander verlassen konnten. Und so ist es bis heute geblieben. Verstohlen lächelnd freute sie sich fast, wenn sie Tam und Jodie manches Mal kichernd hinter dem Tresen stehen sah, auch wenn sie sie natürlich regelmäßig zurecht weisen musste und zur konzentrierterer Arbeit aufforderte.

Die einzige, die von Jodie nicht begeistert war, war, wie Tam schon vermutet hatte, Jana. Das Zimmermädchen lief seit Tagen missmutig durch die Räume des Kroogs, hatte sie doch gleich zwei Gründe eifersüchtig zu sein: ihre gute Freundin Tam schien in Jodie eine neue Freundin gefunden zu haben, und ihr Schwarm Jan kam jetzt zwar öfter im Kroog vorbei, aber er kam nur, um Jodie schöne Augen zu machen, dabei schien er Jana noch weniger zu bemerken als vorher. Jana war unglücklich, und das wirkte sich leider auch auf ihre Arbeit aus. Sarah nahm sich vor, so bald wie möglich mit dem Mädchen zu sprechen.

Agnes war schon nach einem Tag aus dem Krankenhaus entlassen worden, sie hatte bis auf die Platzwunde und einem schlimmen Bluterguss um die Augen keine schlimmeren Verletzungen davon getragen und Sarah machte sich am Sonntagnachmittag mit einem Strauß Tulpen und selbst gebackenem Kuchen auf den Weg zu ihr.

Da die regelmäßigen Kurse und Seminare im Museum wieder begonnen hatten, mußten Lena und Gerd den ganzen Sonntag im „Olen Dörp" sein, um den Besuchern Mehl mahlen und Brotbacken beizubringen. Agnes war zwar schon lange in der Lage alleine Zuhause zu sein, aber nach den beiden schlimmen Erlebnissen der jüngsten Vergangenheit, hatten ihre Eltern Sarah gebeten, am Nachmittag kurz nach dem Rechten zu sehen. Und da Sarah Agnes insgeheim kurz alleine befragen wollte, hatte sie sich gerne angeboten.

Agnes saß auf dem Sofa vor dem Fernseher und war kaum dazu zu bewegen, den Blick vom Fernseher abzuwenden, geschweige denn, sich mit Sarah zu unterhalten. Sie aß den Kuchen und verschwendete keinen Blick auf die Blumen, obwohl sie sich noch vor wenigen Tagen sehr gefreut hatte, die Tulpen blühen zu sehen, die sie selber im Herbst gesetzt hatte.

Sarah versuchte vorsichtig und ohne das Mädchen zu bedrängen, herauszubekommen, ob Agnes ihren Angreifer gesehen hatte. Aber es schien aussichtslos, selbst wenn Agnes irgendetwas gesehen hatte, sie wollte nichts sagen.

Sarah wollte gerade aufgeben, da kam ihr die Idee, es doch noch mit einem kleinen Trick zu versuchen:
„Kommst du denn bald wieder zurück? Die Kätzchen warten auf dich. Und du bist ja nur wegen der Kätzchen in den Schuppen gegangen, nicht wahr?!"
Agnes nahm das erste Mal den Blick vom Fernseher und schaute Sarah endlich direkt an.
„Ach, die Kätzchen, ganz kleine Kätzchen."
„Die freuen sich schon auf dich."
„Die Kätzchen, so niedliche Kätzchen!"
„Wie war es denn, als du die Kätzchen gefunden hast? Hast du dich da gefreut?"
„Die Kätzchen, so niedlich, und dann ist es plötzlich so dunkel und da steht.....
....
einer...
und dann bin ich aufgewacht, und alles ist voll Blut."
„Und du hast nicht erkennen können, wer da neben den Kätzchen stand? War das jemand, der auch mit den Kätzchen spielen wollte?"
Agnes starrte Sarah an und schüttelte nur langsam den Kopf.
Sie gab auf, sie hatte sowieso schon ein unangenehmes Gefühl dabei das arme Mädchen so auszufragen. Am Freitag war Thomas da gewesen, und hatte die arme Agnes ziemlich lange befragt. Allerdings ebenfalls ohne jeden Erfolg.

Sarah stand auf: „Agnes, die Kätzchen warten wirklich auf dich. Wir haben sie im Schafstall in eine kleine Kiste gelegt und Laurin füttert sie mit Schafsmilch. Und wenn du kommst, dann darfst du dich ganz allein um die Kleinen kümmern. So wie vorletztes Jahr, erinnerst du dich?!"

Agnes war zusammen gezuckt und starrte Sarah aus weit aufgerissenen Augen an. Sie schien völlig panisch und Sarah hätte sich in dem Augenblick selber in den Hintern beißen können: Sie hatte vergessen, dass eines der kleinen Kätzchen vor zwei Jahren nicht überlebt hatte und dass Agnes damals wochenlang das Gefühl gehabt hatte, es sei ihre Schuld gewesen.

„Aber diese kleinen Kätzchen sind natürlich viel kräftiger, als es die Kätzchen vor zwei Jahren gewesen sind. Also, mit denen wird bestimmt nichts passieren...!"

Agnes zitterte leicht, als sie sich das letzte Kuchenstück in den Mund schob und sich danach wieder dem Fernseher zuwandte. Offensichtlich war das Gespräch für sie jetzt beendet.

Gut. Sarah sollte das nur recht sein, sie hatte ja sowieso nichts herausbekommen und im Kroog wartete schließlich eine Menge Arbeit auf sie.

Am Montagmorgen erwachte Sarah erst um halb 10. Die Sonne schien durch das große Giebelfenster in ihr Schlafzimmer und sie brummte zufrieden als sie sich noch einmal auf die Seite drehte, um vielleicht noch ein bisschen zu dösen.

Heute ist Montag, und heute habe ich FREI!

Das wird wahrscheinlich der letzte Tag für einige Wochen werden, an dem sie nicht zumindest für einige Stunden im Kroog sein musste. Der Sommer kam, und die Schulferien lagen dieses Jahr sehr früh. Also beschloss sie, diesen Tag zu genießen.

Sie lächelte bei dem Gedanken daran, dass sie tatsächlich vorhatte, diesen Tag richtig zu genießen, denn heute würde sie sich schließlich mit Oliver Tregitsch treffen.

Ich werde den ganzen Tag nicht an Blohmann und den Mord und all das denken!

Sie war sehr gespannt, was ihr Begleiter sich ausgedacht hatte. Sie drehte sich auf den Bauch und kuschelte sich in ihr Kopfkissen. Es ist lange her, dass ein Mann mich überrascht hat.

Sie träumte noch ein paar Minuten vor sich hin, stand dann auf und lief in ihrem weißen, knielangen Nachthemd barfuß die Treppe hinunter, machte sich einen Milchkaffee, ging wieder ins Schlafzimmer hinauf und setzte sich im Schneidersitz vor ihren weit geöffneten Kleiderschrank.

Was sollte sie denn bloß anziehen? Oliver hatte gesagt, sie solle sich wetterfest anziehen, also werden sie wohl zumindest einige Zeit des Tages draußen verbringen.

Das bedeutete wohl, dass sie keinen kurzen Rock und hohe Schuhe anziehen würde...

Schade...

Sie liebte hohe Schuhe, und das war eine der wenigen Sachen, die sie manchmal an ihrem Leben im „Olen Dörp" bedauerte:

Da alle Straßen und Gassen entweder gar nicht gepflastert waren, oder Kopfsteinpflaster hatten, war es unmöglich, hohe Schuhe zu tragen.

Und nun hatte sie endlich mal eine Verabredung mit einem Mann, und konnte trotzdem keine Absätze tragen.

Schade!

Sie entschied sich für Jeans und Sneakers.

Oliver hatte gesagt, er freute sich darauf, sie mal in moderner Kleidung zu sehen, also würde sie genau das anziehen. In Röcken und Blusen oder Kleidern sah er sie ja schließlich jeden Tag.

Jeans, T-Shirt, Kapuzenpulli und Sneakers. Das war's. Alles eng, aber nicht presswurst-eng.

Sie duschte, zog sich an und blickte in den Spiegel. Sie war zufrieden. Sie sah sportlich aus, und viel jünger, als in den historischen Kleidern, die sie im Museum trug.

Trotzdem haderte sie wieder kurz mit ihrer sehr weiblichen Figur, die Antje immer als „Sanduhr" bezeichnete, denn sie wäre gerne ein wenig schlanker. Aber dafür ein leckeres Essen oder gar einen feinen Wein stehen lassen? Das war undenkbar!

Sarah hatte einmal einen halbherzigen Versuch gestartet, Diät zu machen. Sie hatte drei Wochen lang nur Rohkost und Tee zu sich genommen. Zwar hatte sie tatsächlich ein paar Kilo abgenommen, aber sie hatte dabei so schlechte Laune bekommen, dass ihre Kollegen sie anbettelten, wieder normal zu essen, weil das Leben mit ihr so nicht auszuhalten gewesen war.

Sarah war pünktlich um halb 3 in der Lobby. Montags war es meist recht ruhig im Kroog, weil das Museum geschlossen hatte, und die Wochenendgäste meist schon am Sonntagabend wieder abreisten.

Melanie Martens, die junge Rezeptionistin, die häufig die ruhigen Schichten übernahm, weil Hanna die großen Anreisen lieber selber machte, war an dem Nachmittag die einzige Mitarbeiterin im Hotel, und freute sich, als sie die Restaurantleiterin zur Tür hineinkommen sah.

„Sarah, hallo, was machst du denn hier?"

Plötzlich war es Sarah schrecklich peinlich, von einer Angestellten mit einem Gast gesehen zu werden.

Oh Gott, Sarah, dachte sie, du bist so unprofessionell! Was würdest du mit den Mädchen schimpfen, wenn eine von ihnen etwas mit Gästen anfangen würde. Aber nun half es nichts, sie entschied sich für die Flucht nach vorn:

„Hallo Melanie, ich wollte nur mal sehen, ob alles in Ordnung ist... Und..."

„Ja, hier ist alles in Ordnung, wenn man ehrlich ist, ist einfach nichts los, heute. Das Paar aus der 6 ist heute Morgen abgereist, die Familie, die in der 9 und der 11 wohnt sind im Wildpark und der Gast aus Nummer vii-ierzeeeehn," sie sprach die vierzehn sehr langsam und gedehnt aus, um deutlich zu machen, dass sie den Gast aus Nummer 14 sehr attraktiv fand, „der ist in seinem Leihwagen los. Also bin ich hier ganz alleine. Seit heute Morgen habe ich schon die ganze Website auf den neusten Stand gebracht, habe alle Rechnungen drei Mal kontrolliert und abgeschickt, alle schriftlichen Anfragen per Mail beantwortet und habe den Büromittelschrank aufgeräumt und alles Fehlende nachbestellt..." Sie lachte: „Immerhin haben wir heute noch eine Anreise, das wird dann das Highlight des Tages..."

„Aha" Sarah überlegte kurz. Hatte sie Oliver falsch verstanden? Er hatte doch gesagt, Montag halb 3 in der Lobby. Oder nicht? Und jetzt war er gar nicht da?

„Ach, Sarah, wo du gerade da bist, ich habe Post für dich. Der ist mir gleich aufgefallen. Das seltsame ist, dass der ohne Briefmarke im Kasten lag. Also muss ihn jemand direkt eingeworfen haben. Ich fand das komisch. Willst du ihn jetzt lesen, oder morgen, wenn du wieder arbeitest?"

„Nee, gib mal rüber. Vielleicht ist es wichtig."

Sie riss den Umschlag auf und faltete das Blatt auseinander.

Sie hatte das Gefühl, die Schrift zu kennen, auch wenn sie sie nicht zuordnen konnte.

Der Text war kurz:

ICH BEOBACHTE DICH
LASS DAS RUMSCHNÜFFELN
SONST GEHT ES DIR WIE AGNES

Sarah wurde schlecht. Sie hatte seit Tagen das Gefühl gehabt beobachtet zu werden, hatte sich aber eingeredet, dass sie sich das nur einbildete. Sie hatte gedacht, dass sie durch ihre Recherchen ein bisschen überreagierte, und überall nur noch das Böse sah.

Nun stand es hier schwarz auf weiß. Der Mörder war mit ihr hier auf dem Gelände. Er war da und er beobachtete sie. Und er würde sie im Notfall auch angreifen, um sie davon abzuhalten, ihn zu enttarnen.

Sie ging einige Schritte zurück und ließ sich auf einen der großen Ohrensessel in der Lobby fallen. Ihr Herz pochte und sie hatte Gänsehaut. Zudem war ihr richtig schlecht geworden.

„Schlechte Nachrichten?" Melanie kam ein paar Schritte hinter dem Rezeptionstresen hervor und ging auf Sarah zu.

„Sarah? Alles ok? Mann, du bist ja kreidebleich..."

„Nee, irgendwie ist nicht alles ok. Kannst Du mir mal ein Glas Wasser bringen, bitte, mir ist gerade plötzlich ein bisschen schlecht geworden."

Also, er ist hier auf dem Gelände. Und er weiß, dass ich nach ihm suche. Das schließt dann wohl jemanden wie Marita DeLano als möglichen Täter aus.

Sarah gruselte sich furchtbar. Sie hatte die Warnungen der letzten Tage nicht ernst genommen, sondern Thomas einfach ein bisschen überheblich gefunden. Und Klaus übervorsichtig.

„Lass uns die Polizeiarbeit machen..." Nun hatte sie Angst davor, schon zu weit gegangen zu sein. Sie würde den Brief wohl Thomas zeigen müssen...

Das Glas Wasser half ihr wieder etwas ruhiger zu werden. Sie beschloss, sich nicht den Tag versauen zu lassen. Denn niemand konnte etwas dagegen haben, wenn sie sich mal einen Tag ein wenig amüsierte und mit einem attraktiven Mann ausging. Sie stand auf und steckte den Brief in ihre Handtasche. Sie würde Thomas am Abend anrufen, und ihm von dem Brief erzählen.

In diesem Augenblick ging die Tür auf, und Oliver kam mit schnellen Schritten auf sie zu. Er grüßte Sarah fröhlich und machte ihr sofort ein Kompliment: „Sarah, schön dich zu sehen. In Jeans siehst Du ja mindestens zehn Jahre jünger aus!" er bot ihr, wie ein Gentleman alter Schule, den Arm an und fragte: „Bist du bereit? Dann lass uns losfahren!"

Sarah lächelte Oliver etwas zurückhaltend an.

Mit einem letzten Schluck Wasser verdrängte sie den Drohbrief aus ihrem Kopf und lächelte die verblüffte Rezeptionistin an. „Wir machen jetzt einen kleinen Ausflug. Tschüss Melanie!"

Damit hakte sie sich bei Oliver ein und die beiden gingen zusammen aus dem Hotel und durch das große schmiedeeiserne Tor zum vorderen Parkplatz. Dort öffnete Oliver ihr die Tür zu einem dunkelblauen Kleinwagen.

„Den hat die Produktionsfirma für mich geliehen, damit ich nicht immer abgeholt werden muss", erklärte er, als er ihr die Beifahrertür öffnete und schon fuhren sie davon.

„Wohin fahren wir denn?" Sarah war sehr neugierig, wollte nun endlich wissen, was auf sie zukam.

„Du scheinst Überraschungen nicht sehr zu mögen."

Sie beeilte sich zu versichern: „Doch ich liebe Überraschungen wirklich, ich mag es nur nicht, wenn ich nicht weiß, was mich erwartet..."

„Du merkst aber schon, dass du dir mit diesem Satz selber widersprochen hast, oder?!"

Sarah wurde etwas rot. „Äh, naja, vielleicht ein bisschen. Aber für mich macht er trotzdem Sinn."

Oliver lachte laut auf: „Nein, der Satz macht keinen Sinn, du magst nur nicht gerne zugeben, dass du Überraschungen eigentlich nicht magst!" Er schaute sie kurz von der Seite an und grinste breit.

Sie lachte: „Ich hatte heute schon genug Überraschungen, ganz ehrlich. Und du, guck nach vorne, wenn du fährst!"

Sie fuhren schweigend weiter und sie sah den Mann auf dem Fahrersitz lange von der Seite an. Er war wirklich attraktiv. Und er hatte Humor. Das ist schon mal eine tolle Mischung. Und zudem schien es ihm nichts auszumachen, wenn sie mal ein bisschen Mist redete. Was, das musste sie schon selber zugeben, häufiger mal vor kam.

Nach etwa dreißig Minuten hielt Oliver auf einem Parkplatz in einem Wäldchen.

Sie blickte sich um. „Weißt du was? Ich bin hier in der Gegend aufgewachsen, und ich bin jetzt schon seit über 4 Jahren wieder zurück, aber, ganz ehrlich, in diesem Wald hier war ich noch nie..."

„Das hatte ich gehofft. Komm. Hier lang!"

Er stieg aus und nahm aus dem Kofferraum einen Rucksack, den er sich mit Schwung auf den Rücken warf.

Sarah fragte gar nicht erst, was da wohl drin sein könnte. Sie lächelte leise in sich hinein, weil er vollkommen Recht hatte. Sie mochte Überraschungen eigentlich nicht, weil es ihr selten gefiel, womit sie überrascht wurde. Aber sie hatte das Gefühl, dass Oliver sie mit etwas überraschen wollte, was ihr tatsächlich gefallen könnte.

Sie liefen los. Direkt hinein in den Wald. Der Weg führte zuerst durch einen Kiefernwald, der sich nach einiger Zeit deutlich lichtete. Die Sonne fand ihren Weg auf den Waldboden und erwärmte die kühle Luft. Sie kamen an Wiesen vorbei und einzelnen Fleckchen von Heidekraut, auf denen Birken zuerst vereinzelt, dann immer mehr in Gruppen zusammen standen. Ab und zu kamen sie an schöne, helle Lichtungen, die Sarah ideal für eine kleine Rast fand, aber Oliver zog sie weiter.

Sarah fühlte sich wohl. Sie hatte den Drohbrief erfolgreich verdrängt. Darüber würde sie morgen nachdenken. Nun wollte sie den Tag genießen.

Sie war viel zu lange nicht mehr im Wald spazieren gegangen. Während sie nebeneinander her liefen, zeigte Oliver immer mal auf ein vorbei eilendes Tier oder eine besondere Pflanze, die am Wegesrand stand, aber die meiste Zeit schwiegen sie. Es war ein schönes, angenehmes, fast vertrautes Schweigen zwischen ihnen, das Sarah gut gefiel.

Während der Autofahrt war sie noch extrem nervös gewesen. Aber nun hatte sie sich ein wenig an Olivers Gegenwart gewöhnt und genoss seine ruhige und selbstsichere Art.

„So, jetzt wollen wir mal testen, wie geländegängig du bist", lachte er und damit bog er vom Weg ab und begann sich querfeldein durch die Birken zu schlagen.

Sarah hielt sich die Hand vor die Augen, um nicht von zurückschnellenden Ästen getroffen zu werden. „Bist du dir sicher, dass du weißt, wo es lang geht?"

„Vertraue mir, ich weiß was ich tue, und ich war hier schon öfter. Und damit du Ruhe gibst: Ich habe hier in der Nähe schon mal einen Film gedreht, und da hat mir jemand diesen Platz gezeigt."

Die Art, wie er das sagte, ließ keinen Zweifel daran, dass es sich bei diesem Jemand um eine Frau gehandelt hatte, aber das war ihr jetzt egal. Das war bestimmt lange her und sie hatte wohl wenig Recht dazu, eifersüchtig zu sein. Außerdem wusste sie ja noch gar nicht, ob sie ihn überhaupt mochte...

Kurz darauf kamen sie an eine Lichtung, die aussah, wie gemalt.

Kleine Birken umringten eine fast kreisrunde Freifläche, auf der kurzes Gras und bunte Blumen standen. In der Mitte dieses Kreises lagen einige größere Findlinge in einer Gruppe zusammen und bildeten einen natürlichen

Schutz gegen den leichten Wind von Westen. An der anderen Seite wurde der Birkenkreis von einem kleinen Bach unterbrochen, der leise glucksend über glatte Steine hinweg floss. Das einzige, was man sonst noch hören konnte, waren einige Singvögel und das Rauschen des Windes in den hellgrünen Blättern.

„Mein Gott, ist das schön hier." Sarah war ehrlich begeistert. Oliver war schon weiter gelaufen zu dem kleinen Steingrüppchen, und nahm seinen Rucksack ab. Er bog seinen Rücken einmal in alle Richtungen, scheinbar war das Gepäckstück schwerer gewesen, als er zugeben wollte. Er öffnete den Rucksack und begann auszupacken.

Als erstes kam eine große Picknickdecke zum Vorschein, die er auf das sonnige, aber windgeschützte Plätzchen hinter den Steinen legte. Er setze sich darauf, lud Sarah ein, es ihm nach zu tun und dann ging es los. Sarah sah Oliver zu, wie er begann, den Rucksack auszupacken.

Er klappte am vorderen Teil des Rucksacks eine Tasche auf, dort war Picknickgeschirr für zwei Personen untergebracht. Er deckte das Geschirr auf, er zauberte eine Flasche Champagner hervor, nahm die beiden Gläser und schenkte großzügig ein:

„Auf einen schönen Nachmittag!"

Sie blickte ihm in die Augen.

„Auf einen schönen Nachmittag!"

„So, du legst dich jetzt mal kurz hier rauf", schon hatte er ein kleines Kissen in der Hand „und machst die Augen zu. Und in drei Minuten darfst du sie wieder aufmachen.

„Darf ich auch einfach in den Himmel schauen? Der ist gerade einfach wunderschön."

„Na gut, aber nicht schummeln."

Sie zwinkerte ihm zu: „Niemals!"

Sie legte sich auf den Rücken, kuschelte den Kopf in das Kissen und schaute in den dunkelblauen Himmel mit den weißen Schäfchenwolken. Sie fühlte sich so wohl, wie schon lange nicht mehr. Es war so einfach, mit Oliver zusammen zu sein. Er war aufmerksam und lustig und nun raschelte es die ganze Zeit neben ihr, und sie platzte vor Neugierde. Aber sie hatte ja versprochen, nicht zu schummeln. Also wartete sie eine Weile, die sich anfühlte, wie eine Stunde, und wahrscheinlich nicht länger gewesen war, als vier Minuten.

„Darf ich jetzt?"

„Noch einen kleinen Augenblick."

„Jetzt?"

„Du bist ja ungeduldiger, als meine kleine Nichte. Und die ist sechs."

Sie lachte, trank noch einen Schluck von dem exzellenten Champagner und sagte dann: „Schon gut, das hab ich verstanden...!"

Sie legte sich wieder zurück auf das Kissen und beobachtete die kleinen Wolken am blauen Himmel.

Als sie endlich schauen durfte, war die ganze Decke voller Köstlichkeiten: Gebratene Jakobsmuscheln in Weißweinsoße, mehrere kleine Käsedelikatessen, gefüllte Weinblätter, Lachsröllchen, verschiedene Sorten Antipasti, kleine Frikadellen, zwei verschieden Sorten Stangenbrot und zum Nachtisch Schoko Muffins und Erdbeeren.

„Oliver, das ist ja unglaublich. Woher hast du das alles? Das sieht ja alles unfassbar lecker aus."

Er grinste sie stolz an: „Ich habe den Cateringservice von unserem Film gebeten, mir einen Picknickkorb zu packen. Und wenn ich ehrlich bin, finde ich auch, sie haben ihre Aufgabe sehr ernst genommen. Allerdings habe ich ihnen erzählt, dass ich mit einer begnadeten Köchin verabredet bin, das hat sie wohl zur Höchstform angestachelt..."

Er zwinkerte ihr zu und machte dann mit der Hand eine einladende Geste. „Bitte greif zu. Ich hoffe, ich habe deinen Geschmack getroffen!"

„Das sieht sehr so aus." Sie biss in ein Lachsröllchen und schloss genießerisch die Augen. „Hm, das ist wirklich sehr gut. Ich frage mich, was sie in der Crème fraîche in der Füllung haben, schmeckt nach Dijon-Senf und etwas anderes, hm, vielleicht ein Hauch Koriander, oder Estragon?"

Oliver seufzte: „Bist du denn eigentlich immer im Dienst? Kannst du nicht auch einfach so genießen?" Er war fast ein bisschen enttäuscht.

„Oh, sorry, das ist eine Berufskrankheit. Ich hör schon auf. Aber wie bist du auf die Idee gekommen, ein Picknick zu machen?"

Er biss in ein gefülltes Weinblatt: „Ich habe dich vor ein paar Tagen über Essen reden hören. Diese Begeisterung, mit der Du über jedes kleine Detail sprichst, über Farben, Gerüche und Geschmäcker, das fand ich enorm. Du hast dabei so glücklich ausgesehen, wie ein Kind, das von Weihnachten schwärmt. Also wusste ich, ich muss dir etwas Leckeres zu Essen anbieten, um dein Herz zu gewinnen." Er grinste breit.

„Da ich dich nicht in ein Restaurant ausführen wollte, weil du doch jeden Tag in einem arbeitest, kam ich auf die Idee mit dem Picknick. Und das hat den unschlagbaren Vorteil, dass wir hier ganz allein und ungestört sind."

Er lächelte sie mit einer Mischung aus Schüchternheit und Frechheit an, die ihr Herz ein bisschen schneller schlagen ließ. Es war ihr plötzlich auch aufgefallen, dass sie hier vollkommen allein waren. Auf dieser Lichtung würde niemand einen beobachten, ganz egal, was man hier täte.

Sie lächelte zurück und sie schauten sich genau diesen einen Augenblick länger in die Augen, der einem für einen Wimpernschlag die Seele des anderen offenbart.

Sie aßen begeistert die vielen Leckereien, erzählten sich dabei kleine Geschichten rund ums Essen und lachten beide ein bisschen zu laut und ein bisschen zu oft.

Als nichts mehr übrig war außer dem Nachtisch, räumte Oliver die Decke frei und legte sich vorsichtig neben Sarah. Sie genoss seine Nähe, und auch ohne dass sie sich berührten, konnte sie die Wärme und Lebendigkeit spüren, die von seinem Körper ausging. Er war ohne Zweifel ein sehr attraktiver Mann. Was ihn aber wirklich interessant machte, war sein Spaß an der Sinnlichkeit des Essens und der Schönheit der Natur, seine Lebensfreude, und die ausgeprägte Mimik, mit der er seine Geschichten erzählte.

Sie lagen nebeneinander, schauten in den Himmel und redeten über Urlaub den sie schon gemacht hatten und den, den sie noch unbedingt machen wollten, als Oliver sich auf den Bauch drehte und sich auf seine Ellenbogen stütze. Er sah Sarah an. Sie drehte den Kopf zu ihm, fühlte sich plötzlich unwohl und ein bisschen beklemmt: „Was ist denn? Hab ich was Blödes gesagt?"

„Nein, das ist es ja, du hast den ganzen Tag noch gar nichts Blödes gesagt. Ich genieße den Tag sehr, und ich genieße deine Gesellschaft sehr."

Sie schauten sich wieder sehr tief in die Augen, und als er sich vorbeugte, um sie ganz leicht und vorsichtig zu küssen, fühlte es sich so normal und so richtig an, dass Sarah sich über sich selbst wunderte.

Normalerweise war sie eher zurückhaltend mit Männern und es dauerte oft sehr lange, bis sie jemanden in ihr Herz oder an ihren Körper ließ. Ralf war schon 2 Jahre ihr Nachbar gewesen, als es das erste Mal zu Körperlichkeiten zwischen den beiden gekommen war. Aber Oliver hatte so wenig Fremdes an sich, dass sie keine Abwehrmechanismen brauchte. Und außerdem wollte sie jetzt nicht über Ralf nachdenken, sondern die Berührungen genießen.

Sie küssten sich lange.

Sie knutschten wie die Teenager und lachten und kicherten in den Pausen, in denen sie japsend versuchten zu Atem zu kommen.

Irgendwann legte er seinen Kopf auf ihren Bauch, begann mit Ihren Haaren zu spielen und sagte: „Ich weiß nicht, wann ich mich das letzte Mal so gefühlt habe. Ich muss gestehen, dass man in meiner Branche zwar sehr viele, sehr schöne Frauen kennen lernt, aber die haben meistens einen ziemlichen Hau."

Sarah wurde plötzlich bewusst, dass Oliver wahrscheinlich immer sehr schlanke und sehr schöne Freundinnen gehabt hatte, und sofort kamen ihr die üblichen Zweifel in den Kopf gekrochen. Sie war zwar nicht hässlich, aber man sah ihrer Figur deutlich an, dass sie gerne und mit Leidenschaft aß. Sie war nicht dick, alles war wohl-proportioniert, aber sie sah aus, wie eine richtige Frau: Sie hatte Brüste, eine Taille, einen kleinen Bauch und einen echten Hintern. Gegen die halbverhungerten Schauspielerinnen im Fernsehen war sie aber wahrscheinlich einfach nur dick. Sie hatte den Impuls, sich weg zu drehen, sich irgendwie etwas vorteilhafter hin zu legen, aber Oliver hatte ja seinen Kopf auf ihrem Bauch und er schien keinen Grund zu sehen, sich irgendwie zu bewegen. Stattdessen redete er einfach weiter:

„Das Drama geht schon los, wenn man die Damen zum Essen ausführen will. Dann sitzen sie einem schmallippig gegenüber und während ich ein erstklassiges Drei-Gänge-Menue verdrücke, mümmeln die an einem Salat mit Hähnchenbrust und trinken ein halbes Glas Weißweinschorle. Eine hat mir mal ernsthaft gesagt, sie würde Rotwein ja wahnsinnig gerne trinken, weil der ihr viel besser schmeckt, aber leider hätte der so viele Kalorien. Und sie wolle keine sinnlosen Kalorien zu sich nehmen. Kann man sich das vorstellen? Einen fünfzehn Jahre alten Bordeaux als „sinnlose Kalorien" zu bezeichnen... Unfassbar!"

Sarah lachte laut auf. Er hatte vollkommen Recht!

„Und es geht immer nur darum, welche Klamotten sie tragen, welche Kollegin jetzt abgenommen hat und dünner ist und wie sie in ihrem neuen Bikini aussehen."

Er nahm noch einen Schluck Champagner.

„Und mehr ist in ihren Köpfen nicht drin. Kein Humor, keine Bildung, keine Sinnlichkeit. Und sie haben nie verstanden, was ich von ihnen wollte, wenn ich versucht habe, ihnen leckeres Essen schmackhaft zu machen... Wenn ich ehrlich bin, glaube ich manchmal, es waren einige dabei, die sich durch den Kontakt mit mir auch eine schnellere Karriere erhofft hatten."

„Ernsthaft?" Sarah dachte nach „Ich hätte gedacht, das merkt man sofort, wenn jemand nur aus Karrieregründen mit einem zusammen ist."

„Nein, merkt man nicht. Wenn so eine Dame auch Schiller nicht von Goethe unterscheiden kann, sie können einem ganz gut etwas vorspielen. In allen Belangen."

Er lachte etwas bitter und Sarah konnte ahnen, was er meinte.

„Außer beim Essen, da spielen sie einem nichts vor. Ich hatte mal eine Bekannte, die war furchtbar dürr und hat trotzdem gegessen wie ein ganz normaler Mensch. Zuerst war ich begeistert, endlich eine Frau gefunden zu haben, die auch Freude an der Schönheit von gutem Essens hatte. Dann hab ich herausgefunden, dass sie nach dem Essen auf die Toilette ging, um alles wieder los zu werden." Bei dem Gedanken daran schüttelte es ihn leicht.

„Stell Dir das doch mal bitte vor: das ganze schöne Essen, direkt wieder ausgekotzt... Das ist wohl noch unsinnlicher, als es gar nicht erst zu essen, oder?"

Sarah schaute ihn an. Sie hatte, ohne es wirklich zu bemerken, angefangen, durch seine Haare zu streicheln. Sie fühlte sich unendlich wohl, gefangen in einer wunderschönen Traumwelt voller weicher Lippen, tollem Essen und berauschendem Champagner.

Er schaute sie lange an und sagte dann mit einer seltsam belegten Stimme: „Ich habe mich nicht mehr so gefühlt, seit ich Anfang 20 war. Damals hatte ich eine Freundin, die so viel Lebenslust und Humor hatte, wie du."

Er sah plötzlich sehr traurig aus, und Sarah streichelte seine Haare und seine Wangen und fragte vorsichtig: „Was ist aus ihr geworden?"

Er wurde plötzlich ganz steif. „Sie ist tot. Schon sehr lange." Dann setzte er sich auf und starrte in die Ferne. Tonlos fuhr er fort: „Weißt du, der Architekt, den sie bei euch im Museum tot aufgefunden haben. Ich kannte ihn."

Mit einem Schlag war Sarah wieder in der Realität angekommen. Sie erinnerte sich an die kurze und sehr seltsame Begrüßung, zwischen Blohmann und Oliver an jenem Abend. Sie hatte das komplett vergessen, vielleicht sogar mit Absicht, denn sie hatte Oliver ja schon länger sehr anziehend gefunden. Und so hatte sie die Möglichkeit, dass er etwas mit dem Mord an Blohmann zu tun haben könnte, einfach verdrängt. Aber die beiden hatten sich begrüßt, wie alte Feinde und als er nun anfing, zu erzählen, sah man Oliver an, dass er Blohmann richtig gehasst haben musste.

„Sie hieß Britta. Ich war auf der Schauspielschule und sie war eine Klasse über mir. Sie war fantastisch. Sie hatte so viel Leben in sich. Ich habe mich Hals über Kopf in sie verliebt, und über zwei Jahre waren wir ein Paar. In dieser Zeit war ich auch mit Blohmann befreundet, nicht sehr eng, aber so, dass wir uns alle paar Wochen mal abends auf ein Bier trafen. Er war damals ein sehr amüsanter Erzähler und er hatte immer Geld, schon damals. Eines Tages lud er mich und Britta zu einer großen Party ein, ich weiß noch nicht einmal, was wir gefeiert haben.

Und da hat er sich dann an sie ran gemacht. Er war ein wirklich charismatischer Mann und sie war wohl am Anfang einfach neugierig. Bis heute glaube ich, dass sie irgendwann zu mir zurückgekommen wäre. Sie hatte eine Affäre mit ihm und nach einigen Wochen verließ sie mich, um ganz bei ihm zu wohnen." Er trank den Rest des Champagners mit einem Schluck aus.

„Das Nächste, was ich hörte, war, dass sie schwanger war -von ihm. Am Anfang habe ich gedacht, ich überlebe das nicht. Nun würde sie niemals zu mir zurückkommen. Ich sah sie noch jeden Tag in der Schule. Was mir aber wirklich das Herz zerriss, war, dass sie nicht glücklich aussah. Offensichtlich wollte er das Kind nicht, denn sie nahm sich bald darauf ein paar Tage frei und mir war klar, was das bedeutete. Wir hatten so oft über Kinder gesprochen und sie hatte immer gesagt, sie würde niemals abtreiben, sie fände es zwar wichtig, dass Frauen abtreiben dürften, aber sie würde das niemals machen können, denn das wäre doch ihr Kind, das könne sie nicht töten.

Trotzdem muss er sie dazu überredet, vielleicht auch gezwungen haben. Sie fehlte fast eine Woche in der Schule und ich machte mir langsam Sorgen, was los war.

Als sie mich anrief und sagte, es ginge ihr nicht gut, wusste ich, dass sie sehr krank sein musste, und dass sie sehr verzweifelt sein musste, wenn sie mich nach allem, was passiert war, anrief. Ich liebte sie so sehr und ich hatte ein ganz komisches Gefühl. Fährst du mich in Krankenhaus, Liver? Fragte sie. Ich hab so Bauchschmerzen, und ich hab auch Fieber, ich weiß nicht, wie hoch, weil er hier kein Thermometer hat, aber ich glaube das ist hoch. Bitte hol mich ab, mir ist so kalt. Ich fuhr wie der Teufel, bis heute mache ich mir Vorwürfe, dass sie noch leben könnte, wenn ich damals einfach einen Krankenwagen gerufen hätte...

Sie sah so schlimm aus, ganz bleich und klein, sie schien 10 Kilo abgenommen zu haben, seit ich sie das letzte Mal gesehen hatte.

Er stand in der Küchentür und sah mir nur zu, wie ich sie aus dem Bett nach unten trug.

„Ach, die stellt sich nur an, die muss sich nur 'n bisschen ausschlafen, dann ist sie morgen wieder fit. Andere Frauen machen das doch auch und gehen am nächsten Tag sogar wieder arbeiten..." Ich schlug die Tür zu, bevor er weiter reden konnte, ich wollte sein fieses Gesicht nicht mehr sehen.

Als wir im Krankenhaus ankamen hat sie schon phantasiert, hat wirres Zeug geredet darüber, dass sie ihren Engel sieht, und dass sie Schmerzen hat, aber dass das nicht schlimm sei, weil sie für ihre Sünde bezahlen muss.

Sie haben sie gleich auf Intensivstation gelegt.

Ich hab die ganze Nacht an ihrem Bett gesessen, und habe geweint, weil ich sie so liebte und ihr verzeihen wollte, wenn sie nur zu mir zurückkommt. Ich erzählte ihr, was für eine wundervolle Zukunft wir haben würden, und dass alles gut werden würde, und wir zwei gesunde Kinder miteinander haben würden, wenn sie jetzt nur durchhält.

Als ich am Morgen kurz nach Hause bin, um mich zu waschen und mir etwas Sauberes anzuziehen, ist sie gestorben. Einfach so. Ich konnte nicht fassen, dass man so schnell sterben kann... Und ich war noch nicht mal bei ihr, sie war ganz allein.

Ich vermisse sie noch heute jeden Tag."

Oliver schluckte schwer, dann fuhr er fort:

„Er ist noch nicht mal auf ihre Beerdigung gekommen, obwohl er sie zu dem Eingriff gezwungen hatte. Ihre Sachen und einige Kleidungsstücke, die noch bei ihm waren, hat er in einem Paket zu mir geschickt. Mit einem kleinen Zettel dran: „Ich kann den Kram nicht gebrauchen, Susa ist viel dünner als Britta. Gruß Georg"

Susa, seine neue Freundin...

Ich weiss nicht, wie ich mich jemals mit einem solchen Menschen hatte anfreunden können."

Er schenkte sich nach, trank einen tiefen Schluck Champagner, und als Sarah in ansah liefen zwei Tränen über seine Wangen.

Sie wusste gar nichts zu sagen. Sie hatte geahnt, dass Oliver Georg Blohmann nicht gemocht hatte, aber dass er ein solch heftiges Motiv hatte, den alten Rivalen umzubringen, erschreckte sie sehr.

Sie war so froh gewesen, mal für ein paar Stunden nicht über den Mord und ihre Ermittlungen nachdenken zu müssen, und nun servierte ihr dieser Mann ein Motiv, das sich gewaschen hatte. War Oliver der Täter? Hatte er vielleicht auch den Drohbrief geschrieben? Lag sie hier vielleicht mit einem Mörder auf einer einsamen Lichtung?

Mit einem Mörder, der ihr heute schon schriftlich gedroht hatte, ihr etwas anzutun?!

Sie wurde panisch und es dauerte einige Minuten bevor sie sich wieder unter Kontrolle hatte. Oliver hatte bestimmt nichts mit dem Mord zu tun, warum sollte er ihr denn dann von Britta erzählen? Das machte ja gar keinen Sinn, sich selber verdächtig zu machen, indem man solche Geschichten erzählte, wenn man wirklich schuldig war.

Sie würde trotzdem jetzt ganz schnell versuchen, den Ausflug zu beenden.

Andererseits: Wenn er ihr etwas antun wollte, warum küsste er sie dann? Warum sollte er so leckeres Essen besorgen, bevor er sie zusammen schlägt? Das machte alles keinen Sinn, und sie versuchte ruhig zu atmen und sich der Situation klar zu werden.

Sie schaute ihn an und fand ihn so liebenswert.

Sie reichte ihm ein Taschentuch aus ihrer Handtasche und sagte: „Das tut mir sehr leid, das muss sehr schlimm gewesen sein, für dich"

Er schnäuzte sich die Nase. „Das war das letzte Mal, dass ich geliebt habe. Ich war bestimmt hin und wieder verknallt, aber ich habe es nie wieder zugelassen, dass ich so geliebt hätte, damit ich so etwas noch einmal durchstehen muss. Ich hab damals oft geglaubt, ich kann den Schmerz nicht überleben."

Er schaute sie lange an. In seinem Blick lag Trauer aber auch viel Zärtlichkeit, und sie verdrängte für den Augenblick, dass sie befürchtete, dass Oliver etwas mit Blohmanns Tod zu tun hatte.

Er streichelte ihre Wange und ihren Hals und zog sie dann ganz vorsichtig zu sich heran. Er küsste sie lange und zärtlich auf den Mund, auf die Nase, auf die Wangen und wieder auf den Mund. Und als sie ihre Augen aufmachte lächelte er sie an und sagte: „Aber nun wollen wir die Toten ruhen lassen. Der Tag mit dir ist viel zu schön!"

Sarah legte sich wieder zurück auf das kleine Kopfkissen, aber so sehr sie sich auch bemühte: Der Zauber war verflogen.

Sie versuchte es mit aller Kraft, sich noch mal zu entspannen, aber es ging nicht. So war sie fast dankbar, als sich über ihnen die Wolken zusammenzogen und der Himmel immer dunkler wurde, so dass sie schnell zusammen packten, um nicht vollkommen von dem einsetzenden Regen durchnässt zu werden.

Als er sie kurze Zeit später vor ihrer Gartentür absetzte, überlegte sie, ob sie ihn noch mit rein bitten sollte. Aber sie stellte traurig fest, dass die Geschichte von seiner Ex-Freundin und Blohmann sie zu sehr aufgewühlt hatte. Sarah wollte erst einmal in Ruhe nachdenken, wie sie mit den neuen Informationen umgehen wollte. Und so gab sie ihm nur einen kleinen Abschiedskuss und lief schnell auf ihr Haus zu. Erst an der Tür schaute sie noch einmal kurz zurück und sah gerade noch, wie sein Wagen am Ende der Straße verschwand.

Am nächsten Morgen kam Sarah sehr früh in den Kroog, aber anstatt, wie sonst, durch die Hotellobby und die Gaststube zu ihrem Büro zu gehen, schlich sie sich heimlich durch die hintere Küchentür. Sie kam sich dabei zwar ganz schön dämlich vor, aber sie wollte Oliver nicht treffen, denn sie wusste nicht, wie sie sich verhalten sollte. Sie war furchtbar verwirrt, weil der vorherige Tag auf der einen Seite so wundervoll gewesen war, auf der anderen Seite hatte sie dieses unangenehme Gefühl im Bauch, dass dieser Mann, der da gestern so nett zu ihr gewesen war und sie so wundervoll verwöhnt und geküsst hatte, vielleicht ein Mörder und Drohbriefschreiber war.

Sie saß schon einige Zeit über Bestellungen, und Rechnungen, als die Tür aufging und Hanna, ohne zu Klopfen, zur Tür herein kam. Sie schreckte kurz zusammen, als sie Sarah sah:

„Huch, du bist ja doch schon da. Mann, hast du mich erschreckt. Seit dem Überfall auf Agnes bin ich so schreckhaft geworden. Wie bist du denn hier rein gekommen? Ich habe dich gar nicht kommen sehen."

„Durch die Hintertür. Ich wollte heute mal ein bisschen... inkognito sein... Guten Morgen Hanna!"

„Guten Morgen Sarah, ich frag jetzt mal nicht weiter nach. Aber ich soll dir das hier geben."

Erst jetzt fiel Sarahs Blick auf den großen Blumenstrauß, den Hanna in der Hand hielt. Es waren bunte Wiesenblumen, alle in Gelb und Orange gehalten. Der Strauß war wirklich sehr, sehr schön.

„Der ist von dem Gast aus der Nummer 14. Mit einem herzlichen Gruß...!"

Sarah merkte, dass sie rot wurde. Hanna wusste natürlich, dass Sarah gestern mit Oliver ausgegangen war und dass sie damit gegen die Goldene Regel verstoßen hatte. Aber die Front Desk Managerin war zu höflich und zu diskret, um auch nur eine Miene zu verziehen. Sie stellte die Blumen in einer großen, gelben Glasvase auf Sarahs Schreibtisch.

„Danke Hanna. Die Blumen sind wirklich sehr schön, oder?"

„Wenn ich mir das erlauben darf? Dass ist einer der schönsten Blumensträuße, den ich seit langem gesehen habe. Der Mann hat wirklich Geschmack..."

Damit nickte sie Sarah zu und schloss schon die Tür leise hinter sich.

Natürlich war Katja, die wenige Minuten später ins Büro gestürmt kam, nicht halb so diskret wie Hanna.

„Blumen? Von wem? Von dem Schauspieler? Ich fasse es nicht, hast du etwa gestern mit dem...?"“

Waren ihre ersten Worte, noch bevor sie ihren Kaffee auf dem Schreibtisch abgestellt hatte.

„Nein, hab ich nicht, “ sie war plötzlich richtig genervt von dem ganzen Thema, „und ich will auch nicht darüber reden, ok?!"

„Oh, ok, na gut. Auch wenn ich schon gerne wüsste, was dir für eine Laus über die Leber gelaufen ist. Dann reden wir über etwas anderes. Zum Beispiel über die Zimmerbelegung für die Nacht vom Sommerfest. Ich habe jetzt fast doppelt so viele Reservierungen, wie wir Zimmer haben. Ein bisschen Überbuchung ist ja ok, aber das schaffen wir nie ..."

Sarah war froh, über etwas anderes, als Oliver, den gestrigen Tag oder Drohbriefschreiber reden zu können. „Wir könnten doch wieder die Zimmer über der Apotheke zurechtmachen, das hat doch bei der Hochzeit letzten September auch super geklappt. Die Zimmer haben zwar keine Heizung, aber die braucht doch mitten im Sommer niemand. Und dass man sich das Bad mit einem anderen Zimmer teilen muss, ist zwar nicht schön, aber das geht doch für eine Nacht. Vielleicht haben wir ja sogar ein paar Gäste, die gerne etwas sparen möchten?"

„Gute Idee, so machen wir das. Willst du mir nicht vielleicht doch sagen, was los ist?"

Sarah nahm schweigend den Zettel aus ihrer Handtasche und zeigte ihn der Freundin.

Nach dem Katja die Zeilen gelesen hatte, blickte sie die Freundin erschrocken an: „Sarah, oh Gott, das ist ja total heftig. Warum hast du das nicht sofort Thomas gezeigt? Das Musst du unbedingt der Polizei melden..."

„Ich weiß, dass ich das eigentlich machen müsste, aber ich habe keine Lust, mir das ganze Gerede von meinem Schwager anzuhören."

„Das ist doch total egal jetzt, ob Du dich mit Thomas gut verstehst, oder nicht. Mann, das ist fast eine Morddrohung. Und ein Beweismittel! Außerdem sind vielleicht ja Fingerabdrücke oder DNA Spuren auf dem Brief."

Katja hatte schon den Telefonhörer in der Hand.

„Wie ist die Telefonnummer von Thomas?"

Mit einem Seufzen schlug Sarah ihr Telefonbuch auf und gab Katja die Nummer.

Kurz darauf stürmte Thomas Klages in das Büro des Kroogs und hielt Sarah eine laute und lange Moralpredigt.

Er war fassungslos, wie fahrlässig Sarah mit Beweismitteln umging und er war wütend, weil sie trotz seiner deutlichen Bitte, sich aus dem Fall herauszuhalten, weiter recherchiert hatte.

„Sarah, ich sage es dir jetzt noch mal ganz deutlich: Halt dich aus dem Fall raus. Du bist ein Amateur und zerstörst nur Spuren und Indizien mit deinem stümperhaften Verhalten. Und außerdem bringst du dich auch noch selbst in Gefahr. Ich habe keine Lust, mir für den Rest meines Lebens Vorwürfe von Yvonne anzuhören, nur weil du deine neugierige Nase nicht aus dem Fall raus halten konntest."

„Immerhin reden die Dorfbewohner und Mitarbeiter des Dörps mit mir."

„Was immer sie dir sagen, hast du sofort an mich weiter zu geben, ist das klar?!"

„Die werden schon einen Grund haben, warum sie nicht wollen, dass du etwas über sie weißt."

„Sarah, das hier ist kein Spiel, sondern wir haben es hier mit einem brutalen Mörder zu tun, der vor nichts zurückschreckt. Verstehst du das?!"

„Den du aber nicht finden wirst, wenn du immer nur die Leute mit aufs Revier nimmst, die keiner Fliege etwas zu leide tun könnten."

„Wenn du nicht meine Schwägerin wärst, würde ich dich jetzt in Schutzhaft nehmen. Zum Schutz vor dir selbst!"

„Wenn du nicht mein Schwager wärst, würde ich dich jetzt aus meinem Kroog werfen, damit ich dein überhebliches Gerede nicht mehr hören muss."

„Bemüh dich nicht, ich wollte sowieso gerade gehen. Aber wenn du nicht aufhörst Beweismittel zu unterschlagen, dann nehme ich dich fest wegen „Behinderung der Polizeiarbeit. Störrische Ziege."

Sarah fiel der Unterkiefer kurz nach unten. „Hast du mich gerade Störrische Ziege genannt?"

„Du hast mich überheblich genannt."

„Weil du das bist."

Katja sprang auf und winkte mit beiden Armen. „Sag mal, merkt ihr eigentlich, dass ihr euch benehmt, wie kleine Kinder?

Fertig.

Schluss.

Aus jetzt!

Thomas, ich denke, es ist besser, wenn du jetzt gehst. Es wäre toll, wenn du uns wissen lassen könntest, ob ihr noch DNA-Spuren an dem Brief gefunden habt. Und

Sarah, du gehst jetzt, glaube ich mal, hoch ins Bereitschaftszimmer und nimmst eine kalte Dusche. Du bist heute eindeutig etwas überhitzt."

Zu Katjas großer Überraschung befolgten die beiden Streithähne tatsächlich ihre Anweisungen und verschwanden wutschnaubend in zwei verschiedene Richtungen.

Sarah schaffte es, den ganzen Tag einen großen Bogen um die Gaststube zu machen. Scheinbar hatte Oliver drehfrei, denn er tauchte den ganzen Tag über immer wieder in der Lobby oder im Restaurant auf, um irgendwelche kleinen Bestellungen aufzugeben oder nach Post zu fragen oder was auch immer.

Sarah wollte ihn nicht treffen, sie wollte erst in Ruhe nachdenken, wollte verstehen, was sie gestern gehört hatte. Obwohl sie das beginnende Sommergeschäft vorbereiten musste, schlich sie sich am frühen Nachmittag zur Hintertür hinaus und ging zu einer ihrer Lieblingsplätze im Museum: Hinter dem Schafstall standen zwei alte Scheunen, die noch nicht für den Publikumsverkehr geöffnet waren. Dort stand eine alte Holzbank, von der aus man weit hinunter ins Tal blicken konnte. Manchmal, wenn der Stress im Kroog zu heftig wurde, setzte sie sich hierher und rauchte eine heimliche Zigarette.

Nun ging sie dorthin und versuchte sich über die Situation klar zu werden. Sie beschloss, ein paar Tage unsichtbar zu bleiben, um die entstandene Nähe zwischen ihr und Oliver wieder ein wenig zu entschärfen.

Ich muss einfach herausbekommen, wer der Täter ist. Erst dann kann ich mir Gedanken darüber machen, was ich für Oliver empfinde...

Wenn ich überhaupt etwas empfinde.

Empfinde ich etwas?

Oder ist das nur die Einsamkeit?

Werde ich auf meine alten Tage doch noch zum Groupie?

Ich sollte Andrea mal fragen, wie man das so macht und wie man sich dabei fühlt. Sie musste grinsen, als sie sich vorstellte, was Andrea wohl sagen würde, wenn sie wüsste, dass sie Oliver Tregitsch geküsst hatte.

Und das nicht nur einmal.

Aber sie wollte sich jetzt nicht ihren Träumereien und Schwärmereien hingeben, sie wollte sich überlegen, wie sie nun weiter vorgehen wollte.

Denn eins war sicher:

Auch wenn Thomas sich auf den Kopf stellte, sie würde weiter recherchieren. Vielleicht nun etwas vorsichtiger, aber weiter machen würde sie auf jeden Fall. Offenbar war sie dem Mörder schon irgendwie nahe gekommen. Das war doch auch eine wichtige Information.

Sie würde damit anfangen, nochmal mit der Grauen Eminenz zu sprechen, sei hatte das Gefühl, dass der alte Mann doch mehr Fäden aus dem Hintergrund gesponnen hatte, als es ihr bisher klar gewesen war. Und sie brauchte dringend jemanden, mit dem sie ihre bisherigen Ergebnisse noch mal sortieren konnte. Vielleicht hatte sie einfach nur irgendetwas übersehen?

Und sie musste mit Katja sprechen, die mit ihrer etwas kühleren und analytischen Art vielleicht ein wenig Ordnung in das Chaos in Sarahs Kopf bringen konnte. Sarah zog noch ein letztes Mal an ihrer Zigarette und lehnte dann den Kopf zurück an die Scheunenwand. Wie meistens war ihr von der ersten Zigarette etwas schlecht und schwindelig. Und wie meistens in einem solchen Augenblick fragte sie sich, warum sie überhaupt rauchte.

Als der Schwindel langsam etwas nachließ, stand sie auf und ging wieder zurück zum Kroog. Nach kurzem Überlegen bog sie allerdings hinter der Scheune links ab, auch wenn sie sich dabei völlig lächerlich vorkam. So ging sie ganz außen um alle Häuser herum und versteckte sich fast in den Hauseingängen, weil sie Angst hatte, Oliver doch noch in die Arme zu laufen.

Während sie über das Gelände ging, spürte sie heftigen Wind aufkommen, sie hatte schon oben auf der Bank bemerkt, dass der Himmel sich langsam zuzog. Schon fielen die ersten dicken Tropfen auf das sonnenwarme Kopfsteinpflaster. Überall sah man Museumsbesucher in den Hauseingängen verschwinden, oder unter den Vordächern von Scheunen und Häusern Schutz suchen.

Der Geruch, der von dem langsam feucht werdenden Boden ausging, war eine Mischung aus Sommerboden, Kräutern und ein bisschen Pferdemist.

Herrlich.

Sarah liebte das „Ole Dörp" besonders bei schlechtem Wetter, weil das unwirtliche Licht sie noch besser in frühere Zeiten zurück versetzen konnte.

Schon nach kurzer Zeit sah man nur noch ein paar unerschrockene Museumsmitarbeiter durch den immer stärker werdenden Regen gehen.

Sarah kniff die Augen zusammen und sah ein Dorf wie vor 150 Jahren, irgendwo in Norddeutschland. Sie lächelte trotz all des Ärgers still in sich hinein.

Die Besprechung mit Katja würde noch warten müssen, denn als Sarah, klatschnass, aber bedeutend besser gelaunt, in den Kroog zurückkam, wartete so viel Arbeit auf sie, dass sie den Rest des Tages kaum zum Atmen kam.

An diesem Tag waren zum ersten Mal alle Sommeraushilfen komplett im Kroog zur Arbeit angetreten und Sarah hatte in dem ganzen Durcheinander vergessen, die Schichtpläne zu machen. Zudem mussten sich die „alten" Aushilfen an die neuen gewöhnen und sich gemeinsam auf eine arbeitsreiche und sehr stressige Zeit vorbereiten.

Am Abend kam Ingo in den Kroog und wollte die Bestellung für den Räucherfisch fürs Wochenende aufnehmen. Jeden Freitagnachmittag räucherte er in seinen Räucherkammern Fisch für den Kroog. Dabei bot er den Besuchern an, ihm zu helfen, und später auch den frisch geräucherten Fisch zu probieren.

Er kam ohne anzuklopfen ins Büro und Sarah blickte genervt von ihrem Schichtplan auf.

„Moin, Sarah!"
„Moin, Ingo!"
„Und?"
„Ich nehm diese Woche Heilbutt und Forelle, Ingo. Danke."
„Das hab ich nicht gemeint."
„Was hast du denn dann gemeint?"
„Ich meine die Sache mit Agnes."

„Ist schon wieder etwas passiert?"

„Nö, aber ich hab gehört, dass du das Brandeisen im Imkerschuppen gefunden hast."

„Ja, aber das ist doch schon Tage her."

„Ich war aber auch ein paar Tage nicht hier. Ich hatte frei. Stell dir mal vor, was ich erlebt habe, ich war an der Ostsee und habe dort geangelt. Und da hab ich einen wirklich interessanten Fisch gefangen."

„Aha."

Sarah wurde nun langsam etwas ungeduldig.

Was will der denn jetzt von mir? Eigentlich mochte sie Ingo, weil er schöne Geschichten erzählen konnte, aber sein Geschichtenerzählen konnte auch sehr anstrengend werden, weil er nie gerade heraus kam, mit dem, was er sagen wollte.

„Ingo, bitte, was willst du? Ich hab echt zu tun!"

Sarah begann wieder zu tippen.

„Ja, ich wollte eigentlich auch was ganz anderes sagen."

„Gut."

„Ich wollte dir etwas erzählen, was mir aufgefallen ist"

„Aha."

„Also, etwas, was mir merkwürdig erscheint."

Sarah schloss kurz ihre Augen und atmete laut aus. Dann drehte sie sich zu Ingo um.

„Ingo, schiess los, du hast meine volle Aufmerksamkeit."

„Gut."

„Also:

Was ist dir aufgefallen, und was erscheint dir merkwürdig?"

„Ach, Sarah, das ist nett, dass Du dir kurz Zeit nimmst, für mich."

Er setzte sich auf die Kante ihres Schreibtisches und Sarah konnte die Mischung aus Rauch und Fisch in seinen Kleidern riechen.

„Am Abend vom Tanz in den Mai, da waren wir ja alle zusammen und haben ein wirklich schönes Fest gefeiert. Die Mädchen sahen alle so schön aus und alle waren fröhlich und ausgelassen. Dann ist die Stimmung ja bei einigen etwas übergekocht, dann war Torsten ganz schön sauer auf den Blohmann. Ich bin den beiden hinterher, als sie laut schimpfend in Richtung der Schmiede vom Festplatz weggegangen sind. Nicht, weil ich neugierig gewesen wäre, sondern, weil ich dachte, vielleicht kann ich was helfen. Schlichten oder so..."

„Jeder weiß, dass du nicht neugierig bist, Ingo." Sarah lächelte in sich hinein.

„Eben, ich bin nicht neugierig, aber Torsten und ich, wir sind jetzt schon so lange befreundet, da lässt man seinen Freund nicht ganz allein in sein Unglück laufen!"

„Ja, das verstehe ich, aber bitte Ingo, komm zur Sache!"

„Also was passiert ist, ist Folgendes: Ich bin den beiden also hinterher und habe sie streiten hören. Der Blohmann hat ganz schön schlimme Sachen gesagt, da will ich jetzt auch nicht weiter drauf eingehen, das geht ja niemanden etwas an. Ich kann schon verstehen, dass Torsten dann sauer geworden ist. Dann haben sie angefangen zu rangeln und dann hat Torsten nach dem Brandeisen gegriffen und damit den Blohmann bedroht. Ich bin dann hin und habe die beiden auseinander getrieben und habe Torsten das Brandeisen abgenommen."

„Ja, soweit hat mir Torsten das auch schon erzählt."

Ingo schaute Sarah fast enttäuscht an. „Hat er? Naja, aber was er dir nicht erzählt haben kann ist, dass ich das Brandeisen danach versteckt habe. Ich fand das an dem Abend eine gute Idee, damit Torsten nicht doch noch was Blödes damit macht. Und zwar hab ich es unter dem Vordach der Sattlerei versteckt. Das war gar nicht so einfach, weil es ja schon langsam dunkel wurde, und ich fast gar nichts gesehen hab. Gott sei Dank ist Laurin gerade vorbeigekommen, und der hat ja immer eine Taschenlampe dabei.“

„Aha.“

„Also war das Brandeisen in der Sattlerei und gar nicht in der Schmiede, an dem Abend, als der Blohmann... naja... als er gestorben ist. Und nun mache ich mir die ganze Zeit Gedanken, ob vielleicht der Klaus...?!“

Sarah musste fast laut los lachen. Sie hatte in der Zwischenzeit ja schon fast jeden auf dem Gelände verdächtigt, weil scheinbar alle plötzlich ein Mordmotiv hatten. Aber wenn sie sich einer Sache sicher war, dann   dass Klaus niemanden umgebracht hatte.

„Nein Ingo, ich denke nicht, dass Klaus etwas mit dem Mord zu tun hatte. Aber ich werde ihn fragen, ob er gewusst hat, dass das Brandeisen unter dem Vordach seiner Sattlerei versteckt war. OK?! Und nun muss ich weiterarbeiten. Ich nehme Heilbutt und Forelle geräuchert. Denkst du, du schaffst das bis so gegen 16:30 Uhr? Im Sommer beginnt das Abendgeschäft ja immer schon recht früh.“

Ingo war sichtlich enttäuscht, dass Sarah keine Zeit mehr für ihn hatte, und auch scheinbar keine Lust, weiter mit ihm zu sprechen, nickte aber und sagte: „Ja, 16:30

Uhr, das kriege ich hin. Ich bring dir die Fische am Freitag dann rüber"

Die Woche verflog wie nichts, die Ergebnisse der Untersuchung des Brandeisens waren gekommen, aber man hatte wenig brauchbare Spuren daran gefunden. Nur von dem Opfer, von Torsten und von Sarah. Der Täter hatte also Handschuhe getragen, als er sein Opfer gebrandmarkt hatte. Die Polizei schien nicht mehr mit so viel Hochdruck an dem Fall zu arbeiten, oder eine ganz andere Spur zu verfolgen, denn Thomas war seit Tagen nicht mehr auf dem Gelände gewesen.

Sarah schaffte es, bis auf zwei kurze Treffen, Oliver aus dem Weg zu gehen.

Wenn sie ihn traf, lächelte sie ihn an, wedelte mit irgendwelchen Unterlagen und lief mit den Worten „Geht's dir gut? Ich hab wahnsinnig viel zu tun, sorry!" an ihm vorbei.

Danach musste sie dann jedes Mal mit heftigstem Herzklopfen auf der Toilette verschwinden, um sich zur Beruhigung kaltes Wasser über die Arme laufen zu lassen.

Das lang geplante Gespräch mit Katja über die möglichen Täter konnte die ganze Woche über nicht stattfinden, weil Katja sich mit einer heftigen Sommergrippe krank melden musste.

Das bedeutete, dass Sarah die Organisation des Hotelbetriebs mit übernehmen musste. Zudem hatte sie am

Freitag eine Hochzeit mit 200 Gästen im Tanzsaal. Viele der Paare, die sich in dem prächtigen Vormannshof auf dem Museumsgelände standesamtlich trauen ließen, feierten danach in dem historischen Tanzsaal, der neben dem großen Festplatz stand. Diese Gesellschaften waren zwar nicht daran gebunden, das Essen aus dem Kroog zu beziehen, trotzdem kam es selten vor, dass das Essen von außerhalb geliefert wurde. Normalerweise machten ihr diese Feste sehr viel Spaß, aber an diesem Tag war sie froh, dass sie in Andrea -wie immer- eine hervorragend organisierte Partnerin hatte. Die Hochzeitsgäste waren gerade beim Nachtisch angelangt, als Sarah sich müde und kaputt auf den Heimweg machte. Vorher kontrollierte sie noch schnell das „Hochzeitszimmer" im Hotel, das Jana mit Roten und weißen Rosen und Champagner ausgestattet hatte. Zimmer Nummer 6 war das größte und schönste im Kroog. Fast doppelt so groß, wie die anderen Zimmer hatte das Eckzimmer eher den Charakter einer Suite. Auf der einen Seite stand ein riesiges Himmelbett, dass Sarah hatte kürzen lassen, weil es sonst unmöglich unter die niedrige Zimmerdecke gepasst hatte, auf der anderen Seite war eine große gemütliche Sofaecke untergebracht. Sarah liebte diesen Raum und ließ es sich selten nehmen, die Hochzeitsdeko selbst noch einmal zu kontrollieren.

Sie zog ein bisschen am Bettlacken, legte ein paar Rosen zurecht, aber eigentlich hatte Jana wie immer sehr gute Arbeit geleistet. Bevor Sarah sich vollkommen der Phantasie hingeben konnte, hier eine Nacht mit Oliver zu verbringen ging sie schnell nach Hause.

Am Samstag war warmes und frisches Sommerwetter und Sarah half am späten Nachmittag den Kellnern im Biergarten. Sie hatte für den Tag ein Grillfest angesetzt und freute sich über das bunte Treiben. Außerdem liebte sie den Schnack mit den Gästen und die gemütliche und immer sehr lockere Stimmung in dem mit alten Rosen umfassten Garten.

Jodie, die neu eingestellte Freundin von Jan hatte sich nicht nur extrem schnell eingearbeitet, sondern auch erstaunlich schnell mit Tamara angefreundet. Die beiden jungen Frauen lachten und kicherten fast ununterbrochen. Sarah hoffte, dass dadurch nicht die Arbeitsdisziplin der Kellnerinnen leiden würde, denn sonst würde sie früher oder später eingreifen müssen und die beiden zurechtweisen.

Eigentlich wollte sie das nicht, denn sie hatte selbst zu lange in Häusern gearbeitet, in denen hinter den Kulissen aggressiv und zu autoritär mit den Angestellten umgegangen worden war.

Als sie während der Planungszeit für das Hotel mit Katja über ihren Führungsstil sprach, stellten beide erleichtert fest, dass sie einen ähnlichen Wunsch für ihren eigenen Betrieb hatten: Sie wollten lieber ein besseres Arbeitsklima für alle anstatt eine autoritäre Herrschaft der Vorgesetzten, auch wenn das dann eventuell bedeutet, dass das Personal nicht wie gedrillten Affen funktionierte. Bei allem Verständnis für ihre Angestellten, war guter Service das Allerwichtigste, in einem Hotel und Restaurant, und so befand Sarah sich ständig in einem Zwiespalt, zwischen Professionalität, Anspruch an die Servicequalität und lockerem Führungsstil. Wenn sie ehrlich war, hatte ihre eigene Arbeitsmoral in den letzten

Wochen ja auch ein wenig gelitten, deshalb sagte sie nichts über das Gekicher und Herumgealbere.

Trotzdem nahm sie sich vor, nach der nächsten Teamsitzung am Dienstagmorgen mit den beiden ein Wort unter sechs Augen zu sprechen.

Auf dem Grill lagen so viel verschiedene Köstlichkeiten, dass Sarah sich schon freute später die Reste zu essen.

Natürlich gab es auch heute wieder einige Pommesfamilien auf dem Gelände, die an diesem Tag Thüringer und Pommes Rot/Weiß bestellten, aber es freute Sarah unheimlich, wie viel Kinder auch Lust hatten, die neuen, unbekannten Gerichte auszuprobieren, die sie anboten.

Sarah ging auf ein Ehepaar aus der Umgebung zu, das regelmäßig im Kroog aß und dabei auch gerne mal bei Rotwein zulangte:

„Hallo, Herr und Frau Kaminski! Schön euch mal wieder zu sehen! Willkommen im Gasthaus Ton Moehlenkroog, wir haben heute ein leckeres Grillbuffet im Angebot. Sie können natürlich auch A'la Carte essen, wen Euch das lieber ist."

„Hallo Sarah!" Peter Kaminski lächelte sie fröhlich an, „Nein, nein, wir sind extra gekommen, weil wir im Wochenblatt gelesen haben, dass heute Grillbuffet ist. Wir freuen uns schon auf das orientalisch gewürzte Wild, das ist doch hoffentlich wieder dabei, oder?!"

Sarah grinste breit: „Natürlich gibt es wieder Orient-Wild, und dazu Rind in Rotwein Rosmarinmarinade, Hühnchen in Chili-Honig, dann gibt es gegrillten Aal und Flussbarsch und natürlich unsere Bauernbratwurst."

„Ach, wie schön, Peter, los, lass uns gleich zum Grill gehen!" Michaela Kaminski war richtig aufgedreht, „ach und Sarah bring uns doch gleich mal eine Flasche von dem roten Portugiesen, den wir hatten, als wir vor zwei Wochen da waren... oh..." Die Frau war ganz blass geworden. Und genau a fiel es auch Sarah ein, dass die Kaminskis auch im Kroog gewesen waren, an dem Abend, als Blohmann getötet wurde.

Schnell versuchte sie, die unangenehme Erinnerung aus den Köpfen der Stammgäste zu übergehen:

„Ja klar, der tolle Reserva aus dem Douro-Tal, den hattet ihr, oder?"

„Ach Sarah, wir haben tagelang kaum geschlafen, als wir erfahren haben,,was passiert ist. Denkst du, dass vielleicht sogar einer der Gäste an dem Abend das... also das getan haben könnte?! Wir hatten den ganzen Abend auch ein richtig komisches Gefühl."

Sarah wollte und konnte nicht über den Abend sprechen, schon gar nicht mit externen Gästen, denn die sollen in ihrem Restaurant an tolles Essen und feine Weine denken und nicht an Mord und Totschlag, aber es schien unausweichlich, sie würde ein oder zwei Sätze sagen müssen. Am besten spielte sie die komplett Unwissende, dann war sie als Informantin für die Klatschtante nicht mehr interessant. Denn Michaela Kaminski war bekannt dafür, dass sie nur zu gerne ihr „Wissen" über das Dorfgeschehen mit anderen teilte:

„Also, ich weiß es nicht, ob der Täter im Kroog war, die Polizei bearbeitet den Fall noch, und wir als Museumsmitarbeiter haben natürlich keinen Einblick in die Polizeiarbeit. Aber wir sind alle sehr zuversichtlich, dass Kriminalkommissar Klages das Verbrechen so schnell wie möglich aufklären wird."

Mann, ich klinge ja, wie eine Werbebroschüre der Polizeigewerkschaft... dachte Sarah bei sich, Mann, Mann,

Mann Sarah, nun halt bloß den Sabbel, mit so einem Lob-
gesang auf deinen Schwager machst Du dich nur noch
verdächtiger.

Und tatsächlich blickte Michaela Kaminski sie un-
gläubig an.

„Was? Der dumme Hund soll das aufklären? Der
kam einen Tag nach dem Mord bei uns an, und hat uns
ausgefragt, wie Schwerverbrecher, als hätten wir den un-
sympathischen Flegel umgebracht! Wobei ich schon sagen muss, dass an dem Abend wirklich eine seltsame
Stimmung war, hier bei euch."

Nun wurde Sarah doch hellhörig: „Was meinst Du
denn mit seltsamer Stimmung?"

„Also ich hatte das Gefühl, dass da einige im Raum
waren, die etwas gegen den ungehobelten Kerl hatten.
Vielleicht waren es auch alle gemeinsam, so wie bei Aga-
tha Christie. Peterle…"

Sie wandte sich ihrem Mann zu

„wie hieß die Geschichte noch mal, von der Christie,
in dem alle ein Motiv hatten, und dann auch alle zugesto-
chen haben?"

„Mord im Orient Express, war das, glaube ich..."

„Oh ja, stimmt, Mord im Orient Express. Das wäre
doch mal was, oder? Wenn alle Mittäter wären. Also, bis
auf uns, wir hatten ja nichts gegen den Mann, nicht wahr,
Peterle?!"

„Ich muß leider weitermachen, ich hole euch mal euren Wein und wünsche schon mal guten Appetit fürs
Grillbuffet!"

Sarah drehte sich auf dem Absatz um und ging Richtung Tresen, wenn sie nur wüsste, wie nahe sie an der
Wahrheit ist, dachte Sarah, als sie sich schnell auf den

Weg zum Tresen machte. Und noch etwas, worüber Sarah noch gar nicht nachgedacht hatte: was wäre denn, wenn es mehrere Täter gegeben hatte? Bisher war sie immer von einem Einzeltäter ausgegangen. Nun hatte sie aber schon so viele Motive gefunden, was, wenn die alle beteiligt gewesen waren, und sich nun gegenseitig mit Alibis schützten?

Ach, Mensch, ich bin eben nur eine Köchin, und nicht Hercule Poirot... Hoppla!

Sarah war so in Gedanken, dass sie Tam gar nicht bemerkte, die ihr aus der Dunkelheit der Gaststube entgegenkam. Und so prallte sie heftig gegen ihre Kellnerin, die lachend das Tablett mit den umgekippten Gläsern zurück zum Tresen brachte: „Das war jetzt aber wirklich ein echter Anfängerfehler, Chefin!"

„Sorry, Tam, ich hab dich einfach nicht gesehen. Ich war irgendwie in Gedanken..."

„Ja klar, versteh schon. Jodie, machst du mir noch mal bitte drei Cola und zwei Weißweinschorlen?"

„Na, hier läuft ja alles super, es freut mich sehr zu sehen, dass ihr euch so gut versteht, Mädels! Ach, Tam, dabei fällt mir ein: könntest Du bitte für Katja einen Korb packen Sie würde gerne einmal die klare Hühnersuppe mit Ei und die Wildschweinterrine essen. Und dann packe ihr doch noch mal eine große Dose mit dem Schokopudding mit ein, den Pat gestern gemacht hat?! Sie sagt, sie hat die schlimmste Sommergrippe ihres Lebens, und sie braucht gutes Essen, sonst wird sie nie wieder gesund..."

„Fährst du heute noch hin?"

„Nein, aber sie hat gesagt, sie wird nur wieder gesund, wenn sie jeden Tag Essen aus dem Kroog bekommt, und weil wir sie hier so dringend brauchen, schicke ich ihr jetzt das Essen per Taxi. Frag mich bloß nicht, was das kostet, und ob das Sinn macht."

Tam lachte nur und nickte „Alles klar, wird erledigt, Chefin!"

„Tam, bitte nicht, sonst fangen die Neuen damit auch noch an."

Tam lächelte und nickte: „Alles klar, Sarah!"

Am späten Nachmittag hatte das Hotel mehrere Anreisen, und wie immer, wenn Katja nicht im Haus war, übernahm Sarah die Begrüßung der Gäste persönlich. Obwohl sie sich schon früh in ihrer beruflichen Laufbahn für die Arbeit in der Küche entschieden hatte, machte es ihr immer viel Spaß, die Gäste zu begrüßen und ihnen die Zimmer zu zeigen. Natürlich war es auch schön, zu merken, dass die meisten Gäste ihr Hotel so schön fanden, wie sie selbst auch.

Sarah liebte jedes einzelne der Gästezimmer und sie konnte sich bei vielen der Möbel und Deko-Gegenstände sogar noch daran erinnern, wie sie sie auf Flohmärkten oder auf Dachböden gefunden hatte.

Nachdem alle Neuzugänge versorgt waren, machte ihr Hanna ein Zeichen, dass in dem kleinen Büro bei der Rezeption noch Arbeit auf sie wartete. Sarah schaute die Mitarbeiterin erstaunt an, ging dann aber in das Arbeitszimmer, das hinter dem Empfangstresen lag. Wie alles im Kroog war es klein und gemütlich, und der Platz reichte gerade für zwei Schreibtische. Den einen nutze Hanna, die als Front Desk Managerin meistens nicht am Front Desk war, sondern im Hinterzimmer saß, den anderen teilten sich John Williams der Nachtportier, mit den Rezeptionistinnen.

Früher hatte auch Katjas Schreibtisch hier gestanden, es hatte sich aber schnell herausgestellt, dass das den Kontakt zwischen ihr und Sarah unnötig erschwerte, und dass ihre ständige Anwesenheit am Front Desk sie auch von ihrer eigentlichen Arbeit abhielt.

Sarah trat durch den offenen Türbogen und sah Jana Zöblin, die Auszubildende, völlig aufgelöst auf dem kleinen Sofa sitzen, dass nun an der Stelle stand, an der früher Katjas Schreibtisch gewesen war.

Sie hatte ganz rote Augen und wollte Sarah erst gar nicht sagen, was mit ihr los war.

„Ich weiß auch nicht so richtig, was mit mir los ist."

„Das glaub ich aber gar nicht, Jana, ich glaube, du weißt sehr genau, was mit dir los ist!"

„Hm, naja, vielleicht weiß ich es doch ein bisschen."

„Ist es privat? Dann geht es mich nichts an, und ich lasse dich sofort in Ruhe, wenn es aber um etwas hier im Kroog geht, muss ich wissen, was los ist. Also?!"

„Ist irgendwie beides..."

„Ok, ich dann geht es mich wohl doch etwas an." Sarah setzte sich seufzend neben die junge Frau.

Jana wurde rot und starrte auf ihre kleinen Hände. Die junge Frau machte eine Ausbildung zur Hotelkauffrau im Moehlenkroog und war derzeit fast eigenverantwortlich für das Housekeeping zuständig. Sie war manchmal überfordert mit den Aufgaben, die Katja ihr zumutete, allerdings ging das in so einem kleinen Betrieb oft leider nicht anders. Seit nun fast 5 Monaten musste sie das Housekeeping fast alleine organisieren und die Zimmer sauber halten. Es gab noch zwei Aushilfen, die auf

450 Euro Basis in den Kroog kamen, aber Jana hatte trotzdem immer sehr viel zu tun. Hinzu kam, dass sie viel mehr Spaß an der Arbeit am Empfang hatte, und die Reinigung der Zimmer häufig lustlos und auch etwas unkonzentriert machte. Sarah und Katja waren trotzdem sehr stolz auf die junge Frau, denn sie machte ihre Sache sehr gut und würde bestimmt mal eine hervorragende Hotelfachfrau werden.

Sarah war ungeduldig und wollte das Gespräch abkürzen: „Im August kommt die neue Auszubildende und bis dahin stellen wir eine Zweite Vollzeitkraft fürs Housekeeping ein."

Jana war sichtlich erstaunt „Oh, äh... das ist gut, aber findet ihr, dass ich meinen Job nicht gut genug mache?"

„Was? Nein, wir dachten nur, wir sollten dich langsam etwas entlasten, denn Du sollst dann ja ab August mindestens 50% an der Rezeption arbeiten."

Ein Lächeln „Oh das ist toll, darüber freu ich mich, ich habe auch viel Lust, enger mit Hanna zusammen zu arbeiten."

Jana schluckte.

„Aber das ist es gar nicht."

„Ok, was ist es dann?"

„Jan... Tamara, naja, Jodie, wenn ich ehrlich bin, ach alle drei..."

„Ok, es ist also tatsächlich wieder euer Teenagermädchen- Landschulheim-Kram?!"

Sarah war sofort auf 180. Sie hatte für fast alles Verständnis, aber dass die jungen Frauen sich durch Schwärmereien für irgendwelche Jungs von der Arbeit abhalten ließen, das nervte sie gewaltig. Und besonders hatte sie nicht die Zeit, und besonders keine Lust, sich auch noch mit so etwas zu beschäftigen.

„Ich denke, das ist wirklich etwas, was ihr untereinander klären müsst."

Wie gerufen, kam in diesem Augenblick Tamara in das Hinterzimmer und wollte gerade etwas sagen, verstummte aber sofort, als sie Sarah sah.

Sarah machte eine einladende Geste zu ihrer Kellnerin und sagte etwas bissig:

„Tamara das ist ja sehr gut, dass du kommst. Jana ist vollkommen aufgelöst, und sitzt hier, und heult, anstatt zu arbeiten. Ich gebe euch 20 Minuten. Klärt das. Und dann geht ihr alle zurück an die Arbeit. Ist das klar? Ich übernehme in der Zeit deinen Platz im Service."

Die beiden jungen Frauen blickten sich kurz an, dann wieder Sarah und nickten.

„Und ihr geht irgendwo hin, wo euch keiner sieht. Ich würde unseren Gästen diesen Anblick gerne ersparen..."

„Ja Sarah." Tamara war das alles sichtlich unangenehm und die beiden drückten sich schnell zur Kroogtür hinaus. Sarah sah sie den Berg zur Schmiede hochgehen, bevor sie hinter der Schnapsbrennerei verschwanden.

„Mann, Mann, Mann! Ich glaub es nicht, was für ein Kindergarten!"

Hanna lächelte sie an, bevor Sarah kopfschüttelnd durch den Glasgang in die Gasstube zurückkehrte. Im Glasgang blieb sie allerdings noch mal kurz stehen und musste selbst lachen. Sie beneidete die jungen Leute auch ein bisschen um ihre Jugend und die Leichtigkeit. In Janas Fall auch um die Intensität ihrer Gefühle. Sie würde auch gerne so unbeschwert an die Intensität des Picknicks mit Oliver anknüpfen. Der Tag war so schön gewesen und ging ihr einfach nicht aus dem Kopf. Sie würde jetzt auch gerne einfach 20 Minuten Pause machen, und sich mit Oliver auf einen Kaffee treffen, und ein bisschen flirten und das Kribbeln im Bauch fühlen, und sich vollkommen mitreißen lassen, von ihren Gefühlen, anstatt die Bestellungen für die nächste Woche durch zugehen.

Aber leider…

Als hätte er ihre Gedanken gelesen, stand Oliver am Tresen des Kroogs, als sie in die Gaststube kam, und bat sie auf ein Wort in die Gute Stube. Sarah wusste, dass sie ihm nun nicht mehr ausweichen konnte und hatte sofort heftiges Herzklopfen. Sie brachte allerdings noch so viel Selbstbeherrschung auf, dass sie ruhig nicken und zwei Tassen Milchkaffee bei Jodie bestellen konnte.

Sie ging hinter Oliver in die Gute Stube, schloss die Tür, drehte sich um und wollte gerade mit einer Erklärung anfangen, als Oliver sie einfach packte und sie auf den Mund küsste.

Noch bevor sie genau wusste, was geschah, knutschte sie heftig und leidenschaftlich mit ihm. Sie musste einfach mitmachen, auch wenn sie wusste, dass das alles noch viel komplizierter machte. Aber er roch so gut und seine Lippen waren so weich…

Nach einigen Sekunden war sie wieder klar, zog sich zurück und versuchte zu Atem zu kommen.

Bevor sie etwas sagen konnte, kam er ihr zuvor: „Gut. Daran liegt es also nicht. Also, Sarah, warum gehst du mir seit unserem Picknick aus dem Weg?"

Sie musste gegen ihren Willen lächeln. Nein, daran lag es wirklich nicht. Der Kuss war wieder sehr schön gewesen.

Sie trat an Oliver vorbei ein Stück weiter in den Raum, um den Abstand zwischen ihnen zu vergrößern. Sie konnte seine körperliche Anwesenheit so stark spüren, dass sie mindestens zwei Meter Abstand brauchte, um in Ruhe zu Atmen zu kommen, um mit ihm reden zu können.

Zum Glück kam Jodie erst jetzt mit dem Milchkaffee zur Tür hinein, denn Klatsch darüber, dass die Chefköchin etwas mit einem Gast angefangen hatte konnte sie jetzt wirklich nicht auch noch gebrauchen. Besonders, nachdem sie vor zwei Minuten Liebesdinge am Arbeitsplatz als Teenagermädchen Probleme abgetan hatte.

Trotzdem spürte die Kellnerin aber offensichtlich etwas von der seltsamen Spannung im Raum, denn sie blickte irritiert von einem zum anderen, bevor sie zögernd die beiden Kaffeetassen auf dem Tisch abstellte.

„Also: was ist los? Habe ich etwas falsch gemacht?" fragte Oliver, sobald Jodie die Tür hinter sich geschlossen hatte.

„Ich verstehe das alles nicht, wir hatten doch einen wirklich tollen Tag zusammen, und seitdem tust du so, als wäre ich Luft. Seit Tagen versuche ich dir aufzulauern, und du spielst mit mir Katz und Maus. Ich komm mir schon total bescheuert vor. Oder bilde ich mir das alles nur ein? Habe ich mir vielleicht sogar auch nur eingebildet, dass wir uns so gut verstanden haben? Ich fand nämlich dass wir uns verdammt gut verstanden haben..."

Sarah seufzte.

„Nein, das hast du dir nicht eingebildet. Es tut mir leid, wenn dich mein Verhalten verletzt, aber ich kann mich im Moment nicht anders benehmen. Ich kann dir das bestimmt irgendwann mal erklären, aber jetzt im Moment habe ich einfach den Kopf nicht frei."

„Und was heißt das genau?

Dass du dich NICHT noch mal mit mir treffen willst?

Oder dass du dich VIELLEICHT noch mal mit mir treffen willst, ich aber doch bitte schön in der Ecke sitze und warte, bis du dich dann dazu herablässt?

Oder heißt das, dass du mich AUF JEDEN FALL noch mal sehen möchtest, du mir aber nicht sagen kannst, warum nicht jetzt, und schon gar nicht, wann denn dann?"

Oliver war scheinbar sehr wütend. Und verletzt. Er hatte einen hochroten Kopf und Sarah fragte sich, ob er es vielleicht nicht gewohnt war, eine Frau nicht einfach um den Finger wickeln zu können.

Aber sie konnte auch ihr Herz spüren. Es tat weh. Sie wollte Oliver nicht verletzten. Und sie hatte schreckliche Sehnsucht nach ihm. Aber sie konnte und wollte nichts mit ihm anfangen, bevor sie nicht wusste, wer der Mörder war, wer über das Gelände lief und Angst und Schrecken verbreitete.

„Es tut mir leid, Oliver, ich kann dir im Moment nichts sagen, außer dass es mir leid tut und dass das nichts mit dir zu tun hat."

„Weißt Du was, Sarah Krischmann? Mir ist es völlig egal, was du für eine Ausrede benutzt, denn für mich fühlt es sich verdammt so an, als würde es verflucht etwas mit mir zu tun haben. Und eins kann ich dir sagen: Das fühlt sich verdammt beschissen an!"

Mit diesen Worten lief er aus der Guten Stube und ließ Sarah allein zurück.

Zuerst war ihr fast zum Lachen. Das war ja wirklich ein filmreifer Auftritt gewesen. Dann wurde ihr klar, wie sehr sie Oliver verletzt hatte und wurde sehr traurig. Sie wäre am liebsten hinter ihm her gelaufen, um irgendetwas Tröstendes, Liebevolles zu sagen. Aber sie blieb. Sie hätte nichts anderes sagen können, als das, was sie eben schon gesagt hatte. Und das war ja auch nur die halbe Wahrheit: Bevor sie nicht sicher wusste, dass er Georg Blohmann nicht umgebracht hatte war sie nicht fähig, ihn näher an sich heran zu lassen.

Aber eins war sicher: Sie musste jetzt noch schneller arbeiten.

Nachdem sie Tam im Service vertreten hatte, versicherte sie sich, dass zwischen den Mädchen wieder alles in Ordnung war, dann ging sie in ihr Büro und nahm den Hörer ab:

„Thomas, hier ist Sarah, hast du ein paar Minuten für mich?"

Das Gespräch mit dem ungeliebten Schwager brachte wenig Neues, außer, dass es nichts Neues gab. Natürlich musste sich Sarah auch wieder unendliche Unverschämtheiten anhören, aber Thomas war noch immer ein wenig dankbar für den Fund des Brandeisens, deshalb gab er bereitwilliger Auskunft, als erwartet. Er sagte zwar immer wieder, dass Sarah ihre Nase aus den Ermittlungen heraus halten solle, aber trotzdem erfuhr sie von ihm dass sich einige Alibis geklärt hatten:

Die Graue Eminenz war tatsächlich mit dem Taxi nach Hause gefahren. Und die Skatbrüder, denen Sarah bisher sowieso wenig Bedeutung beigemessen hatte, waren ebenfalls überprüft worden. Thomas war auch auf die Idee gekommen, dass Frau DeLano ein Motiv hätte haben könne, und hatte ihr sogar nachgewiesen, dass sie in Brokenrade gewesen war. Aber das Hotel, in dem sie in der besagten Nacht eingecheckt hatte, hatte bestätigt, dass ihr Auto die ganze Nacht vor der Tür gestanden hatte. Und ein Taxi war nicht dorthin gerufen worden. Zu Fuß hätte die Stecke über drei Stunden gedauert, Frau DeLano hätte das nicht rechtzeitig geschafft.

Torsten und Angelika gaben sich zwar gegenseitig ein Alibi, aber das war bei den starken Motiven, die beide hatten, nicht viel wert. Trotzdem waren die Ermittlungen gegen die beiden angeblich vorläufig eingestellt worden.

Spätestens der Überfall auf Agnes wäre undenkbar für Torsten oder Geli.

Das im Imkerschuppen gefundene Brandeisen war tatsächlich das gewesen, dass Blohmanns Hintern verziert hatte. Es waren DNA Spuren von dem Architekten daran gefunden worden. Allerdings waren sonst alle Spuren sorgfältig vernichtet worden. Jemand hatte die Eisenstange offensichtlich sehr gut abgewischt, bevor er es im Imkerschuppen versteckt hatte. Oder er hatte von vornherein Handschuhe getragen.

Also vielleicht doch die „Orient-Express-Idee?" waren vielleicht alle bisher aufgetauchten Verdächtigen auch in den Mord verwickelt?

Ach so ein Quatsch, jetzt konzentriere dich mal, und glaub an deine Intuition!

Sarah saß nach dem Telefonat an ihrem Schreibtisch, den Kopf schwer in die Hände gestützt und starrte auf die Liste, die sie mit Katja zusammen gemacht hatte. Fast jeder der Menschen auf dieser Liste hatte ein Motiv

Georg Blohmann umzubringen. Aber einige Personen konnte sie nun streichen. Das bedeutete, dass nur noch vier Namen auf der Liste standen: Karsten und Jan, Oliver und Laurin.

Sarah wollte am liebsten heulen. Es konnte doch nicht wahr sein, dass wirklich Oliver Blohmann umgebracht hatte. Hatte sie sich wirklich in einen Mörder verliebt?

Karsten und Jan waren ihr bisher gar nicht als Täter in den Sinn gekommen. Die beiden hatten zwar auf der Baustelle ständig Ärger mit dem Architekten gehabt, aber wegen ein bisschen Streit bei der Arbeit bringt man doch niemanden um.

Da sie aber immer noch die Hoffnung hatte, dass Oliver wirklich der ehrliche und liebevolle Mann war, den sie in ihm sehen wollte, beschloss sie sich sobald wie möglich mit Karsten und Jan zu unterhalten.

„Nein, ich will das jetzt nicht mehr hören, Tam, ich hatte euch doch gesagt, dass ihr das klären sollt und Du hast mir versichert, dass ihr das geklärt habt!" Sarah war stinksauer. Sie hatte den ganzen Montag durchgearbeitet, weil sie für diverse private Veranstaltungen Buffettangebote hatte schreiben müssen. Danach hatte sie mal wieder nicht schlafen können, obwohl sie hundemüde gewesen war, und nun ging dieses Kindertheater hier in die nächste Runde.

Es war Dienstagmorgen, und alle Angestellten des Moehlenkrooogs saßen zusammen um vier der Tische in der Gaststube. Es war Katja und Sarah immer wichtig gewesen, dass sich alle als Team verstanden und man auch mal mit privaten Problemen zu seinen Kolleginnen oder sogar Vorgesetzten kommen konnte, aber das ging zu weit:

Jodie war gerade heulend zur Tür hinaus gelaufen und Tam versuchte nun zu erklären, was sich am Samstagabend und Sonntag abgespielt hatte.

Es war wohl so gewesen, dass Tam und Jana sich auf Anweisung von Sarah ausgesprochen hatten, und sich danach die Wogen etwas geglättet hatten. Aber nun hatte Jana den Mut gehabt Jan zu fragen, ob er mit ihr nach der Arbeit ein Bier trinken gehen wollte. Und er wollte offensichtlich nicht nur ein Bier, denn am nächsten Tag hatte er mit Jodie Schluss gemacht.

Die war nun völlig aufgelöst und heulte. Während Jana völlig entrückt lächelte, wie eine Sphinx, verliebt bis über beide Ohren.

Katja war noch immer krank, und so musste Patrizia die Rolle der Mentorin übernehmen. Sie sah ihre Chefin an, und legte ihr besänftigend eine Hand auf den Oberschenkel. Dann richtete sie sich an die Kellnerin.

„Also Tam, vielleicht erzählst du uns das alles weniger detailreich. Wir müssen nicht jede Einzelheit wissen."

„Dann war es das. Jodie hat mich gestern angerufen und sitzt seitdem bei mir zu Hause und heult. Dass ich sie überreden konnte zur Arbeit zu kommen, verstehe ich selbst nicht."

„Gut." Pat versuchte zu lächeln, während Sarah neben ihr mit knallrotem Kopf saß und vor Wut schnaufte.

„Dann werde ich gleich mal mit Jodie sprechen. Hanna, kannst du mir helfen? Es wäre natürlich schade, wenn sie sich jetzt entschließen würde, doch nicht den Sommer über bei uns zu arbeiten. Aber dann müssten wir das heute wissen, damit wir uns schnell nach Ersatz umsehen können."

„Und ich würde ganz gerne gleich noch ein Wort mit Jana wechseln." Sarah versuchte so ruhig, wie möglich zu klingen. „Aber vorher mache ich mal meine Brot und Eier-Runde, sonst platze ich hier noch. Oder gibt es sonst noch jemanden, der seine privaten Problemchen in der großen Gruppe besprechen möchte?"

Alle blickten zu Boden und schüttelten nur schweigend den Kopf.

„Gut. Dann kann ich nur sagen: Hier ist der Schichtplan für nächste Woche. Bitte gebt mir wie immer noch heute Bescheid, falls ihr wechseln wollt oder müsst. Und ansonsten kann ich euch nur eine schöne Arbeitswoche wünschen. An die Arbeit Mädels!"

Markus Aarweiler, der wie jeden Sommer in der Küche aushalf blickte Sarah fragend an.

„Und Jungs, sorry Markus, ich muss mich erstmal daran gewöhnen, dass wir wieder einen Mann im Haus haben." Sarah versuchte ihm aufmunternd zu zulächeln, hatte aber das Gefühl, nur eine blöde Grimasse zu ziehen.

Jana sah Sarah ängstlich an. Sie wusste nicht genau, was die Restaurantleiterin mit ihr besprechen wollte, und wenn sie auch nicht ihre direkte Vorgesetzte war, so war sie doch eine echte Respektsperson, die Jana immer ein bisschen Angst machte.

„Jana, ich bin erstaunt, wie schnell das alles bei euch geht. Vor wenigen Tagen warst du noch ein Häufchen

Elend, und nun hast du Jodie den Mann ausgespannt. Nicht das es mich etwas anging, aber ich bin schon wirklich erstaunt."

„Ich weiß auch nicht, wie das alles gekommen ist. Ich war einfach mal mutig und hab ihn gefragt, ob wir ein Bier trinken gehen wollen. Und er sagt ja. Und plötzlich sitzt er vor mir und weint, und sagt, er kann nicht schlafen, weil er immer an Blohmann denken muss und dann hab ich ihn in den Arm genommen, und dann..." Jana verstummte und wurde rot.

Sarah horchte auf. Sie hatte eigentlich nicht geplant, Jana auszuhorchen, aber diese Andeutung kam ihr doch seltsam vor. Und außerdem hatte sie ja sowieso vor, mit Jan und Karsten zu sprechen, da würde es doch nicht schaden, schon vorher ein paar Informationen zu sammeln...?!

„Er kann nicht schlafen, wegen Blohmann? Das versteh ich nicht. Ich dachte, er kann nicht schlafen, wegen Jodie?"

„Nee, mit Jodie, das läuft schon seit einiger Zeit nicht mehr so gut, und seit sie hier arbeitet ist es noch schlimmer, weil sie so eifersüchtig ist. Jan schläft schon seit Wochen nicht, wegen Blohmann, wegen dem, was er gesehen hat... aber ich weiß nicht, ob ich darüber reden darf, das ist ja Jans Sache..."

„Nein, du sollst mir auch keine Geheimnisse erzählen, aber ich habe mich nur gewundert, weil ich dachte, der ganze Streit geht um Jodie und Jan und dass er sie verlassen hat?!"

„Ja, darum geht es auch, aber dass Jan geweint hat, das hat nichts mit Jodie zu tun. Da geht es um den Abend mit Timm."

„Timm? Was? Was? Was? Wieso Timm? Das war doch ein Unfall, oder nicht?"

„.. bitte, Sarah, ich will da nichts Falsches sagen, bitte frag ihn selbst. Ich muss jetzt auch los, die Zimmer machen."

Sarah blickte ihr hinterher und spürte wie sich ihre Nackenhaare aufstellten. Gab es da etwas, was sie noch gar nicht geahnt hatte? Hatte Blohmann vielleicht etwas mit dem Tod von Timm zu tun gehabt? War das vielleicht das wahre Motiv für den Mord?

Sie musste unbedingt so schnell wie möglich mit Karsten und Jan sprechen. Vielleicht erst mal nur mit Karsten. Oder erst nur mit Jan?

Sie wollte in Ruhe nachdenken und machte sich auf den Weg zu ihrer Brot- und Eier-Runde.

Auf dem Weg zum Hühnerstall traf sie Klaus, der gemächlich zu seiner Sattlerei hinauf ging.

„Moin Klaus."

„Moin mien Deern."

„Klaus, wie läuft es mit den Pferden?"

„Jo, dat läuft. Aber die sind groß, bannig groß!"

Sarah lachte laut auf:

„Naja, ihr habt euch aber auch die größte Rasse ausgesucht, oder? Ihr wolltet doch echte Kaltblüter. Nun habt ihr welche!"

„Jo, das is wohl wahr. Und wie geht dir das?"

„Ach Klaus, ich bin ganz furchtbar durcheinander."

Klaus schaute sie fragend und etwas skeptisch an. Da musste sie selbst lachen und sagte:

„Ich weiß, ich bin fast immer furchtbar durcheinander, aber jetzt bin ich es noch viel mehr als sonst."

Sarah sah den alten Sattler an:

„Klaus hast du ein bisschen Zeit für mich? Ich würde dir gerne was erzählen und dich etwas fragen."

„Na, mien Deern, dann lass uns mal zu meiner Sattlerei gehen. Da ham wir unsere Ruhe."

Als sie auf der kleinen Holzbank vor der Werkstatt saßen wusste Sarah erst nicht richtig, wie sie anfangen sollte.

„Also Klaus, ich hab dir doch schon erzählt, dass ich ein bisschen recherchiere, wer den Blohmann umgebracht haben könnte und jetzt natürlich auch, wer Agnes so hinterrücks zusammengeschlagen haben könnte."

„Jo, das hast du."

„Also, ich bin mir sicher, dass ich den möglichen Täterkreis auf eine Hand voll Leute beschränken kann, und ich würde gerne von dir wissen, was du darüber denkst.

„Aha." Klaus zog an seiner Pfeife, stellte aber fest, dass sie gerade ausgegangen war. Er nahm sein Feuerzeug, stopfte den Tabak noch ein bisschen nach, und entzündete die Glut mit leicht schmatzenden Geräuschen erneut.

Sarah wartete, bis die Pfeife brannte, und schnupperte ein bisschen an dem Pfeifenrauch. Sie mochte den würzigen Geruch, er erinnerte sie an ihre Kindheit. Dann sagte sie:

„Also, ich denke, ich kann sagen, dass ich derzeit vier Leute zur Auswahl habe. Und zwar Karsten und Jan und

Oliver Tregitsch, dieser Dauergast von uns, im Kroog, weißt Du, dieser Schauspieler. Und Laurin."

„Aha."

Klaus zog wieder an seiner Pfeife und starrte geradeaus auf den Eingang der Schmiede.

„Und ich weiß nicht, was ich machen soll. Ich kann keinem von denen den Mord zutrauen, aber ich denke, wenn ich nicht völlig falsch liege, dann haben zwar viele andere ein Motiv, und vielleicht sogar kein Alibi, aber ich glaube nicht, dass es einer von denen war. Und ich gebe zu, ich habe auch meinen Schwager ausgequetscht, mir ein paar seiner Ermittlungsergebnisse zu erzählen. Zu irgendwas muss der Stinkstiefel ja auch gut sein, oder?!"

Wieder eine große, duftende Rauchwolke, dann:

„Und alle anderen, die an dem Abend im Kroog waren, kannst du ausschließen?"

Sarah sah Klaus an. Er war also auch schon auf die Idee gekommen, dass es kein externer Täter gewesen sein konnte. Sie hatte bisher gar nicht darüber nachgedacht, dass ja auch andere Leute sich darüber Gedanken machen würden, wer Blohmann umgebracht haben könnte.

Und natürlich lag es nahe, dass Klaus nachgedacht hatte, denn er war schließlich an dem Abend auch im Kroog gewesen. Und er war, außer Agnes, der einzige, der den Toten tatsächlich gesehen hatte.

„Naja, nicht alle 100%ig, du würdest dich wundern, was ich alles herausgefunden habe. Wirklich schlimme Sachen. Der Blohmann war wirklich ein furchtbarer Mensch. Noch viel schlimmer, als ich je gedacht hätte. Und ganz viele von unsren Leuten kannten den von früher, aber das hat vorher keiner zugegeben. Ich habe viele Sachen nur durch Zufall herausgefunden."

„Das will ich lieber gar nicht alles wissen. Was manche Sachen angeht, will ich lieber dumm sterben."

„Schon gut, ich wollte es dir auch gar nicht erzählen. Also, ich glaube, dass es einer dieser vier war. Die anderen hätten, wie gesagt, auch ihre Motive gehabt, aber ich weiß entweder von Thomas, dass sie ein Alibi haben, oder ich habe sie selber befragt. Und sie haben gesagt, dass sie es nicht waren."

„Aha." Klaus klang wenig überzeugt.

„Ich weiß, dass jemand, der fähig ist einen anderen Menschen umzubringen, bestimmt auch kein Problem damit hätte, mich anzulügen. Aber irgendwie kann ich mir das nicht vorstellen. Warum sollte mir jemand freiwillig sein Mordmotiv erzählen, wenn er es wirklich war? Das macht doch keinen Sinn, oder?"

„Ich weiß es nicht, ich denke, Mord macht nie Sinn, und jemand, der mordet, der hat auch andere seltsame Verhaltensweisen. Und vielleicht ist es auch gerade so, dass der Täter sich denkt, du würdest aufhören ihn zu verdächtigen, sobald er ein bisschen offen ist, dir gegenüber."

Sarah überlegte kurz, ob sie von dem Drohbrief erzählen sollte, schwieg dann aber.

„Ach Klaus, es ist alles so schwierig, und ich denke, dass Hans-Henning da auch noch mehr weiß, als ich bisher herausbekommen habe, und ich habe schon eine Menge herausgefunden..."

„Dann musst du noch mal mit Hans-Henning sprechen. Aber mir ist gerade was eingefallen, jetzt wo ich noch mal an den Abend denke, und besonders an den Morgen danach."

„Ja?"

„Ich habe Laurin an dem Morgen getroffen, und er war eigentlich wie immer, aber Arthur hatte eine Wunde an der Nase, die hatte er am Tag davor noch nicht. Und das seltsame war, die Wunde sah schon so alt und verschorft aus, so wie vielleicht eine Brandwunde aussehen würde...“

„Was? Willst du damit sagen, du denkst, dass es eventuell Laurin war? Aber warum? Wieso sollte Laurin einen vollkommen Fremden umbringen?“

„Vielleicht war Blohmann ja kein vollkommen Fremder?“

„Was meinst du damit? Weißt du etwas, was ich nicht weiß?“

„Mien Deern, ich weiß bestimmt ne Menge, was du nicht weißt, aber ich weiß nicht, ob ich damit Recht habe. Ich hatte immer das Gefühl, dass Laurin besonders finster geschaut hat, wenn er den Architekten gesehen hat.“

„Hm, kann Laurin tatsächlich auf verschiedene Arten finster schauen? Ich dachte immer er hat nur diesen einen Universal-Finster-Blick...“

Klaus lachte leise und fing dann an zu husten: „Nee, ich glaube, der hat mehrere. Auf jeden Fall weiß ich, dass damals, als der alte Schäfer nicht mehr so gut konnte und gesagt hat, er will in der nächsten Saison nicht mehr weiter machen, da kam Hans-Henning und sagte, er hätte genau den richtigen für die Stelle. Und dann kam Laurin.“

Man konnte Klaus Stimme anhören, dass er nicht wirklich begeistert gewesen war, von Hans-Hennings Wahl.

„Hans-Henning kennt Laurin? Also, der kannte ihn schon bevor er hier im Dörp angefangen hat? Das verstehe ich nicht.“

„Ja, das hat uns alle auch gewundert, weil Laurin eben so ist, wie er ist. Und was noch viel seltsamer war: Er hatte gar nicht viel Erfahrung als Schäfer. Und trotzdem ist er eingestellt worden. Und dann ist er im Winter für mehr als zwei Monate verschwunden. Er ist einfach verschwunden und hat keinem gesagt, wo er hingegangen ist, und wann er wieder kommt."

„Das macht er doch jetzt noch jedes Jahr."

„Ja, aber beim ersten Mal ist er einfach verschwunden. Und als die Kollegen sich beschwert haben, hat Hans-Henning gesagt, dass er sich darum kümmern wird. Und das hat er dann auch getan. Am nächsten Tag war ein Aushilfsschäfer da. Und seitdem ist Laurin hier und verschwindet jeden Winter für zwei Monate."

Sarah blickte den Sattler an: „Und wenn er wieder kommt, ist er rasiert, und gekämmt, und sieht für etwa zwei Wochen aus, wie ein Mensch..."

Klaus schob seine Mütze etwas nach hinten.

„Genau, mien Deern. Ich will nur sagen: Ick gloob, datt Hans-Henning dir vielleicht noch ein bisschen mehr erklären könnte, wenn du ihn fragst."

„Weißt du denn nicht, was da los ist, Klaus?"

Der alte Sattler schüttelte nur den Kopf.

Sarah schaute Klaus fragend an: „Warum hast du Hans-Henning nie gefragt?"

Klaus nahm seine Pfeife aus dem Mund, stopfte mit der Rückseite des Feuerzeugs die Glut wieder tiefer in den Kopf hinein, und machte einige laute, schmatzende Züge, bevor er antwortete: „Hab ich doch schon gesagt, was manche Sachen angeht kann ich wirklich gerne dumm sterben. Mir reicht, was ich sehe. Und ich sehe eine Menge."

„Das stimmt Klaus, das tust du. Du siehst eine Menge. Danke, dass du mir zugehört hast. Und besonders, dass du mir das von Laurin erzählt hast!"

„Dafür nich, mien Deern!"

Sarah rutschte auf der Bank hin und her. „Aber ein Frage habe ich noch." Und bei dem Gedanken sträubten sich ihre Nackenhaare. „Denkst du, dass Laurin der Mörder ist?"

„Ich weiß das nich. Und da will ich auch nich drüber nachdenken."

Sarah stand auf. Sie würde diese Art der Dorfbewohner nie ganz verstehen: Obwohl sie hier aufgewachsen war, würde nie verstehen, warum so viele lieber den Kopf in den Sand steckten, anstatt sich um Sachen zu kümmern.

„Danke Klaus, fürs Zuhören und deine Tipps."

„Dafür nich mien deern, dafür nich!"

Damit stand er ebenfalls auf und verschwand in seiner Sattlerei.

„Ach, Klaus?!"

Der Sattler drehte sich in der Tür um und schaute Sarah an. „Was denn noch?"

„Wusstest Du, dass das Brandeisen zwischendurch hier unter dem Vordach deiner Sattlerei versteckt war? Ingo hat das dahin gelegt, nachdem Torsten Blohmann damit bedroht hatte."

„Was? Nee, das hab ich nich gewußt. Hier? Bei mir? Aber warum denn?"

„Weiß ich auch nicht, aber ich glaube auch nicht, dass du das Brandeisen gefunden hast, um es dann Blohmann auf den Hintern zu brennen."

„Nee, bestimmt nicht!" Für den alten Mann war das Gespräch jetzt beendet und er drehte sich einfach um und ging grußlos in seine Werkstatt.

Sarah blickte ihm nach: „Ich weiß, Klaus, ich wollte es ja nur erwähnt haben…"

Sarah war hin und her gerissen. Am liebsten würde sie sofort zu Hans-Henning laufen und ihn fragen, was es mit Laurin auf sich hatte. Aber sie hatte eigentlich den Plan gehabt, mit Karsten zu sprechen, und das sollte sie jetzt auch tun. Und vorher würde sie die Eier abholen.

Im Hühnerstall traf sie das erste Mal seit dem Überfall wieder auf Agnes.

„Hallo Agnes, mein Mädchen! Ich brauche heute wieder 30 Eier, hast Du so viele?"

„Hallo Sarah, ich habe sogar 47 Eier, die haben wohl nicht gut gesucht, während ich…", sie schluckte, „während ich nicht hier war…"

„Dann werde ich die Eier lieber auf ihre Frische überprüfen. Soll ich dann alle 47 mitnehmen? Oder willst Du ein paar davon behalten?"

„Nein, ich will ein paar auch für die Kätzchen haben, weil, ich kümmer mich jetzt um die Kätzchen. Die kleinen süßen Kätzchen. Hier im Hühnerstall, hier sind die Kätzchen."

„Ja? Sind die Kätzchen jetzt nicht mehr bei Laurin im Schafstall? Das habe ich gar nicht mitbekommen, warum hast du die Kätzchen denn nicht bei Laurin gelassen?"

Sarah wusste, wie alle Mitarbeiter des Museums, dass Agnes den stillen Schäfer heimlich anhimmelte, und Laurin hatte sich auch immer gut um Agnes gekümmert.

Deshalb wunderte Sarah sich, dass Agnes nicht die Chance genutzt hatte, mehr Zeit bei Laurin zu verbringen. Aber Agnes sah plötzlich richtig ängstlich aus.

„Nein. Kätzchen sind lieb und niedlich, die sollten nicht da sein."

„Aber ich dachte immer, dass du Laurin gerne magst, und er mag dich doch auch, oder?!"

In Sarahs Kopf hallten noch Klaus' Worte nach. Konnte das wirklich sein, dass Laurin der Mörder war, und dass es auch Laurin gewesen war, der Agnes niedergeschlagen hatte? Manchmal wäre sie gerne mehr so, wie die Dorfbewohner.

Aber das konnte sie leider nicht, dafür war sie nun schon viel zu weit gegangen. Sie wusste, sie würde so lange nicht ruhig schlafen bis sie herausgefunden hatte, wer ihre heile Welt zerstört hatte.

„Nein, ich mag die Kätzchen und die sind lieb. Aber ich will nicht zu Laurin gehen, mit den lieben Kätzchen."

„Nein, Agnes, das musst du auch nicht. Wo sind die Kätzchen denn jetzt?"

Agnes legte vorsichtig die beiden Eier, die sie noch in der Hand gehalten hatte, in eine der bereitstehenden Eierpappen. Dann bedeutete sie Sarah, ihr zu folgen, ging um den Hühnerstall herum zum hinteren Eingang. Dort war noch ein kleiner Stall angebaut, der früher zum Großziehen der Küken genutzt worden war. Und da lagen die Kätzchen auf weichem Stroh, maunzten leise, als sie kamen, sahen aber sonst gut genährt und zufrieden aus.

„Hier sind sie." Agnes Augen strahlten. Sie nahm eines der Kleinen hoch, ein braun weiß geflecktes, und hielt es Sarah entgegen. Das ist mein Lieblingskätzchen.

Das mag ich besonders gerne, weil es das kleinste ist, und so hübsche Augen hat. Erst jetzt bemerkte Sarah, dass das Kätzchen ein blaues und ein grünes Auge hatte.

„Die ist wirklich etwas ganz besonderes. Wie heißt sie denn?"

„Das ist Arthur, mein eigener Arthur. Das ist gut, wenn man seinen eigenen Arthur hat, dann muss man sich von niemandem den Arthur ausleihen..."

„Das ist eine sehr gute Idee. Jeder sollte seinen eigenen Arthur haben, da hast du völlig recht Agnes!" Sarah dachte an den freundlichen Hund des Schäfers.

Sie nahm die junge Frau kurz in den Arm.

„Wirklich eine sehr tolle Idee!"

Agnes lächelte fröhlich und setzte dann das kleine Kätzchen vorsichtig zurück in den Stall.

„Sag mal, ist deine Mutter heute in der Backstube? Ich wollte schauen, ob schon Brot da ist."

„Nein, Mama ist heute im Geschäft."

„Gut, dann wird mein Brot ja bestimmt bald mit der Lieferung kommen."

„Ja. Ich muss jetzt den Stall machen. Ein Hühnerstall muss immer sauber sein, damit sich keine Para... Parasitzien verbreiten."

„Das stimmt, Agnes, und es ist schön, dass du dich darum so gut kümmerst! Tschüss Agnes!"

„Tschüss Sarah!"

Die junge Frau winkte Sarah zu und nahm dann den Rechen in die Hand, um den Stall und den Hühnerhof zu misten, während Sarah ihre Eierpappen in den Korb stapelte und dann den Stall in Richtung Bürgermeisterhof verließ.

Das große, zweistöckige Gebäude sah jetzt schon sehr imposant aus. Das Reetdach war fast fertig gedeckt und leuchtete frisch und gelb. Die meisten Außenarbeiten waren abgeschlossen, und es sah alles so aus, als würde der Eröffnung in der Mittsommernacht nichts im Wege stehen.

Sarah ging langsam über die Brücke an der Mühle und kam an der Fischerkate vorbei. Dort sah sie Ingo an seinem Räucherofen arbeiten.

„Moin Ingo!"

„Moin Sarah, wie war der Fisch am Freitag?"

Sarah lächelte. Auch wenn Ingo seinen Fisch nicht selber fing, er war zu Recht stolz auf seine Künste als Räuchermeister.

„Der Fisch war wie immer fantastisch. Was ist denn mit deiner Räucherkammer? Ist sie kaputt?"

„Ach, nix besonderes. Nur ein paar Löcher zu stopfen."

„Ingo, ich wollte dich schon länger mal fragen, ob du mir nicht mal Matjes räuchern könntest?"

„Matjes räuchern? Schöne Idee, ist aber nicht neu, das weißt du schon, Sarah, oder... Heiß oder kalt geräuchert?"

Sarah seufzte leise. Sie hatte doch gar nicht behauptet, dass sie sich das gerade ausgedacht hatte. Sie hatte vor einigen Jahren mal heiß geräucherten Matjes gegessen und fand die Konsistenz des Fisches einmalig und es war damals tatsächlich geschmacklich ein ganz neues Erlebnis gewesen.

„Ich weiß, Ingo, das ist nicht neu. Heiß geräuchert, bitte. Kannst du es mal ausprobieren, für mich?" Sie lächelte den Fischer freundlich an. Es hatte wenig Sinn, sich mit Ingo anzulegen, wenn es um Fisch ging.

„Na, gut, hab ich auch noch nie gemacht, ich kauf morgen welche, und probier es aus. Bist du morgen da? Dann bring ich dir die ersten Testläufe vorbei"

Sarah hob die Schultern leicht an: „Ich bin doch immer da. Danke Ingo!"

„Na klar, Sarah, für dich mach ich doch fast alles...!"

Sarah ging weiter auf den Bürgermeisterhof zu und sagte leise zu sich: „Na klar... Das weiß ich doch, Ingo..."

Sie konnte Karstens Stimme schon von weitem über die Baustelle schallen hören.

„Ist mir egal, was der Herr Blödmann-Blohmann Architekt sich da ausgedacht hatte. Der ist jetzt nicht mehr hier, also machen wir das so, wie ich das sage. Punkt."

Es waren drei Wochen vergangen, seit dem Mord an Blohmann, und obwohl sie so viel Schlimmes über ihn herausgefunden hatte, konnte Sarah sich nicht daran gewöhnen, dass so abfällig über den Toten gesprochen wurde. Sie fand das unpassend, auch wenn er, wie sie in der Zwischenzeit erfahren hatte, ein wirklich ekelhafter Mensch gewesen war.

Karsten stand in der mächtigen Türzarge des Hofes, hielt sich mit einer Hand am Rahmen fest, während er sich ins Innere hinein lehnte.

„Nein, Tobias, ich will nicht wissen, was der gesagt hat. Ich weiß, wie man vor 150 Jahren Wände gebaut hat, und genau so machen wir das. Ende der Diskussion."

„Aber es merkt doch niemand, ob wir Stroh nehmen, oder anderes Material. Und Stroh kann immer gammeln, Glaswolle nicht!"

„Sag mal, ich komm da gleich rein... Ich habe gesagt: Ende. Und dann ist Ende. Wir sind hier aufm Bau und nicht in der Sabbelbude. Ich will das nicht hören. Du machst es auf meine Art oder du gehst, verstanden?!"

Sarah trat näher.

„Hallo Karsten, na? Gibt's Ärger?"

Karsten drehte sich um und sah im ersten Augenblick tatsächlich ein bisschen peinlich berührt aus, dass Sarah gehört hatte, wie er mit dem armen Tobias umgegangen war. Aber nur einen kleinen Moment. Dann schaltete er um, kam langsam auf sie zu und sagte fast fröhlich: „Schau nicht so vorwurfsvoll. Wir sind hier auf dem Bau, da spricht man eine deutliche Sprache, sonst ist man verloren. Hier gilt: Alle hören auf ein Kommando und das ist nun mal meines. Das ist mein Job, fertig."

Er stand jetzt direkt vor ihr und Sarah fiel auf, dass Karsten etwas sehr Bedrohliches aber auch Männliches haben konnte.

„Aber als Blohmann noch lebte, da war das alles noch nicht ganz so, oder? Da hörten dann alle auf sein Kommando, oder was?" Sarah war selber erstaunt, wie scharf ihr Tonfall plötzlich war. Karsten war bekannt für seine Wutanfälle, vielleicht war er in jener Nacht wegen irgendetwas ausgerastet?"

Karsten sah sie durch leicht zusammengekniffene Augen an.

„Es war nie einfach mit ihm, und ich habe mehr als einmal den General gerufen, um die Situation mit ihm zu klären. Und das ist, wie Du weißt, normalerweise wirklich nicht meine Art."

Einige der Mitarbeiter, die nicht so einen guten Draht zu Angelika hatten nannten sie hinter ihrem Rücken „De

Generol" weil sie so streng wirkte, und scheinbar nie aus der Rolle fiel... Wenn die wüssten...

„Ich habe Blohmann auch mehr als einmal Schläge angedroht, dafür wirst du mit Sicherheit eine Menge Zeugen finden. Und eins kann ich dir sagen: Er hätte es jedes Mal verdient!" Seine Stimme wurde nun merklich ruhiger und leiser.

„Aber ich bin nicht der Typ, der jemandem hinterrücks auflauert, ich dachte soweit würdest du mich kennen."

Karsten schien fast enttäuscht von ihr. Er nahm sich eine Zigarette aus der Tasche, zündete sie an und schaute Sarah durch den Rauch an.

„Ich glaube das auch, Karsten. Du rastest schnell aus, und dann wirst du bestimmt auch mal handgreiflich. Das finde ich nicht gut, aber so ist das vielleicht wirklich auf dem Bau."

Sarah zeigte auf die Zigarettenschachtel in Karstens Jackentasche.

„Kann ich auch eine haben?"

Sie stellte den Korb mit den Eiern auf einen Stapel Holz und zündete die Zigarette an, die Karsten ihr reichte. Sie inhalierte tief und atmete dann lange aus.

„Aber ich glaube auch nicht, dass du jemandem auflauerst, denn wenn der Rauch verflogen ist, dann bist du wieder ein ganz normaler Mensch, wenn nicht manchmal sogar ein wirklich netter."

Er lächelte ihr zu und versuchte ein bisschen mit ihr zu flirten.

„Ja, findest du? Ich gebe mir aber auch immer sehr viel Mühe, wenn wir uns sehen, Sarah! Und, nur um dich zu beruhigen: Ich war es wirklich nicht, auch wenn ich ihm gerne mal ein paar verpasst hätte..."

„Ich glaube dir ja, du bist viel zu aufbrausend, als dass du Dir die Zeit nehmen würdest bis nachts um 1:00 zu warten, um auf Blohmann los zu gehen..."

„Eben, sach ich doch!" Karsten zwinkerte ihr zu.

„Und noch eins: Versuch nicht, mit mir zu flirten, Karsten!"

Er lachte. Karsten versuchte bei fast jedem Fest in den letzten Jahren mit Sarah zu flirten um sie eventuell ins Bett zu bekommen.

Aber er war dabei niemals unangenehm geworden. Er konnte sogar ganz gut flirten, aber sie würde ihm das mit Sicherheit nicht sagen.

„Nachdem ich nun überzeugt bin, dass du Blohmann nicht umgebracht hast, habe ich noch eine andere Frage an dich: Was ist denn eigentlich mit Jan los?"

Er trat seine Zigarette auf dem Boden aus. „Was meinst du damit?"

„Ich habe gehört, er schläft schlecht, und ich finde auch, er sieht in letzter Zeit ganz schön nervös aus."

„Also schlafen tut er nicht, weil er sich mit dieser kleinen Maus eingelassen hat, die muss ihn wohl ganz schön fordern..." Er lachte dreckig.

Sarah unterbrach ihn ungehalten. „Karsten, das meine ich nicht, und das weißt du auch. Und zweitens: wenn du schon so abschätzig über eine unserer Mitarbeiterinnen reden musst, dann will ich es zumindest nicht hören!"

„Ja, ich weiß." Karsten lächelte verschmitzt „Tschuldigung. Also, die Wahrheit ist: Ich habe das Gefühl, dass er Timms Tod noch immer nicht verarbeitet hat. Die beiden waren eng befreundet, und Jan macht sich Vorwürfe, weil er denkt, dass er Timms Tod hätte verhindern können."

„Timm ist besoffen vom Gerüst gefallen. Was meinst du mit „verhindern"?"

„Ich bin mir manchmal nicht sicher, ob Jan damals nicht mehr gesehen hat, als er zugegeben hat. Auf jeden Fall hat er danach einen Riesenbogen um Blohmann gemacht. Noch einen größeren als vorher. Aber ob das daran lag, dass Blohmann an dem Abend versucht hat, sich mit jedem zu schlagen, oder ob es etwas mit Timm zu tun hatte, das kann ich dir nicht sagen."

Sarah stöhnte laut auf und fuhr sich mit der Hand durch die Haare. „Was? Noch ein Motiv? Ich fasse es nicht. Ich mag nicht mehr!"

„Wieso, noch ein Motiv? Was meinst du? Na, kleine Sarah, bist Du jetzt unter die Detektive gegangen?"

Sarah überging die Unverschämtheit: „Was? Ach nein, schon gut, ich hab nur laut gedacht. Vergiss es bitte einfach. Kann ich mal mit Jan sprechen? Ist der da?"

Karsten blickte ihr direkt in die Augen und schaute dann hoch zum Reetdach.

„Ja, klar, ich hol ihn dir runter." Er ging ein paar Schritte um das Haus herum und rief dann nach dem Dachdecker.

Kurz später stand Jan vor Sarah: dunkle, wilde Haare ein bisschen blass aber ohne Zweifel sehr gut aussehend. Wenn sie nicht so viel älter gewesen wäre, vielleicht hätte ihr Jan dann auch gefallen...

„Jan, ich würde gerne mal mit dir reden."

„Sarah, es tut mir leid, dass es so viel Ärger mit Jodie und Jana gibt, das hab ich alles so nicht gewollt."

Sarah blickte ihn verblüfft an. Stimmt, sie war ja eigentlich sauer auf diesen Teenager-Hühnerhaufen. Das hatte sie vor lauter Nachdenken über den möglichen Mörder vollkommen vergessen. Aber darauf wollte sie jetzt nicht näher eingehen. Sie wollte endlich wissen, was da mit Timm und Blohmann los gewesen war.

„Ja, das nervt mich wirklich sehr, aber darüber wollte ich nicht mit dir reden."

„Nein?"

„Nein, ich will mit dir über Blohmann reden."

„Oh..."

„Wie war Dein Verhältnis zu ihm?"

„Ich fand ihn furchtbar, und ich... ich hatte Angst vor ihm, wenn ich ehrlich bin..."

„Angst?"

„Ja, er war so unberechenbar. Mal war er total nett zu einem, und dann drehte er plötzlich total durch und wurde fies und verletzend."

„Das ist eine exakte Beschreibung von Karsten, und mit dem verstehst du dich blendend. Also: warum hattest Du Angst vor Blohmann?"

Sarah blickte Jan direkt in die Augen.

„Wenn ich ehrlich bin, dann hatte ich erst Angst vor ihm, seit Timms Tod."

„Seit Timms Tod? Was hatte denn Blohmann mit Timms Tod zu tun?! Timm ist besoffen vom Gerüst gefallen, oder?!"

„Nein, ich glaube eben, dass er nicht einfach gefallen ist..." Er lehnte sich an das Geländer, dass um den kleinen Bach gezogen worden war und blickte in das vorbei fließende Wasser. Lange sagte er nichts.

„Sarah, jetzt wo Blohmann tot ist, macht es wohl eh keinen Unterschied mehr, aber ich habe ihn gesehen, bevor Timm gefallen ist... da oben." Er dreht sich um und schaute hoch zur Baustelle.

„Was willst du damit sagen? Dass Blohmann vielleicht Timm vom Gerüst gestoßen hat?!" Sarah hielt den Atem an.

„Ja, genau das will ich sagen. Ich habe ihn gesehen, und kurz später ist Timm gefallen. Und ich hätte ihn vielleicht retten können. Und ich habe nichts getan. Er war doch mein bester Freund..."

Dem jungen Mann liefen Tränen über das Gesicht.

Sarah legte vorsichtig einen Arm um seine Schultern.

Sie sah den Brief wieder vor sich:

ICH HABE DICH GESEHEN
BEI TIMM
BEVOR ER FIEL
VERSCHWINDE HIER
SONST WIRD ES DIR LEID TUN

„Und deshalb hast du ihm diesen Drohbrief geschrieben?"

Er blickte sie kurz fragend an, dann nickte er. „Ja, ich wollte, dass er verschwindet, das widerliche Arschloch."

Er schwieg lange, dann atmete er tief aus und begann zu erzählen:

„Ich wusste schon länger, dass Timm sich mit ihm nicht gut verstanden hat, aber ich dachte, das ist ganz normaler Streit, den man eben mal mit jedem hat. Auf dem Bau ist das normal.

Ich hätte doch nie gedacht, dass das dann alles so endet.

Timm war bei mir, ein paar Tage vor seinem Tod. Und er hat gesagt, dass er Angst hat, und dass der etwas plant. Aber ich habe nur gelacht und gesagt, dass wir hier auf einer kleinen Baustelle sind, und dass ich nicht glauben würde, dass der Blohmann da ein krummes Ding dreht. Er war nur ein überhebliches Arschloch, das ist alles...

Aber Timm hat mir erzählt, dass Blohmann ein wertvolles Holzrelief gestohlen hat, und dass auch die originalen Türklinken verschwunden sind. Aber ich hab ihm gesagt, dass er spinnt. Erst als ich dann bei einem Internetauktionshaus nachgeschaut habe und gesehen habe, dass dort die Teile tatsächlich zum Verkauf angeboten wurden, habe ich ihm geglaubt. Ich weiß, das klingt jetzt harmlos, so alter Kram, aber die Türklinke der Haustür wurde dort für über 3000 Euro gehandelt, und die Auktion war noch nicht vorbei. Timm wollte Blohmann auf dem Richtfest darauf ansprechen, ob er etwas damit zu tun hatte. Ich hab die beiden gesehen, wie sie zur Baustelle gegangen sind. Ich bin dann hinterher. Und dann hab ich Timm oben auf dem Gerüst gesehen, und Blohmann war auch dort. Dann musste ich mal und als ich wieder zurückkam, da war alles ruhig. Und ich bin dann nach Hause, weil ich mir sicher war, dass ich die beiden streiten gehört hätte, wenn sie noch da gewesen wären. Sie waren ja beide Menschen, die gerne sehr laut wurden...

Als Timm dann am nächsten Tag tot aufgefunden wurde, da wusste ich nicht, was ich tun sollte. Ich wollte nur, dass das Arschloch verschwindet. Deshalb hab ich ihm dann den Brief geschrieben. Aber ich hab den Blohmann doch nicht umgebracht!

Ich wollte nur dass er wieder zurück nach Hannover geht. Ich kann doch niemanden umbringen..."

Sarah sah Jan lange von der Seite an. Dann nickte sie langsam und sagte dann: ich glaube auch nicht, dass du jemanden umbringen könntest. Und Timm würde das auch nicht wieder lebendig machen."

„Eben. Glaubst du mir? Der dicke Polizist hat mich schon dreimal befragt, so als würde er denken, ich hätte was mit dem Tod von Blohmann zu tun. Ich sag dem aber nix, ich rede nicht mit solchen Leuten…"

„Ich glaube dir, Jan. Und danke, dass du mir das erzählt hast!"

„Starke, du fauler Hund, die Pause ist vorbei, jetzt hör auf, da mit der Lady zu shakern und geh zurück auf dein Dach!" Karsten stand wieder in der großen Eingangstür des Bürgermeisterhofs.

Er zündete sich eine neue Zigarette an und kam über den breiten Kopfsteinpflasterweg auf Jan und Sarah zu.

Jan nickte Sarah zu flüsterte dann: „Du sagst nichts, oder?!"

Sarah schüttelte nur leicht den Kopf bevor der junge Mann im Laufschritt zurück zur Baustelle ging.

Karsten lehnte sich an das Geländer und grinste Sarah frech an.

„Jetzt weiß ich endlich, warum ich keine Chance bei dir habe: Du stehst auf die jüngeren Semester…!"

Sie nahm den Korb und wandte sich zum Gehen.

„Darauf werde ich nicht antworten… Ich muss jetzt mal zurück in die Küche. Tschüss Karsten. Ach, tust du mir einen Gefallen?"

Er schaute sie fragend an: „Na? Was? Soll ich keinem erzählen, dass du auf unsren Dachdecker stehst?!"

Sarah schüttelte nur den Kopf.

„Sei nicht so streng mit deinen Leuten, besonders nicht mit Jan, der ist ein netter Junge."

„Ich bin immer nett zu meinen Leuten" er drehte sich um, und brüllte: „Tobias, was soll das denn jetzt? Sag mal, seh ich dich da jetzt ernsthaft sitzen und rauchen? Ich glaube nicht, dass Du schon Pause hast. Los, mach die Kippe aus, und dann ran ans Stroh..."

Sarah hörte ihn noch lange schimpfen, während sie an den Verwaltungsgebäuden vorbei zu ihrem Gasthaus ging.

„Katja, wie schön! Da bist du ja endlich wieder. Geht es dir wieder besser?" man hörte Sarah deutlich an, wie sehr sie sich freute.

Sie hatte gerade die Eier in die Küche gebracht und war nun hoch in das Bereitschaftszimmer gegangen, um sich noch mal umzuziehen. Der Morgen war jetzt schon viel wärmer, als sie erwartet hatte und der dicke Wollrock, den sie trug war viel zu warm.

„Wie geht es dir? Bist du wirklich wieder fit? Und ich hoffe, Du bist nicht mehr ansteckend..."

Sie dachte mit Schaudern daran zurück, wie es gewesen war, als Tamara vor zwei Jahren mit Scharlach zur Arbeit gekommen war, und alle angesteckt hatte. Sie hatten den Kroog für fast eine Woche schließen müssen, weil alle krank geworden waren. Und die, die es noch nicht waren, mussten Zuhause in Quarantäne.

Seitdem gab es die klare Ansage: Wer krank ist, bleibt zu Hause. Seltsamerweise hatten sich die Krankentage dadurch nicht erhöht, die Mitarbeiter gingen alle sehr verantwortungsbewusst mit dieser Regelung um. Zwar blieb ein Kranker durchschnittlich ein bis zwei Tage länger zu Hause, als früher, aber da er niemanden anstecken konnte, half das dem ganzen Betrieb.

Katja lächelte ihre Freundin an und nahm sie herzlich in den Arm.

„Es geht mir super. Meine Güte, ich hab euch auch alle so vermisst! Mann, ich war aber wirklich richtig krank. Vielen Dank für deine Carepakete. Mit dem leckeren Essen aus dem Kroog kann man ja nur schnell wieder gesund werden. Wie war es denn hier? Bist du weiter gekommen, mit deinen Recherchen?"

Sarah setzte sich auf die Kante des schmalen Bettes, dass sie in hektischen und arbeitsreichen Zeiten als Notbett nutze.

„Ich glaube, ich weiß wer es war, aber ich weiß noch überhaupt nicht, warum."

Katja setze sich ihr gegenüber auf die Kante des anderen schmalen Bettes im Raum.

„Was? Oh Gott Sarah, wer denn?"

Sie atmete ein, dann geräuschvoll wieder aus.

„Laurin!"

„Waaaaaaas? Aber warum denn?"

„Ich sage doch, ich weiß es nicht, aber entweder es war Laurin, oder Oliver... Deshalb hoffe ich irgendwie, dass es Laurin war, auch wenn ich mir keinen Grund vorstellen kann, warum er das tun würde..."

„Du musst mir unbedingt alles erzählen. Und wieso eigentlich Oliver? Wir sprechen doch nicht etwa von dem berühmten Schauspieler Oliver Tregitsch, der sich da in meiner Abwesenheit mal kurz in nur noch „Oliver" verwandelt hat..."

„Ach, Katja, er hat mich zu einem Picknick eingeladen, das war nicht nur wahnsinnig lecker, sondern mindestens genauso romantisch..."

„Komm, wir ziehen uns schnell um, holen uns einen Kaffee und dann setzen wir uns ins Büro... ich will alles wissen!"

Die beiden zogen sich leichte Leinenkleider an und liefen dann die Treppen hinunter. Unten an der Rezeption stand Oliver und unterhielt sich mit Hanna, die offensichtlich ebenfalls schon vollkommen seinem Charme erlegen war, denn sie strahlte ihn fröhlich an.

Sarah verstummte, als sie ihn sah, und als er sich zu ihr umdrehte merkte sie, wie ihr Herz anfing, schneller zu schlagen. Trotzdem lächelte sie nur ihr professionelles Hotellächeln, grüßte mit einem Nicken und lief dann weiter durch den Glasgang in die Gaststube.

Katja starrte Sarah von der Seite an und sobald sie sich sicher war, dass man sie nicht hören konnte zischte sie: „Was ist denn hier los? Ich dachte, ihr habt jetzt was miteinander? Ich versteh nur Bahnhof."

„Psst, gleich. Ich erkläre es Dir ja gleich. Erst mal Kaffee. Ich hatte erst einen, heute."

„Oh, jeh, dann will ich mal lieber vorsichtig sein..." Kicherte Katja fröhlich.

Die beiden Frauen setzten sich an ihre Schreibtische, fuhren ihre Rechner hoch und Sarah begann, nach einem tiefen Schluck Kaffee mit ihrem Bericht:

„Ich habe wieder die ganze Nacht nicht geschlafen. Nach all meinen Gesprächen war dann sehr deutlich, dass es entweder Karsten, Jan, Laurin oder Oliver gewesen waren. Und das war wirklich schlimm für mich.

Das Picknick mit Oliver war so schön, dass kannst du dir nicht vorstellen... Er hat so viele wunderbare Leckereien aus seinem Rucksack gezaubert, und dann haben wir da gelegen, gegessen, in den blauen Himmel geschaut und uns unterhalten. Über alles und nichts, und über Essen und über unsere Berufe, und wir haben so viel gelacht, es war wirklich… ganz… toll...“

Katja sah die Freundin erstaunt an:

„So habe ich dich aber lange nicht mehr gesehen, nein, warte: So habe ich dich noch nie gesehen! Du bist ja total verknallt!“

Sarah antwortete nicht sofort und wurde stattdessen nur rot im Gesicht.

„Weißt du, was Oliver mir erzählt hat? Blohmann hat ihm vor zwanzig Jahren die Freundin ausgespannt und dann sofort geschwängert. Und dann hat er sie gezwungen abzutreiben.“

„Was? Oliver hatte auch ein Motiv? Eifersucht?“

„Es kommt noch viel schlimmer: Die Frau ist an den Folgen der Abtreibung gestorben! Und Blohmann ist noch nicht mal zu der Beerdigung gegangen.“

„Das widerliche, dumme Arschloch, der Blohmann hat das echt verdient... Tschuldigung...“

„Schon gut Du hast ja Recht!“

„Unfassbar, was war das nur für ein Typ! Die eigene Frau vergewaltigen, die eines andere schwängern und damit umbringen. Sag mal, was hat Geli eigentlich darüber gesagt, wie er sie behandelt hat?! Wenn er so gewalttätig war Frauen gegenüber...?“ Katja blickte Sarah über den Rand ihres Kaffeebechers an.

„Ich habe sie gefragt, er stand wohl auf eine etwas härtere Gangart, aber er hat Geli nicht geschlagen oder so. Mehr wollte ich dann darüber aber auch nicht wissen, wenn ich ehrlich bin…"

„Oh Gott, das ist auch schon mehr Information, als ich gewollt hätte… Erzähl weiter."

„Ich habe Thomas angerufen, und der hat gesagt, dass Hans-Henning und Lotti, und Frau DeLano ein Alibi haben.

Da ich jetzt mal davon ausgehe, dass Torsten und Geli es nicht waren, einfach, weil das Thomas mit Sicherheit herausgefunden hätte, und Klaus und Ingo nicht in Frage kommen, dann bleiben noch Karsten, Jan, Oliver und Laurin."

„Oh, Sarah, wenn Oliver so ein heftiges Motiv hat, was ist denn dann, wenn er…?" Katja traute sich nicht, die Frage zu Ende zu stellen.

„Deshalb war ich vorhin so kurz angebunden mit ihm. Bevor ich nicht sicher weiß, dass er kein Mörder ist, kann ich nicht nochmal mit ihm ausgehen. Mir läuft es echt kalt den Rücken runter, bei der Vorstellung, dass ich vielleicht mit einem Mörder geknutscht habe…!"

„Aha, geknutscht wurde also auch… bisher war immer nur von Picknick und toller Unterhaltung die Rede." Katja zwinkerte der Freundin zu, als sie deren entsetzten Gesichtsausdruck sah, beeilte sie sich, zum Thema zurückzukehren: „OK, also es waren entweder Karsten, Jan, Oliver oder Laurin."

„Genau. Ich war vorhin bei Karsten. Er ist und bleibt ein cholerischer Wahnsinniger. Aber er ist viel zu direkt für einen Mord, da müsste ich mich wirklich sehr irren. Ich denke, wenn er zu einem Mord fähig ist, dann im Affekt. Aber bestimmt nicht hinterrücks und heimtückisch."

„Ja, da gebe ich dir absolut recht"

„Jan hat zwar eben zugegeben, dass er einen von den Drohbriefen geschrieben hat, aber er ist einfach zu zart besaitet, der war es auch nicht."

„Ok, wenn du meinst, ich kenne Jan nicht gut genug."

„Oh, dabei fällt mir ein: Jan ist jetzt nicht mehr mit Jodie zusammen, sondern mit Jana, also verplappere dich bloß nicht irgendwann..."

„Echt?" Katja lachte laut auf. „Mann, diese Kinder... da ist man mal eine Woche nicht im Haus und schon ist alles anders."

„Ja, Du lachst jetzt, aber das war gar nicht so witzig, als hier in jeder Ecke ein total verheultes Mädchen stand. Und du warst nicht da. Und du weißt, wie sehr ich diesen Mist hasse..."

Katja schüttete sich jetzt vor Lachen „Oh ich kann es mir lebhaft vorstellen, wie du versucht hast, zu schlichten: „Hör auf zu heulen, ich will hier von eurem Privatscheiß nichts wissen, ist das klar?! Etwa so?"

Sarah fühlte sich ein bisschen ertappt. Sie wusste, dass sie in solchen Situationen diplomatischer sein sollte, aber es gelang ihr einfach nicht.

„So ungefähr. Also, jedenfalls: Jan ist raus, das sagt mir mein Bauch. Und damit bleiben Oliver und Laurin. Von dem einen weiß ich, dass er ein echt heftiges Motiv hat, von dem anderen weiß ich nix."

„Und jetzt?"

„Ich war ja vorhin bei Klaus und der hat so seltsame Andeutungen gemacht. Ich habe das alles nicht so richtig verstanden. Aber er meint, ich solle mal zu Hans-Henning gehen und ihn nach Laurin fragen."

„Ist die Graue Eminenz vielleicht auch der uneheliche Vater von Laurin?"

Sarah starrte ihre Kollegin an und musste schlucken.

„Auf die Idee bin ich noch gar nicht gekommen. Das wäre ja heftig. Und das Motiv ist dann vielleicht das Erbe?"

„So oder so, Du solltest da gleich mal zu ihm hin gehen. Ist Hans-Henning heute auf dem Gelände?"

„keine Ahnung, ob er da ist, aber ich gehe gleich mal zu ihm rüber. Wenn er da ist, wird er sich ein paar Minuten für mich nehmen und vielleicht weiß ich dann endlich, was hier die ganze Zeit hinter den Kulissen los war."

Das Büro der Grauen Eminenz war im ersten Stock eines schönen Fachwerkhauses untergebracht. Alle Verwaltungsgebäude waren historisch und fügten sich so in das Gesamtbild des Museums ein. Die Einrichtung war allerdings so modern wie in anderen Büros auch. Hans-Henning saß an einem großen Glasschreibtisch vor seinem Computerbildschirm, als Sarah die Tür öffnete.

„Hallo Hans-Henning! Hast Du ein paar Minuten für mich?"

Der alte Mann blickte auf und schlug einen fröhlichen Tonfall an: „Hallo Sarah, natürlich habe ich Zeit für dich, was kann ich für dich tun? Komm setz dich, willst Du einen Kaffee?"

„Immer."

Hans-Henning ging zur Tür, öffnete sie und rief seiner Assistentin zu:

„Iris, kannst Du uns mal eine Kanne Kaffee bringen?"

„Ja klar, Hans-Henning, mach ich gleich."

Er setzte sich wieder in den hohen Lederdrehstuhl und schaute Sarah offen an.

„Und, was kann ich für dich tun? Thomas hat ja nun unser Alibi bestätigt, aber das weißt du sicherlich schon.

Das heißt, dass ich nächste Woche endlich mit Lotti auf Kreuzfahrt gehe. Obwohl ich das ja eigentlich nie gewollt hatte, aber nun freue ich mich richtig darauf. Und besonders freue ich mich darauf überhaupt Urlaub zu haben...

Aber zurück zu deinem Besuch: Wenn es also nicht mehr um den Mord gehen kann: worum geht es dann?"

„Ich war vorhin bei Klaus."

Sarah stockte, sie hatte plötzlich keine Ahnung, wie sie Hans-Henning fragen sollte. Er war immerhin der Leiter des Museums und sie hatte schon immer sehr viel Respekt vor dem Mann, der das Museum zu dem gemacht hatte, was es war. Auch wenn nun sein großes Geheimnis bekannt war, insgeheim fand sie, dass seine Untreue ihn nur ein wenig menschlicher gemacht hatte.

„Also, wenn ich ehrlich bin, ich habe ein bisschen weiter recherchiert, wer wohl der Mörder von Georg Blohmann sein könnte, besonders, nachdem klar war, dass du es trotz deines starken Motivs nicht warst."

„Das ist ja interessant. Ich hätte gedacht, du hast etwas Besseres zu tun, zum Beispiel deinen Betrieb zu führen..." Der Vorwurf war deutlich. Und Sarah musste schlucken. Und sie konnte auch nicht anders, als zugeben, dass Hans-Henning Recht hatte.

Zumindest ein bisschen.

Aber sie hatte sich vorgenommen, ihre Fragen zu stellen, und auch, wenn sie nun langsam Angst vor ihrer eigenen Courage bekam, sie musste wissen, was los war.

„Ja, ich habe dafür Zeit gefunden. Oder ich habe mir die Zeit genommen, wie auch immer. Jedenfalls war ich heute bei Klaus, und der hat mir erzählt, wie Laurin damals ins Dorf gekommen ist."

„Aha, Klaus hat dir also was erzählt? Ich verstehe nicht, wie der Mann dazu kommt, über längst Vergangenes zu sprechen..."

„Ich habe ihn ausgequetscht, Hans-Henning. Wenn du jemandem einen Vorwurf machen musst, dann bitte mir."

Sarah nahm einen Schluck von dem Kaffee, den Iris ihr hingestellt hatte, und musste unwillkürlich lächeln. Iris hatte wirklich große Qualitäten als Assistentin und manchmal schien es so, als hätte sie die Führung des Museums heimlich schon ganz übernommen. Aber Kaffee kochen konnte sie immer noch nicht.

„Ich will nicht weiter drum herum reden. Du hast damals Laurin hierher geholt, und ich werde das Gefühl nicht los, als würde das vielleicht etwas mit dem Mord an Blohmann..."

Sarah fiel plötzlich ein, dass sie von Hans-Hennings totem Sohn sprach.

„Sorry, also dass Laurin vielleicht mehr mit dem Tod von Georg Blohmann zu tun hatte, als es auf den ersten Blick den Anschein hat."

„Das kann ich mir nicht vorstellen. Aber gut, da du sonst sowieso keine Ruhe gibst, kann ich dir die Geschichte kurz erzählen. Laurin lebte, als er jung war, in der Nachbarschaft von Georgs Mutter. Daher kenne ich Laurin und die traurigen Ereignisse, die ihn so haben werden lassen, wie er heute ist."

Sarahs Nackenhaare meldeten sich wieder, und stellten sich ganz langsam auf. Sie hatte plötzlich das ganz deutliche Gefühl, dass sie der Lösung des Rätsels zum Greifen nahe war.

Hans-Henning nahm einen Schluck Kaffee und räusperte sich.

„Laurins Mutter hatte zwei Söhne, die sie alleine großziehen musste, weil der Vater früh gestorben war. Ich glaube an Krebs, oder etwas ähnlichem. Laurin hieß damals natürlich noch nicht Laurin sondern Lars, Lars Köhler. Laurins Bruder ist mit ungefähr 8 Jahren bei einem schrecklichen Unfall ums Leben gekommen. Laurin war damals erst 5 oder 6 und er hat entweder seinen Bruder sterben sehen, oder zumindest den Unfall beobachtet. Danach war nichts mehr wie es vorher gewesen war:

Die Mutter hat den erneuten Verlust nicht überwunden und wurde schwer depressiv. Lars ging es kaum besser, er hat jahrelang fast nicht mehr gesprochen. Er war sehr schlecht in der Schule, seine Mutter konnte eigentlich nicht mehr für sich oder das Kind sorgen. Manchmal ging es ihr monatelang gut und dann kam wieder ein Depressionsschub. Dann lag sie wochenlang nur in ihrem Schlafzimmer und starrte an die Decke. Damals waren die Möglichkeiten, Hilfe zu finden, in einer solchen Situation, viel geringer als heute. Und so hat Lars immer wieder bei Verwandten wohnen müssen, in den Zeiten, die seine Mutter in verschiedenen Nervenheilanstalten zu brachte.

Als er älter wurde, hat er sich dann um sie gekümmert, wenn sie wieder einen Schub bekam.

Seit einigen Jahren ist sie dauerhaft in einer... in einem Sanatorium untergebracht, und Lars verlor, ganz alleine zu Hause, langsam den Bezug zur Realität. Ich glaube, er hat auch ein bisschen mit Drogen experimentiert."

„Hm, verstehe" Sarah konnte sich sehr gut vorstellen, dass man in einer solchen Lebenssituation „ein bisschen mit Drogen experimentierte"...

„Ich habe durch Zufall davon erfahren, wie schlecht es ihm ging, und ihn gefragt, ob er nicht zu uns kommen möchte, um hier als Schäfer zu arbeiten. Er hatte damals schon mehrere Sommer mit Schäfern in der Heide verbracht, und sein Hund war schon recht gut trainiert. So ist Laurin hierhergekommen. Punkt. Fertig. Das ist die Geschichte."

„Das ist wirklich schrecklich, die arme Frau! Das muss furchtbar sein, seine ganze Familie zu verlieren." Sie schüttelte mitfühlend den Kopf.

"Und Laurin geht, wenn er im Winter verschwindet zu seiner Mutter?"

„Ja, genau. Er sagt, im Winter ist es immer besonders schlimm für seine Mutter, dann wird sie noch depressiver als sie es sowieso schon ist. Besonders zu Weihnachten. Und Lars ist dann bei ihr, damit sie sich nicht so allein fühlt. Ich glaube aber, dass er selbst auch noch immer traumatisiert ist. Er hat Martins Tod auch nie überwunden."

„Was?" Sarah verschluckte sich an ihrem Kaffee und musste furchtbar husten. „Wie hieß der Bruder?"

„Martin, Martin Köhler." Hans-Henning sah sie fragend an.

Oh Gott, der Brief!

Sarah spürte, wie Adrenalin ihr bis in die Fußspitzen durch den Körper schoss.

HEUTE NACHT
1:00 UHR
AN DER SCHMIEDE

IN GEDENKEN
MARTIN

Deshalb die seltsame Grußformel. Der Brief kam von Laurin, geschrieben im Namen seines toten Bruders.

Blohmann musste etwas mit dem Tod von Laurins Bruder zu tun gehabt haben. Aber damals war der doch auch erst ein Kind gewesen...

Plötzlich passte alles zusammen. So viele Sachen fielen ihr jetzt wieder ein. Dinge, die sie zwar gehört hatte, denen sie aber wenig Bedeutung beigemessen hatte, passten plötzlich perfekt in das Bild, das sich nun in ihrem Kopf formte:

Arthurs Verletzung, die er offensichtlich während eines Kampfes mit einem heißen Gegenstand bekommen hatte.

Agnes, die plötzlich nicht mehr zu ihrem besten Freund Laurin gehen will, nachdem er... nachdem er sie zusammen geschlagen hatte, weil sie fast das Brandeisen gefunden hatte, eventuell mit seinen Fingerabdrücken darauf.

Und an dem Abend, als Blohmann ermordet wurde, da ist Laurin plötzlich aufgestanden und gegangen, mit einem finsteren Blick auf den Architekten. Zum Schluss jetzt der Brief, der nun endlich Sinn machte, und deren Klarheit Sarah einen Schauer über den Rücken jagte.

Dann hatte Ingo das Brenneisen in der Sattlerei versteckt, und Laurin hatte ihm mit der Taschenlampe geleuchtet. Laurin hatte also gewusst, wo das Brandeisen gelegen hatte.

„Sarah?" Hans-Hennings Stimme war plötzlich ganz laut in ihrem Ohr.

„Ist alles in Ordnung? Du siehst so blass aus. Soll ich dir ein Glas Wasser holen?"

Sarah blickte ihn an, und schüttelte nur langsam den Kopf.

„Nein, nein, ich brauche nichts." Sie stand auf

„Danke Hans-Henning, Du hast mir sehr geholfen. Ich muss jetzt gehen."

Sarah lief zurück zum Kroog. Alles was sie tat lief seltsam wie ein Film vor ihren Augen ab, als hätte sie damit gar nichts zu tun.

Sie rief schon an der Restauranttür nach Katja. Das würde sie nicht alleine schaffen.

Katja sah sie nur kurz an, und erkannte sofort, dass etwas Schlimmes passiert sein musste. Sarah war weiß wie eine Wand und kalter Schweiß stand ihr im Gesicht. Katja fragte nichts, schaute sie nur fragend an und wartete, bis die Freundin etwas erklären würde.

Sarah stand im Gastraum, hielt sich mit einer Hand am Tresen fest und überlegte kurz, ob sie sich übergeben musste.

Sie hörte kurz in ihren Bauch hinein.... Nein, scheinbar nicht. Auch wenn die Wellen von Übelkeit und Grusel immer wieder in ihrem Magen hochstiegen, schien sie ihr Frühstück bei sich behalten zu können.

Sie nahm ihr Handy und steckte es in ihre Rocktasche.

Sie rief Tam zu, dass sie eine Weile weg sein würde, und dass Pat die Tagesgerichte wusste.

Sie nahm Katja, die sie weiterhin fragend ansah, aber immer noch nichts sagte, an der Hand und ging schnellen Schrittes mit ihr vor die Tür.

Sie drückte Katja ihr Handy in die Hand und sagte knapp.

„Ich hatte Recht, es war Laurin, Blohmann muss irgendetwas mit einem Unfall vor 30 Jahren zu tun gehabt haben, bei dem Laurins Bruder ums Leben gekommen ist. Der Bruder hieß MARTIN...!

Bitte ruf Thomas an, und komm dann nach, zur Schafwiese ich möchte gerne erst noch kurz allein mit ihm sprechen."

„Ok, mach ich. Sonst noch was?"

„Ja, bitte hol Klaus ab und dann kommt schnell nach, ich habe Angst vor Laurin, schließlich hat er auch Agnes zusammen geschlagen."

„Oh Gott, ist das gruselig."

„Ich find's auch gruselig und ekelhaft, ich hoffe, ich muss nicht kotzen."

Sarah lief so schnell sie konnte zur Schafwiese, die etwas abseits des Dorfes am Waldesrand lag. Sobald sie annahm, dass Laurin sie sehen konnte, zwang sie sich, langsam zu gehen und so belanglos, wie möglich auszusehen.

Ihr Herz schlug so heftig, dass sie kaum noch Luft bekam, aber sie schaffte es trotz des Ekels und der Angst lächelnd auf den Schäfer zu zugehen, der ganz entspannt an einem umgekippten Baumstumpf saß und Flöte spielte.

Arthur kam bellend auf Sarah zugelaufen, als er sah, dass jemand auf die Weide kam. Und als er sie erkannte, ließ er sich kurz von ihr streicheln und lief dann weiter zum Weidezaun.

„Hallo Laurin."

Die Flöte verstummte, und Laurin blickte sie fragend an.

Sarah versuchte, so ruhig zu sein, wie es ging: „Wir haben uns ja ewig nicht mehr gesprochen, und ich hab heute nicht so viel zu tun, da hab ich gedacht, ich schau mal nach, wie es dir geht."

Er blickte sie weiterhin an, sagte nichts, sondern nickte nur kurz.

Sie setzte sich neben ihn ins Gras und bevor sie irgendetwas sagen konnte fing er wieder an Flöte zu spielen.

Sarah war sich nicht sicher, aber sie hatte das Gefühl, einen alten Nick-Cave-Song zu erkennen.

Sie sprach sehr laut, damit er sie durch das Flötenspiel hören konnte:

„Laurin, ich habe mal eine Frage an dich."

Er sah sie an, hörte wieder auf zu spielen und sagte dann tonlos:

„Wegen Blohmann?"

Sarah nickte. „Wegen Blohmann!"

„Aha. Ich habe mich schon gefragt, wann du zu mir kommen würdest."

Er fing wieder an zu spielen. Sie wusste, sie kannte das Lied, wie hieß das nur?

Sarah spürte, wie sie leicht anfing zu zittert, atmete dann tief ein, und brüllte fast:

„Was hatte Blohmann mit Martins Tod zu tun?"

Die Flöte fiel ihm fast aus dem Mund, und Laurin schluckte heftig, als er den Namen seines toten Bruders hörte.

„Was?"

„Du hast mich schon richtig verstanden. Was hatte Blohmann mit dem Tod deines Bruders zu tun?"

Sarah zitterte immer heftiger. Sie hatte Angst, dass Laurin versuchen würde, sie jetzt auch zu töten, so wie Blohmann. Oder zusammen zu schlagen, so wie Agnes.

Auch wenn sie eigentlich wusste, dass das Quatsch war, denn überall auf dem Gelände waren Besucher, und auch hier am Weidezaun stand eine kleine Gruppe und schaute den Schafen zu. Einige streichelten Arthur, der sich auf den Boden geworfen hatte, um sich den Bauch kraulen zu lassen.

Da erkannte sie, dass Katja und Klaus dort zwischen den Museumsgästen standen, und so taten, als würde sie sich angeregt mit ihnen unterhalten. Sarah atmete beruhigt ein. Gut, sie war nicht mehr allein!

Laurin fasste in die Innentasche seines Schäferumhangs, und Sarah hielt für einen kleinen Augenblick die Luft an.

„Oh, Gott, jetzt erschießt er mich gleich..."

Dann sah sie, dass er nur seinen ledernen Tabaksbeutel in der Hand hielt, und entspannte sich wieder ein wenig.

Er drehte sich mit ganz ruhigen Händen eine Zigarette, leckte die Gummierung an und steckte sich die fertige Zigarette in den rechten Mundwinkel.

Sarah zweifelte schon an ihren Schlussfolgerungen, denn wenn man gerade des Mordes überführt worden war, dann konnte man doch nicht so ruhig sein, oder? Seine Hände zitterten nicht ein bisschen, während sie selbst jetzt langsam am ganzen Körper zitterte.

Er zündete die Zigarette an, und als er drei Mal tief inhaliert hatte begann er ganz leise zu sprechen:

„Er hat ihn da einfach hängen lassen, und zugeschaut, wie er gestorben ist. Mein Bruder war erst 8 Jahre alt, Georg war der Älteste, der Anführer. Als sie anfingen Martin um das Feuer zu jagen wollte ich hin laufen, und ihn retten, aber ich war doch erst 5. Mein Gott ich war doch erst 5. Komm, wir machen Martin ein Brandzeichen schrie Georg, und Martin hatte so viel Angst in seinen Augen. Als er dann versuchte, über den Zaun zu klettern, hatte ich noch mehr Angst, unsere Mutter hatte uns das verboten, weil es doch gefährlich ist, über so einen Zaun zu klettern, wenn der oben solche Spitzen Zacken hat. Martin ist abgerutscht und wurde von dem Zaun aufgespießt. Hing da, und schrie. Schrie so furchtbar, ich höre den Schrei immer noch jede Nacht, wenn ich die Augen zu mache. Georg ist zu ihm hingegangen und hat ihm ins Gesicht gespuckt. Er hat

meinem sterbenden

Bruder

ins Gesicht

gespuckt.

Die anderen waren alle schon weg gelaufen, Georg stand da, und hat zugeschaut, wie Martin gestorben ist. Ich war starr vor Angst, bin dann schnell nach Hause gelaufen, und habe Hilfe geholt, aber als die ankamen war er tot."

Sarah wurde schwindelig, aber sie versuchte tapfer zu bleiben, sie überlegte kurz, ob sie Laurin um etwas Tabak bitten konnte, fand das dann aber unpassend und begann stattdessen nervös auf ihrer Backe zu kauen.

Dann schaute er Sarah an. Und fragte:

„Was hättest du gemacht, wenn du diesen Menschen plötzlich wieder gesehen hättest? Nach 30 Jahren?"

„Ich weiß es nicht, Laurin, ich hätte ihn aber wahrscheinlich nicht umgebracht."

Er lachte böse.

„Das glaubst du jetzt, aber du weißt nicht, wie das ist. Du weißt nicht, wie das ist, wenn deine Mutter ihr Herz verliert, wenn Du 5 Jahre alt bist. Du weißt nicht wie das ist, wenn dein kleines heiles Leben plötzlich für immer zerstört ist. Du weißt nicht wie das ist, wenn du deine Mutter so leiden siehst und der Mörder deines Bruders läuft frei herum und macht jeden Tag Witze über dich in der Schule. Er hat mich immer gefragt, wo denn der Zaunkönig sei."

Laurin wurde immer lauter und wütender.

„Du weißt nicht, wie das ist, wenn du anfängst, dir selbst die Arme aufzuschneiden, und dir selbst Brandwunden zuzufügen, weil der körperliche Schmerz dann für einen kleinen Augenblick den inneren Schmerz überdeckt. Du weißt nicht, wie das ist, wenn du niemandem trauen kannst, dein ganzes Leben, und wenn der einzige Mensch, den du liebst, ein so kümmerliches Leben führen muss, voller Trauer und Schmerz."

Er nahm wieder einen tiefen Zug von seiner Selbstgedrehten.

„Und dann kommt dieses Schwein hier an, macht einen auf ganz dicke Nummer. Er hat mich gar nicht erkannt, deshalb konnte ich ihn beobachten. Er hat sich hier benommen, wie das letzte Arschloch."

Er blickte Sarah direkt an und fuhr fort:

„Und ihr habt ihn alle gewähren lassen, habt ihm wieder alles durchgehen lassen, wie immer. Und dann ruft er quer durch die Gaststube, dass er in unsrem kleinen Dorf, in dem ich, bis er gekommen ist, endlich ein bisschen Ruhe gefunden hatte, dann ruft er quer durch die Gasstube, dass er hier nicht tot über den Zaun hängen wollte. Und dann lacht er, und ich merke, er lacht nicht nur über seinen Witz, sondern auch über Martin. Immer noch, nach 30 Jahren lacht er über Martins Tod."

Sarah merkte, wie ihr Tränen über die Wangen liefen. Das war alles so furchtbar, und sie konnte Laurin so gut verstehen, vielleicht hatte er Recht, vielleicht hätte sie auch versucht, Blohmann umzubringen....

„Und dann musste ich das tun, damit meine arme Mutter endlich Frieden findet, damit es endlich vorbei ist. Endlich vorbei!"

„Laurin, es tut..."

„Sarah!" Laurin blickte sie wütend an:

"Spar dir dein Mitleid. Davon habe ich auch nichts. Ich habe nur getan, was getan werden musste. Ich bin froh, dass das Schwein endlich tot ist. Er hat endlich bekommen, was er verdient hat."

In diesem Augenblick sah Sarah Katja, Klaus, Thomas und zwei uniformierte Beamte über die Schafwiese auf sie zukommen. Arthur lief laut bellend fröhlich um sie herum.

Laurin stand auf, und drückte seine Zigarette aus. Er ging langsam auf Thomas und die Polizisten zu. Sarah stand ebenfalls auf, Tränen liefen ihr über das Gesicht.

Thomas nahm Laurin fest, nachdem Sarah ihm kurz geschildert hatte, was der Schäfer gerade gestanden hatte. Der Polizist war wenig begeistert davon, dass Sarah auf eigene Faust recherchiert hatte, obwohl er froh war, nun diese schrecklichen Dörfler hier nicht mehr vernehmen zu müssen.

Als der Schäfer in Handschellen abgeführt wurde drehte er sich noch einmal zu Sarah um und sagte leise:

„Es tut mir leid, dass ich dir den Drohbrief geschrieben habe. Ich dachte, du hörst dann auf, und ich finde dann meinen Frieden.

Und sag Agnes, es tut mir furchtbar leid, was ich getan habe. Das war das Schlimmste, was ich jemals gemacht habe, aber ich hatte plötzlich Angst, dass ich entdeckt werde. Bitte sag ihr, ich möchte, dass sie auf Arthur aufpasst, bis ich wieder da bin. Arthur wird sie beschützen, so dass sie nie wieder Angst haben muss!"

Sarah fasste den aufgeregten Hund am Halsband und schaute Laurin direkt in die Augen. Sie beide wussten, dass Laurin nicht mehr wieder kommen würde, und so nickte sie nur stumm.

Das Sommerfest, das einige Wochen später stattfand, war in vollem Gange und Sarah war sichtlich glücklich darüber, dass ihr „Johannis-Thema" so gut ankam.

Sie blickte über den Festplatz und sah lauter fröhliche, gelöste Gesichter. Der Bürgermeisterhof war vor 24 Stunden, gerade noch rechtzeitig, fertig geworden. Die Bauarbeiter feierten ausgelassen und fröhlich. Sogar Karsten war gut gelaunt und prostete Sarah aus der Ferne zu.

Jan und Jana saßen eng umschlungen am Tisch und ihnen gegenüber Jodie mit ihrem neuen Freund Michel, dem Elektriker, der in den letzten Wochen die Stromleitungen im Bürgermeisterhof verlegt hatte.

Die Event-Managerin Andrea war voll in ihrem Element und machte, wie immer, ihre Sache so gut, dass Sarah schon nach drei Stunden mitfeiern konnte. Nach einigem Murren hatte Andrea auch zugegeben, dass die Sangria-Idee vielleicht doch nicht eine ihrer Besten gewesen war.

Hans-Henning und Lotti waren vor wenigen Tagen von ihrer Kreuzfahrt zurückgekehrt und sahen beide fast 10 Jahre jünger aus.

Torsten und Angelika saßen Sarah und Katja gegenüber, tranken die Johannisbeer-Bowle, und flirteten wie ein jungverliebtes Pärchen.

Da lehnte Katja sich zu ihrer Freundin hinüber, und flüsterte ihr ins Ohr:

„Und? Hast du es geschafft? Ist dein kleines Paradies wieder genauso wie vorher?"

Sarah grinste breit übers ganze Gesicht und lachte: „Besser!"

Und dann drehte sie sich zu Oliver um, schaute ihm tief in die Augen und küsste ihn vor allen Kollegen lange und zärtlich auf den Mund.